古耜 主编

悄吟文丛

第三辑

父亲的
大海和太阳

朝颜

著

中国言实出版社

图书在版编目（CIP）数据

父亲的大海和太阳 / 朝颜著. -- 北京：中国言实
出版社，2024.1
　（悄吟文丛 / 古耜主编. 第三辑）
　ISBN 978-7-5171-4743-5

　Ⅰ.①父… Ⅱ.①朝… Ⅲ.①散文集—中国—当代
Ⅳ.①I267

　中国国家版本馆CIP数据核字（2024）第018516号

父亲的大海和太阳

责任编辑：佟贵兆
责任校对：张　朕

出版发行：中国言实出版社
　　　　地　址：北京市朝阳区北苑路180号加利大厦5号楼105室
　　　　邮　编：100101
　　　　编辑部：北京市海淀区花园路6号院B座6层
　　　　邮　编：100088
　　　　电　话：010-64924853（总编室）　010-64924716（发行部）
　　　　网　址：www.zgyscbs.cn　　电子邮箱：zgyscbs@263.net

经　　销：新华书店
印　　刷：徐州绪权印刷有限公司
版　　次：2024年2月第1版　　2024年2月第1次印刷
规　　格：787毫米×1092毫米　　1/32　　10.75印张
字　　数：171千字

定　　价：59.80元
书　　号：ISBN 978-7-5171-4743-5

女性散文何以风光无限

古　耜

在中国古代，知识女性撰写锦绣文章虽系凤毛麟角，但属确切存在，易安居士和她的《金石录·后序》便是这方面的标本和佐证。不过作为一种创作现象或文学品类，女性散文终究是五四新文化运动推动妇女解放的产物，冰心、庐隐、丁玲、林徽因等才是其发轫与前驱，而女性散文真正的强势崛起和蔚为大观，则是从新时期到新世纪伟大时代的馈赠。

近半个世纪以来，在思想解放和改革开放历史大潮的强力推动下，从五四新文化现场一路走来的现代女性散文，越发显示出生机勃勃、阔步前行的态势：几代女作家进一步冲破陈旧观念的束缚和保守势力的阻滞，以崭新的精神风貌、饱满的生活热情和旺盛的创作精力，投身于变动不居而又生机盎然的生活现场，既积极参与公共空间的世相书写与问题探讨，又潜心关注女性自身的发展、提升与进步，从而不断捧出流光溢彩、质文兼备的散文佳作；一大批女性散文家正是在这种有内涵、有难度、有追求的创作实践中砥砺前行，逐渐登上一个时代的散文标高；而整个女性散文创作亦凭借持久的不间断的繁荣红火，成为当今时代散文现场勃发向上的重要一翼。恩格斯说："在任何社会中，妇女解放的程度是衡量普遍解放的天然尺度。"而女性散文的蓬勃发展正是女性解放的卓然呈现，透过它，可以看到国家的昌盛、社会的进步和民族的振兴。

女性散文何以风光无限，其中的原因应该有以下几个方面：

第一，新时期以来的女性散文创作，蕴含一种多方探索，跃动不羁的内在活力。曾有如是说法：在新时期的文学领域，小说、诗歌、戏剧乃至文学评论，都经历了强劲大胆的文体变革，唯有散文安步当车，依然故我，给人以陈旧保守的感觉。这样的说法是否符合散文的实际尚待讨论，但如果拿它来评价女性散文，则明显是圆凿方枘，失之偏颇。

事实上，女性散文并不缺少试验和探索。二十世纪八九十年代之交，"小女人散文"不胫而走，风行一时。其中掺杂的琐碎、无聊和自恋固然需要摒弃，但它对世俗场景的关注，对笔调的经营和细节的把握，以及由此酿成的较强的文本可读性，还是给散文创作以有益的启示。稍后，一种直接以"女性散文"为标识的创作群体亮相文坛。叶梦的《羞女山》、王英琦的《女性的天空是高远的》、韩小蕙的《女人不会哭》、张爱华的《关于爱情：往错了说》、斯妤的《也是叹息》、匡文立的《历史与女人》、唐敏的《女孩子的花》等一批作品，勾勒了这一群体的早期阵容。毋庸讳言，这些作品或多或少带有西方"女权主义"的影子，但更多的还是连接着中国女性实际的生命体验和观念认知，是基于自我感受的艺术表达，唯其如此，它们对于强化散文创作的女性意识，推动女性散文向纵深化和个性化发展自有重要意义。接下来，"新潮散文"和"新散文"交叉或次第登场，其中一批才华横溢的女性散文家，如周晓枫、格致、冯秋子、张立勤、陈染、塞壬、洁尘、杜丽等，以特立独行，高蹈脱俗的创作吸引着文坛的目光，其新颖的散文理念，个性化、陌生化的叙事风格，还有在语言修辞层面的苦心孤诣，剑出偏锋，均为女性散文的柳暗花明、推陈出新提供了有力借鉴，进而成为女性散文创新发展的重要资源和不竭动力。

第二，历史语境的转换和社会氛围的变化，为女性散文的繁荣发展提供了特殊机遇。无论古代还是现代，个体人生的日常生活都是丰富和重要的，然而由于文化传统、历史条件和社会心理的复杂互动，在较长一段时间里，人们的日常生活并没有得到文学书写的青睐，相反常常被忽略或遗忘。新时期以降，随着社会主义市场经济的兴起和人的主体意识的确立，以及商品和消费理念的传播，日常生活开始越来越多地进入人们的视野，并迅速成为文学的主要表现对象。在这一过程中，日常生活不再单单是一种题材或景观，同时还是一种不可缺席的审美要素——即使是篇幅宏大的历史或地理散文，日常生活亦常常是一种基因性底色性的存在。也正是在这一过程中，女作家的特长和优势得以充分展现：约定俗成的社会伦理和家庭分工，决定了她们相对疏离公众诉求与商场奋斗，而更多同衣食住行、儿女情长缠绕厮磨；长期的家庭责任和亲情输出又让她们对日常生活拥有更多形而下的理解与把握；加之有现代女性的思想和知识就中加持，这使得她们笔下的日常生活不但栩栩如生，活力沛然，而且时常发人深思，耐人寻味。近年来很是活跃的女性散文家，如苏沧桑、陈蔚文、李娟、阿微木依萝、钱红莉、王芸、指尖等，虽然创作题材与艺术风格均有较大的差异，但其中异曲同工、美美与共的一点，便是对日常生活的准确把握和生动描摹。而正是这种对日常生活的成功再现，给当下的女性散文增添了别一种精彩和魅力。

第三，在散文和女性之间存在一种微妙而稳定的对话与契合关系。曾有研究者认为：散文是一种更接近女性的文体。这话初听会觉得笼统和偏颇，但细想又不无道理。如所周知，散文属于文学中的"自叙事"，它通常需要作家更多调动主体的才华和手段，以构建属于"我"的精神天地与情感世界。而在"表现自我"的维度上，女作家显然更得缪斯的神髓与钟爱。你看：抒情是散文重要而得力的表现手段，网络背景下，一些沉溺于匆忙叙事的男性作家不同程度地舍弃了它，而在阿舍、安然、许冬林的笔下，一种源于女性生命深处的汩汩深情，或与岁月同行，或请山川相伴，或携诗境共生，则是一派流光溢彩，沁人心脾，显示出"情为何物"的力量。自视与内倾是五四时期女性散文常见的言说特征，这一特征在当今女作家中不仅得以延续，而且获得新生。不是吗？同样的绵绵絮语和娓娓道来，以往主要是精神沉吟，心灵独白，如今则更多引入日月消长、万物更迭，将其化作人在天地间的哲思和同一切生命的对话，张映姝、祁云枝、朱朝敏、项丽敏等女作家的生态书写，可谓这方面的生动展现。尤其值得关注的是，一批女作家如李舫、何向阳、艾平、王雪茜、林渊液等，大抵从弗吉尼亚·伍尔夫的创作理论得到启发，在坚持女性散文基本特征的基础上，开始进行积极的吸收与拓展，如大胆突破约定俗成的题材限制，合理强化作品的理性元素和文化内涵，不断尝试多见于男性作家的技巧手法乃至风格营造等，所有这些都有效地强化了女性散文的表现力、感染力和影响力，同时也为散文的整体发展提供了启迪与借鉴。

正是基于以上事实，窃以为，当下文坛应当对女性散文多一些关注、研究和推动。也正是沿着这一思路，笔者在中国言实出版社的鼎力支持下，选编了旨在展示当下女性散文创作成就的"悄吟文丛"，并于2017和2021年先后出版了该文丛的第一、二辑，每一辑均包括十位女作家的潜心创作。现在该文丛的第三辑翩然问世，再次推出十位女作家，她们是朝颜、阿微木依萝、黄璨、宁雨、罗张琴、蔡瑛、菡萏、张映姝、斤小米、张金凤。我热切希望读者能喜欢这些作家和作品，同时通过"悄吟文丛"，感受到中国女性散文的风采以及她们欣然前行的跫音。

（作者系著名文学评论家、作家）

目录

第

一

辑

暗流

一

声音清脆，由远而近，将我从混沌的梦境中拉扯出来。从大脑，到四肢，躯体一寸一寸地靠近真实。摘下眼罩，天光已大亮。晨七点。设想中的一个慵懒周末，终究没有达成。"啾，叽，啾，叽"，是窗外的鸟群，像惯常的每一天那样不依不饶地叫着，嚷着，唱着，仿佛每一天活着，都有不可遏止的兴奋溢出。

习惯性地捉了手机，扫描微信里弹出的新消息。在我们一家三口共有的群里，女儿破天荒地留下了满屏的字句。意识于瞬间全然复苏，错愕中，粗略地浏览一遍，女儿字里行间，竟充满了对我和先生的不满及怨诉。当然，火力的出口，更多指向了身为母亲的我。

时间定格在 2020 年 5 月 30 日零点 24 分。但是我知道，那个点对于女儿，还是 5 月 29 日的深夜。那时候她没有像我一样沉入睡眠，而是用右手食指一个字一个字在手机屏幕上划拉一份近两千言的"檄文",语气凌厉,一气呵成。

刚刚过去的这个夜晚,她的内心经历了怎样的风暴?

"别人是雪中送炭,你们是在需要冰箱的时候送微波炉,潜意识里还觉得对方应该感激。我身为当事人,竟然被剥夺了知情权,还要听你们一个劲地讲宽容的道理。我知道你们出发点是好的,但是一码归一码,这种现象从根本上就应该杜绝。不然你们什么事都要插手,过几天发生了什么别的事儿,又来跟我讲独立的大道理,逼我做我不想做的事情。这次是小事,以后若有大事该如何?像这样的事,只有我是责任承担者,所以你们的行动造成的影响,最终都会压到我头上。"

一件于我们看来芝麻粒大的事情,在她心中竟如一座大山般高峻沉重,我们都始料未及。

前天,女儿打来电话,她是班里的团支部书记,需要收取团费并上交,金额每人一块二。这年头,谁会在身上带一张毛票呢?找零便成了大难题。我们商量是不是由我用微信支付跟家长一一收取,再转给班主任。然而无法登记姓名,此计不可行。那么,就还是收现金吧。先生在银行上班,表示可以为她准备一笔找零的毛票或硬币。女儿将思路理清，每个步骤都和我们捋了一遍。语气里，尽是快活和自信。

然而傍晚先生回来，告知库存没有零钱。潜意识里，女儿仍是那个事无巨细需要为之操心的小孩。十六年了，无论风来雨来，我总是毫不犹豫地挡在她前面，自诩是个负责任的好妈妈。一以贯之的忧虑再次蠢蠢欲动，我不假思索，给班主任发去一条微信，请他发个群公告，让家长备好零钱交团费。班主任魏老师向来厚待女儿，并对我们深怀信任。他二话没说，照办了。

高一（17）班的班级群里，一切波澜不惊。家长们照例奉老师的通知为圭臬，并没有人深究其中的缘由，更没有人会由此联想到一个团支部书记的"无能"。但女儿知晓后，立即大发雷霆。她不能接受，一件可以自己解决的小事，惊动了老师，从而使自己显得像个"废物"。而那时候，她已经收取了大部分的团费，根本用不着大人来"排忧解难"。我在电话里向她道了歉，她依然未能释怀，在群里输入几条语速飞快的语音，表达着她的气恼。彼此分辩几句之后，我们劝她别再说了，早点休息。

无论我，还是先生，都认为小事一桩，无足挂齿。我们都以为事情会像任何一次冲突和对立那样，很快获得平息。是的，这些年我们一次次怨怼、反省，然后生活继续平静地向前滑行，像一条偶尔因下雨涨一次水的温驯河流。

"我知道您从本质上是疼爱自己的孩子，但这让我心很累，尤其是在情绪积累的条件下。之前提到的教育方法，如果不能跟着爱一起进步（这些年来也确实有进步，但进步效率低），也会让我活成一个矛盾体——我很反感这种做法，但又不能总和亲妈置气，各种窝火只放出来了一成，剩下的九成得自己闷着。

"不要觉得我小题大做，这只是一个契机。不延伸一下把想说的都说出来，心里憋得慌。"

一片叶子，落到大象的脊背上，只是一丝仿若微痒的轻拂；落到蚂蚁的洞穴外，却是封门的绝望。小和大，加诸不同个体身上，如此千差万别。一个细节，陌生人视若无睹，唯有在乎者，承受着迎头的汹涌波澜。

我能想象，这个夜晚，她应该在厚厚的日记本里，记下了满腔的怨气。即便如此，风暴仍旧没能得到平息。她还是无法自我纾解，无法拥抱睡意的来临。她要说出来，要将揣在心里许久的石块通通倾倒出来。

于是，一条叫作家庭的河流，河水猛涨，并漫溢出了堤岸。

二

如今想来，从剪断脐带的那一刻开始，女儿就已经是一个完全独立的个体了。她以五斤六两的体重，脱离了母腹的羊水，开启了自由呼吸，建立起自己的哭泣和喜悦，自己的长大和秘密。只不过，我一直都不愿意承认，一直都以为她还在我的羽翼之下而已。

在她极小的时候，我曾无数次逗弄过她。捉住她的小身子，一个部位一个部位讲："这是我的小手，我的小脚丫子，我的小屁股……都是从我肚子里出来的。"我有多么热爱那一团小小的肉体，像一个永不肯交出临时保管权的仓库主人。而她总是含着哭腔，拖长了声音，用彼时仅有的小小力量发出抵抗："是我自己的——"

我经历过心力交瘁的很多年。夏天，缓慢愈合的伤口使我不能够顺利支撑起身体，我一个人抱着她从竹席中央滑行到床的边缘，久之，臀部竟磨出厚茧。我用小灵通精准计算过她醒来的时间，差不多是一小时一次。喂奶，把尿，一个甜蜜又笨拙的初生母亲，在夜不能寐中煎熬了几个月。

紧随其后是与厌食、瘦弱和疾病的一番番争夺。有那么一段时间，她弱不禁风，每一次发烧和咳嗽都久治不愈，头发因为打了许久的点滴剃得稀疏，勉强喂下的食物常以呕吐告终。她脸色发黄，没有力气展颜一笑，也没有力气表达悲伤。她不能脱离我的怀抱，任何陌生的注视都令她不安。我甚至怀疑我养不大她了，心痛、惧怕，抱住一个轻飘飘的小身体暗自垂泪。

在幼儿园，她乖顺无争，能迅速记下老师教授的儿歌、体操和各种规矩。唯独吃饭，她永远是令人头疼的孩子。我从医院和民间搜罗来各种健胃消食的方子，都无法消减她的症状。最后差点带她去"挑积"了，全因不忍心让她受苦，才没能付诸实施。后来，她不无得意地告诉我逃避吃饭的小机巧，将嘴里含过的食物吐在餐盘上，那时总会有小朋友惊呼："老师，她呕了。"老师只好默许她全部倒掉。

我盼着她长大，盼着她像别人家的孩子那样贪吃、健壮、虎虎有生气。直到今天，每每在饭桌上看到主动大口吃饭的小孩，我都像欣赏精彩演出般啧啧称赞，羡慕有加。那些年，为了让她多吃一口饭，我几乎费尽心机。而她则杵在我期望的反面，一日日进行着无言的婉拒。一个视吃饭如酷刑的孩子，和一个没有经验的母亲，爱与被爱，都如此艰难。

紧张、焦虑，稍有风吹草动便如临大敌，概括了我整个的育儿过程。以至于，落下严重的神经衰弱症，至今仍不能接受睡眠的环境中有光、有声响。

这一天，我在达斡尔族作家苏华的朋友圈里，看见她晒出自己的小外孙。黑葡萄般的大眼睛，嫩藕节似的小胳膊小腿，令我情不自禁心生喜爱。苏华告诉我，孩子在娘胎里就应该见过我了。2019年，我和苏华的女儿晶达同赴定海参加三毛散文奖的颁奖典礼，她孕中突然见红，吓得没等到正式颁奖，就连夜飞回了北京。苏华调侃自己的女儿胆子小，其实，该来的一定会来，不该来的保也保不住的。苏华的话语中，暗含了养儿育女的自然法则。每个孩子的生与夭，顽强或脆弱，终有他们自己的优胜劣汰。

是的，我知道，鹰妈妈将幼鹰推下悬崖，母狐将长大的狐仔逐出家门，狗妈妈嘶吼着强制小狗断乳……每一种绝情举动的背后，无不包含着深刻的爱的哲学。

然而，一个独生女儿的父母，面对万难中来到怀里的小生命，真能做到如此洒脱吗？

我和先生各自怀有一腔漫漶的保护欲。先生总是翻出网络中女孩受伤害的故事，一日一日地叹息："要是男孩就好了，我们就不用如此操心了。"他决定，让女儿学一门防身术。而我亦希望体能运动使她变得健壮，增进食欲。至少，改改她娇弱、胆怯的脾性，在群体中不至扮演受人欺负的角色。我们锁定了一家武术学校，将学习项目定位于散打，手部和腿部的全方位训练。

女儿抵触着我们的提议，她喜欢的是舞蹈、画画、弹琴，所有细腻的艺术形式，而非象征着坚硬、粗暴、勇武有力的体育项目。威逼从来不能使她屈从，只有说服、允诺，辅之以最初的新奇感。

武术学校的场馆无窗，夏天弥漫着汗馊味，冬天充斥着臭袜子味。现实的问题我们始料未及，女儿对气味天生敏感，连外婆当她面打开冰箱都要掩住口鼻。两年，她压抑住心中的厌恶，坚持上完了约定的散打课程。先生欲再劝，多一天都不容商量。

三

夜间去为女儿送夜宵，往日寂静的校园一反常态，广播巨响："同学们，生命是最可宝贵的，我们的第一要务是珍爱生命……"本能地联想到，最近别又发生了什么事。果然，市内某校高一的一个孩子，上周自杀了。

心猛地一缩，有剧烈的痛感与恐慌。是怎样的生命无法承受之重，让正青春勃发的孩子选择了终结之路？巨大的升学压力，不可排解的心灵困惑，无法沟通的亲情隔膜……我总是想，事件中，父母应成为托起生之希望的最后港湾。

我有一丝丝的宽慰，长期的亲子陪伴，时间与精力的大量付出，使得我们一直具有良好的互动和沟通。从小，无论大事小情，她都要和我说，从厨房追到客厅，从客厅追到洗手间，不说完决不罢休。若我不在家，聆听者也可以是爸爸、外公、外婆。她喜欢读书，每一本书的故事都急于和我分享。就在日复一日的声音追赶中，我听完了七部《哈利·波特》概要。如果我忘记了其中的人物和情节，她可以不厌其烦地为我补课。一切似乎都顺着我们希望的方向在朝前奔走：散打和游泳改变了她的体质，学习能力的优良使她获得更多肯定。我的女儿一年比一年自信、开朗、乐观，再也不是那个胆小、娇弱、畏缩的孩子了。

有许多年，我在她心目中都以充满光环的形象存在着。在作文里，她不止一次地写到我，女神、女皇、母上大人、女王陛下……是她对我的称呼。当然，还有备受同学羡慕的我的作家身份给予她的荣耀。每次考语文之前，她都要与我握手、勾脚、拥抱，接受我的祝福，以"接通文脉"。某年读书日，我被学校邀请作为家长代表发言，她被同学们的赞叹声包围，回家后，毫不讳言那种略带膨胀的自豪。

我们常常玩一种假设与小伙伴换妈妈的游戏：宇的妈妈，不行；金的妈妈，不好；晨的妈妈呢？也不要……选来选去，最终还是自己的妈妈最合心意。然后，我们拍拍彼此的肩背，哈哈大笑。

朋友芳在孩子上初一时，迎来了几近绝望的母女对立。女儿对她关闭了互动的通道，远离她，抗拒她，眼神里净是对家庭的厌恶和鄙弃。芳时常对我哭诉这一切，我却爱莫能助。我曾经试过让女儿与她重聚，以童年的情谊打开孩子的心结，却遭遇了不由分说地逃避。与此同时，班级里的问题少年与日俱增：早恋、夜归、沉迷游戏、厌倦学习……

伴随身体的拔节，进入一个个鲜活青春生命体的，是自我意识的迅速勃发，是反叛，是尖锐的芒刺。

我与先生沿绵江河边的游步道散步，话题总绕不开女儿。河风吹送来湿润的初夏气息，头顶上的榕树张开巨大的荫翳，心间常依水波摇荡的节奏，漾起一缕缕轻快的涟漪。说起女儿最近的状态，我们又一次深深庆幸，至少，孩子身心健康、阳光向上，大体温顺明理。我俩在教育孩子的问题上，很少意见相左，关键时刻一人唱红脸，一人唱白脸，配合基本默契。我们一家三口，基本形成了三足鼎立的稳固局面。当任意两人之间发生龃龉时，余下的那一个，总是充当中间调停的和事佬。

我们甚至有理由相信，总有一部分孩子，在成长过程中获得了足够的理解、宽容和爱，可以青春没有叛逆期。就像一棵阳光、空气、水土适宜的好苗子，终会长得挺拔而修直。

可是现在，我向来以为教育成功的女儿，在她的"檄文"里不无悲愤地说："懦弱，孤僻，偏执，敏感——您在批判别人教育方法有问题时，有没有想过，自己教出来的女儿会有这样的隐藏性格？"

拧亮记忆的灯火，我反复地翻找着那些容易被掩盖和忽略的细节。是的，我也曾施予她狂风暴雨、独断专行，也有过大吼大叫恨不得一掌将其击倒的盛怒。冷静懊悔之余，我常想起自己的母亲，自她血液里接过的急躁和不耐烦，会在不经意间占了理智的上风。

一条叫作生命的河流，不息地朝前流淌。五年前，我在《钝痛》中写下母亲与外婆、我与母亲几十年的爱恨交织。那时候，"女儿尚乖眉顺眼"，但"疼痛的一天迟早要到来"。一语成谶，终于轮到我和下一代了。一个高过我头顶的青春少女站在面前，似乎还在猝不及防中，十六年的光阴就滑了过去。

四

人的理解和记忆总是各取一端，打开独为自己专享的幽暗之门，许多往事都刻画成了心灵的镜像。

女儿用很长的篇幅回忆了发生在八九岁时的一件事情，历数我的不由分说、严厉谴责，还有狠狠的巴掌："接着，另一个巴掌砸下来了，打得我差点从浴室台阶上掉下来磕在地砖上，背部就像被烈火猛地燎烧了一大片。"我的心跟着战栗起来，忏悔的泪水濡湿了眼睛。如果她不提及，这一段过往于我，已被扔进遗忘的角落里了。

我使劲地将原已尘封的事件擦亮，回想那一次愤怒的因由。那是一个学琴的兴趣班，孩子们大小不一。女儿因为一只死乌鸦受了委屈，回来向我诉说。我的大脑烙下一幅画面：有人将死乌鸦扔在女儿身上，导致她恐惧尖叫、难以忍受。当我电话寻求老师解决问题时，得到轻描淡写的答复：那个我认为对女儿施加了欺负的孩子，并不是一个野蛮霸道之人。即大可不必为此在意。

而女儿的描述则是："一个比我小的同学，摸完沾满泥水的乌鸦尸体之后，故意抹在我身上。"是的，我想起来了，她的哭泣，愈发增加了我的痛切。为她的屏弱，为自己的无能为力。像一只母鸡，但凡孩子受到伤害，总要拼尽全力，竖起羽毛，全身都喷发出怒火。只是那怒火该有怎样的一个出口？我们都没有平息它的好办法。最后受伤的，必是自己最爱的那个人。

究竟是谁遭到了记忆的欺骗？这时候，也许我们都是盲人，都只摸到了大象的一小部分。

但我知道，我的女儿对于任何气味或秽物的敏感与厌恶。那么，摸过乌鸦尸体的手对于女儿，不啻为天大的冒犯。但在其他人的潜意识中，乌鸦与人体的直接接触或间接接触，有着天壤之别。于是，我们各自选择了自我认知的那一面，笃信无疑。

所以她会说："就像是小时候被打一样，您基本上忘了，但我还记得特别清楚，因为痛的是我。"

正如我与先生十多年的婚姻，真的如我愿意展露的那般风平浪静吗？我们之间，何尝不存在深刻的鸿沟。争执、恨意、撕裂，那些我刻意淡忘的情景，真的没有给幼年的孩子造成影响吗？如果拉开往事的幕布，追光灯下，必有她无助的哭泣，因过分恐惧而伪装起来的懂事乖巧。她扑进我的怀里，泪痕斑斑地向我点头："妈妈，我跟你。"那些隐在暗处的疼痛，随时可能像一只野兽重新伸出獠牙，撕咬人的内心。

只是我们已不再去深究它们了。妥协、忍耐，是我们在婚姻中获得的最宝贵的启示。我们在不断地反思中磨合，刻意抛开了阴霾的那部分，保留着明亮以及往前行走的信心和希望。譬如天凉的时候，先生感冒咳嗽，仍穿着短少，我在忍不住唠叨之后，立即自我反思，还是不管的好，否则招人反感。而他则半开玩笑地说："没关系，反正一直在你的'欺压'之下，已经习惯了。"事实是，我始终认定退让更多的那个人是我。

认知的偏差，构建起一座路径错综复杂的迷宫，从来没有两个人，能够齐步并行。

女儿从小学会察言观色，当父母从热战转为冷战，她不经授意便懂得为双方传递消息，并掐掉其中饱含怨恨的言辞。如今想来，她的情商高于父母，难道不是因为害怕失去，而以一己之力死死守护？那些我们所认定的优点，其实远不是她天然乐意拥有的。

我想起前不久看过的电影《无以为家》，影片的最后，男主人公赞恩在少年监狱向法律组织致电起诉他的父母，他认为当父母没有抚养孩子的能力时，就不应该把他们生下来。其间不仅有对父母的控诉，还有对生命存在意义的拷问。那对父母，是否也曾深以为自己是称职的呢？就像世间诸多的父母，只是把孩子养大，就充满了功德圆满的自得？

五

儿时，我们家老屋的厅堂里，固定有两个燕子的巢穴。每年春天，一对燕子到来，衔泥、孵雏、喂哺。短短的一个多月，我们便看见小燕子纷纷出巢，离开父母，头也不回地向着更广阔的天地飞翔、盘旋。此后，它们还将另立门户，建立一个父母遥不可及的自我世界。

正如龙应台在《目送》中所言："所谓父母子女一场，只不过意味着，你和他的缘分就是今生今世不断地在目送他的背影渐行渐远。你站在小路的这一端，看着他逐渐消失在小路转弯的地方，而且，他用背影告诉你：不必追。"

我曾每隔一两个月丈量女儿的身高，将结果存在手机备忘录中，一毫米一毫米地期待和盼望她长大。眼看着她从我的腰际蹿至齐肩，渐渐有了俯视我的底气。当她意识到已经高过我的时候，便拉着我来到了镜子前，神色中不无藐视的快感。她那高抬的下巴里，翘起了一个青春少女逾越的得意。

此外，她所阅读的书籍、行走的道路、探求的未知，哪一样不令她视野越来越开阔，挣脱的力量越来越强大？她热衷于为我讲解物理知识、化学知识、生物知识，甚至星座奥妙，然后出题考我，在我错漏百出之时，一次次推翻我的权威。

那个曾经崇拜着我，以我为荣的孩子。当我竭尽全力呵护她的日常，记挂她的冷暖，注视她的长大，还在挥动并不宽大的羽翼之时，她正在一寸一寸地挪移步子，朝羽翼之外探出头去，目光中，皆是我力所不能及的方向。

甫入高中，我们便试图为孩子树立一个从业理想，比如像爸爸那样学习金融，可望在将来获得人脉上的优待。她回以"呵呵"两字，说她的目标是生命科学。当我以她时间分配不过来为由，希望她不再担任班干部时，她参加竞选并成功当上了班长。是的，当我们像任何一次那样，替她着想，以过来人的身份给她讲一堆生存哲理，以为可以让她少走弯路，于她看来，却只是一厢情愿。她有她的愿望，任何越俎代庖都只会引起更多的反感。

我们有过许多次的辩论，我常以为两次获得"最佳辩手"的自己头头是道，足以令女儿点头称是。但是今天，她为我兜头浇上了一瓢冷水："大事小事，都唠唠叨叨讲一些虚无缥缈的大道理，我不想听还显得我不懂事。有没有发现您的道理都是以您自己为出发点的，您并没有站在我的角度，体会我的感受。那些大道理我不懂吗？当然不是。即使我懂这些道理，也还是心情很差，这是为什么？因为它不是良药，听多了只会觉得心烦。我又要被道德约束不能生气，烦心事只能在心里压着，越积越多。就像是我这里起了火，您把油当水往那儿一浇，以为灭了，沾沾自喜地跑了，最后还得我亲手把它拍熄。左一团火右一团火，都是如此，烧伤也一次比一次深。情绪要靠共情来安慰、缓解，而不是一味地讲道理，只会讲道理是走不进别人内心的。"

我一遍遍地扪心自问，是十几年的教书生涯为我留下了永不能摒弃的职业病，还是每一个母亲都恨不能将人生经验一股脑全刻录进孩子的生命中？"被刺得多了，自己也就长了一身刺。"这些，本不是我想要的结果。

母亲不是一门职业，却比任何职业都难以胜任。没有一本教科书能够抵达人心的幽深之境，也没有一种成功的模式可供所有人抄袭模仿。

我不能以文字回复她的"檄文"，因为我担心任何自以为妥帖的字眼，都有可能陷入新一轮说理和辩驳的漩涡，以至激起猛烈的波浪。无论是我，还是她，都需要将心中的郁结一点一点地捋顺。除了自己，没有人能出手相助。

刚刚下过一场大雨，绵江河边密密丛丛的枝叶在夜色中闪着幽光。夜间九点半，女儿的电话如期来临。"我们今天上体育课跑到别的班看帅哥了。"还是往常那种兴奋的语调，"你看啊，初中班上那么多高颜值的男同学，现在呢，真是一言难尽。"

我对着手机开怀大笑，好像从来没有读到过一篇"檄文"，好像整个世界都明亮如初。我看见猛涨过的河水已然回落，唯有暗流在河床中悄悄涌动。

暂居者

那些相同的星辰，城市和乡村

将会被另外的眼睛观望。

世界和它的劳作将一如既往。

——米沃什《诱惑》

一

他的生物钟出奇牢固。每天清晨七点，惯常的咳嗽声准时暴露他的行踪。我躺在名仕花苑二栋五楼的屋子里，闭着眼睛，就能够看到那个步履稳健的老人，穿着绿色的旧军装，从我家楼下经过。晨风中必有白发掀动，像一面意志坚定的旗帜。

有六年了，我的父亲，就这样走进南方的晨曦中。他从名仕花苑七栋出发，穿过八一南路，去往那个雷打不动的目的地——绵江小区二栋。一路上，他要经过一棵孤单的银杏树，几声热闹或寂寞的鸟鸣，还要经过林林总总的商铺和路边摊，但他很少将注意力停留在他们身上，他怀揣着一个"有产者"的责任或委屈，去看望那套曾经生活过十三年的旧房子，仿佛他一天不确认它的存在，房子就会不翼而飞似的。

作为一个在泥土中翻滚多年的资深农民，父亲先是被儿女们一把推到了城里生活，然后又被各种缘由裹挟着，从绵江小区搬到名仕花苑。二十年前，他从没有想过自己会洗脚上岸，变成一个城镇居民；十三年前，他也没有想过有一天要离开这套生活便利的二层住宅。

他曾经以为自己这辈子都将守着家眷田产，在故乡麦菜岭平静终老，最后躺进风水师看好的某一座青山里，于每年的春天，静待儿子、孙子或孙子的孙子前来细数新发的草芽。

然而他还是背离了自己的故乡，听话地配合着子女的意见，一次次像蜗牛一样搬空自己的住宅，将积攒一生的物事全都卷进行李，运往新居。他花了很长的时间慢慢适应县城的日常与节奏，学会在小区的体育设施里拉单双杠，骑着自行车拓展自己的行动范围，将认识每一处新生事物视为荣耀。

内心里，他又何尝没有某种不曾言说的自豪或满足呢。作为全村第一户在市区拥有新居的人家，偶尔回村，人们投向他的目光，更多是羡慕和赞美。譬如子女有用孝敬，譬如终于扔下锄头，吃上快活茶饭了。

谁能懂得父亲的忧虑呢？譬如现在，他的钥匙准确地对准那扇蓝色防盗门的锁孔，向右旋转两圈，门啪嗒一声开了。地面上的瓷砖依然光可鉴人，四室两厅一厨两卫两阳台照旧泾渭分明。他像一个重返故国的国王，在自己的领地上来回逡巡着，一一检阅过那些熟悉的器具家什。衣柜、沙发、床全都空着，像等待着被物填满，被声音填满，被气味填满。

就像，父亲等待某一位租客，将这套房子填满。

这些年，他与形形色色的租客打过交道。每一次，他都心有不甘地将钥匙交出去，他对他们和颜悦色、温慈有加，满心盼望着他们像自己那样善待这所房子，然而收获的几乎永远是失望和愤懑。他总是害怕自己热爱了多年的器物被人糟蹋，却又无可奈何。

他不能不将房子租出去，唯其如此，这套房子才算发挥了它的效用和价值。父亲穷了大半辈子，俭省了大半辈子，至今仍距离富裕十万八千里，他当然知道每一份财产的来之不易。我的哥哥长年不在家乡，父亲便责无旁贷地认为自己有责任和义务将房子守护好，利用好。

在买下这套房子的时候，我们都是想着一生一世的。

中心城区，交通、医院、购物无不便利；位于二楼，方便父母年老后进进出出；四室两厅，适合大家庭共同居住。最重要的是，周边有十分集中的市直学区，从幼儿园、小学，到初中，均在八百米半径范围内。

彼时我刚刚从乡村学校调到市区最大的小学教书，而哥哥则恰好攒下一笔小钱，要为侄儿谋划未来。绵江小区是为数不多的新开发房地产楼盘之一，我领着父母，绕着还未封顶的钢筋水泥丛林转了一圈，然后在售楼小姐天花乱坠的描述中，迅速签下了合同。

父亲将老家的木头一车一车运出来，仿佛要打造一座崭新的宫殿。我们都没有经验，又都倾向于精心装修，将那些实木一段一段地用到门、窗、柜子里，甚至是花里胡哨的吊顶上，我们嗅着那些熟悉的木头的气味，就好像老家的山林会在这个新的空间里复活一样。

十三年，父亲和母亲摸透了每一件家具的脾性：比如朝向阳台的大木门，推拉时需要双手合力，稍微抬高那么一点点，才不至于被卡住；比如主卧室的大衣柜，里面藏有一个卫生间，需要尽量保持干燥才行；比如请师傅自制的席梦思床，内里铺排了密实的弹簧，比店里买的名牌还牢靠……

谁也没有想到有一天需要离开它，将它拱手让给别人。

住久了的房子，是有灵魂，有记忆的。我仍记得父亲一点一点搬空屋子的动作，那么慢，那么慢，像他无比熟悉的电影慢镜头（父亲曾是一位乡村放映员）。每掏出一样东西，他都要长久端详，恨不得一一回忆它存在于日子中的点点滴滴。他甚至想着，这些东西躺在这里仍然是最好的归宿，有一天自己还要回来住。

和一辆大货车果断地将所有旧物从乡村运到城里不同，他将这一次离别的仪式做得很足，除了实在难以搬动的大件家具，其余的，他用绷带捆一些在自行车货架上，每天一趟趟缓慢地运送。一个抽屉又一个抽屉，一个角落又一角落。那些攒了一生的书啊，日记啊，信件啊，证照啊……全都依依不舍地与那座房子告过别。

现在，父亲不仅要来看望他的房子，还要仔细查看贴在小区巷道、屋子单元门等几处的招租广告还在不在。总是有一些无所事事的人与他对着干，将他好不容易贴上去的广告纸撕掉。这样，他又不得不要求我重新打印，然后端着糨糊，搬着凳子，挺着他那虽老迈仍笔直的腰背，重新贴一次。

父亲成了一个如此矛盾的综合体。房子租出去，他是忧虑的；房子没有租出去，他还是忧虑的。

二

第一个电话打进来的时候，整座城市还显得睡意蒙眬，父亲像一个士兵接到了紧急出征的号令，忽地从座椅上弹起，匆匆赶往接头地点。不得不说，八年的部队行军史，令父亲练就了良好的反应能力，此刻恰好派上了用场。

遗憾的是，兴冲冲赶去之后，双方对租价的预估值相差太远，父亲很快就无功而返。

招租广告是我拟的，红纸打印，四处张贴："套房出租——绵江小区 X 栋二楼，四房两厅两卫两阳台，家电家具齐全，拎包入住，租金面议。""面议"二字，包含了太多的期望和不确定，也让口袋干瘪的租客拥有了狠劲砍价的雄心和勇气。

如是往复，父亲跑了许多冤枉路，一度气急败坏地宣布："干脆不租算了。又不肯出钱又想住我们的大房子，这算什么道理？"然而当下一个电话响起时，他仍然像一个训练有素的士兵，一阵风似的奔赴他的使命，与形形色色的人，与或挑剔或刻薄的言辞耐心周旋。

房东这个称谓，于父亲确乎是哗然而至的。在他六十多年勤劳苦做的生命历程中，从来没有习得过这方面的经验。我们分头行动，一边向有房出租的邻居们打探价格，商议好自己的心理底线，一边从网上搜索出租合同，以免因疏漏蒙受损失。毕竟，我们留下了一整套珍爱过的家当。

起初，我们有过许多天真的设想，小区周边人口密集，也许会来一个有实力的老板，在我们的房子里开一家美容院；更也许，是像我们这样，为了孩子读书不惜一切代价的人家。如此长租下来，我们便可省心省力。

现实很快粉碎了美好的幻想，那些陪孩子在城里读书的老人，听到千元以上就开始畏畏缩缩或嘟嘟囔囔。五百元，于他们已是高价了。是的，父亲在电影院工作的老同事承发师傅也在城里租房陪读，那是位于赣东南菜市场楼上的一处小套蜗居，价格低廉。他宁愿忍受无休止的嘈杂、污浊、凌乱，也不肯多花钱住得舒心一点。除了骨子里的节俭抠索，难道他没有现实的困境加之于身吗？父亲比谁都明白，当他们满心不甘地从电影院下岗，从所谓的社办干部身份中黯然退场，并没有获得安身立命的好结局。

我们看着这座人口不足七十万的小县城，城区面积不断扩大，街道社区交错纵横，新生的楼盘如雨后春笋般拔地而起。在那些扩容的房屋内，居住着成分复杂的各色人等，其中有多少类似父亲的农民填充进来，又有多少如承发师傅那样买不起房的人游荡在城市边缘？

房子空了大约有一个月，于父亲却漫长得像一个世纪。他日复一日在焦虑中来回奔走，直到与第一位租客签下合同。

那是一个来自重庆的小伙子，一个人，要住那么大一套房子，近乎奢侈了。父亲对租房生涯中第一次达成交易的小伙伴充满了感激，几乎要额手相庆。冲动之时，竟忘了遇大事与我商量的一贯作风，完全撇开了我，一个人乐颠颠地跑去家具市场，花四千多元买下一套堪称时尚的布艺沙发，将原来的沙发毫不怜惜地弃置。

印象中，父亲对于旧物从没有这么果决大方过。可是，这位小伙子瞧不上我们的旧沙发，强烈要求换新，否则拒签合同，他又有什么办法呢？

父亲为自己的决定准备了很多辩护词，与其说他想令我信服，不如说他想说服的是他自己。他说，一年下来，租金有一万多，买一套沙发还有节余。何况有了新沙发，对后面的租客也更有吸引力。我小心地附和着他，我不能将他冒着芽尖的自我认同残忍剪断。彼时母亲正在广东带小孙子，父亲独自承受着所有的孤苦和责任，他的决策必须是英明的，必须是经得起考验的，他不允许自己有错漏和失误，他连脾气都无处可发。

仅仅半年，小伙子就提出了退租。合同中写明的违约金，他不愿承担。他说，匆匆搬离也是迫不得已，希望父亲不要计较。父亲没有惊动正在上班的我，一个人平静地处理了退租事件。他看着小伙子搬走自己的行李，留下满地的狼藉。然后，开始了艰难的卫生大清扫行动。油烟机里有厚厚的油垢，瓷砖地面有五色斑斓的印迹，床头柜里有被主人抛弃的臭袜子……

这些多出来的东西，耗费了父亲整整一天时间。来不及坐在新沙发上喘一口气，他又开始清点器物，最终发现丢失拖鞋若干、菜刀一把，最值钱的，是一个液化气罐。

人都走了，何况是外地人，再追究还有意义吗？鉴于许多漂来漂去的年轻人给他留下的不良印象，父亲深知自认倒霉的概率极大，他不禁有些恼怒了。抱着最后一丝希望，他按住喉咙里直往上蹿的火气，拨通了小伙子的电话，换上天底下最慈蔼最柔和的声音，如往常那样亲切地称呼他小夏。

提前搬走了气罐的小夏，显然对此心知肚明。只说自己灌的气还满着，不带走可惜了。他正经历着怎样的境遇，何以放不下罐中的气体，谁知道呢？不久，小夏依约，搭了一辆出租摩托车前来交付一百五十元气罐钱。父亲长舒了一口大气，仿佛对人性之良善又增添了几分确证。他们絮絮地寒暄着，小夏还顺便深情地回忆起某天客厅大灯的盖子突然掉下来，摔得粉碎，当他告知父亲，父亲认为是自然损坏，不能怪他，没有要他赔偿。小夏说，父亲是个好人，老实人。"如果我下次再来，还租你的房子。"他又说。

夏夜的风收敛了白日的燥热，不远处的街市人潮汹涌，只有他们还站在楼下，彼此祝福，互道珍重，好像两个即将失散于天涯的亲人。

三

在小区巷道的广告丛林中，写有父亲电话号码的那一张重新在某个角落顽强生长。他又一次陷入了焦灼的等待之中，那些隐在暗处的形形色色的寻租人，谁将走到明处，将父亲心上的石头轻轻放下呢？难过的是，这完全不像一场实力均衡的战斗，他不能够主动出击，只能做一个守株待兔的农夫。

谁能想到，他等来的，会是一只如此狡猾的兔子。

那位来自广东的林姓生意人摆出一副财大气粗的架势，声称准备在城北开一家海鲜大排档。他总是哼哼哈哈地哄着父亲："一切好说，一切好说。"然而等到交付押金的时候，他立即叫苦连天："生意刚刚开始，处处都要投钱，暂缓暂缓。会给你的，一定会给的。"

可是押金明明已经写进合同里了。父亲感到了莫大的欺骗和伤害，一个大老板，会差那么一点点吗？父亲不大相信，他深感对方诚意不足，又无可奈何。耐着性子，等几天打电话问，未果；再等几天又打电话问，仍未果。父亲开始坐卧不安，他终日徘徊于绵江小区的楼下，观望租客的生活迹象。譬如窗帘是开着还是关着，譬如阳台上是否晾出了衣物，譬如房间里夜晚会不会亮起灯。他像一个经验老到的侦察兵，耐心、恒久，透过有限的蛛丝马迹推测着租客的日常生活，并由此推断租客是真的缺钱还是纯属骗租。

那些日子，他的内心一直有两个巨人在不断打斗：相信他，等待他——不，我遇到骗子了！

父亲秉性认真，一是一、二是二，分分明明。他从未做过生意，如非万不得已也从不肯欠人半分，他素不知道世间还有如此厚颜的推诿术。甚至在某一天深夜房屋亮灯之时，他敲门进去，对方仍向他摊开空空的双手。像一块被摊上烧烤架的煎饼，父亲正经历着一个人的百般煎熬，又不愿意向我喊疼。

他骑着那辆老式载重自行车满城逡巡，辨识一家又一家以餐饮为业的店铺，终于找到了位于城北的那家海鲜大排档。在一个人口密集的县城里，新开的饭馆总是呈现出热闹非凡的景象，人进人出，觥筹交错，可以想象的日进斗金。父亲心里的天平瞬间向其中一个巨人大幅度倾斜，他确信生意人并非拿不出一千二百块钱，只是纯粹欺侮一个老人无力抗争。

父亲一度想以诚恳打动租客，他动用了房主的母钥匙，开启那扇再熟稔亲切不过的蓝色防盗门。他打开冰箱，将凌乱的食物归置齐整，又抓起拖把，将地面收拾得干干净净，同时，他深怀着房产主人的某种戒心，观察租客是否会破坏房内的财物。他对自己的人品有十足的把握，并为此找到了充分的心理支撑："他是欠钱者，我是自己的财产保卫者。何况，帮忙租客打扫卫生，到哪里找这么好的人？"他有过多年夜不闭户的山村生活经验，丝毫没有意识到，他的好心已经越过了边界。

租客很快发现了这个以主人自居的"入侵者"，他没有感激父亲的义务劳动，反而为不肯交付承诺的押金找到了更有利的借口。父亲停止了无效的义务劳动，在催要、推脱和无尽的等待中继续徒劳地徘徊观望，从不懈怠。他愤恨生意人不讲信用，连同对方那夹着粤语腔的普通话也越发觉得难听。

　　所有的一切，都是在事情无法收拾的最后，父亲才向我和盘托出。他不想麻烦我，他总是那样体谅着我的忙碌，并相信自己能够处理停当。他竭力克制着自己，生怕哪一通电话会打断我正在进行的事情。父亲年事渐高，尤其是进城之后，我们之间的角色突然发生了一百八十度的互换，他从一个对女儿发号施令者成为乖驯听话者。他变得无比敏感，哪怕我不经意露出一丝不耐烦的声气都能令他沮丧气馁。于是他竭力掩藏着自己的失败或悔恨，一边自我总结教训，一边朝着他认为正确的方向不断修正。

　　反复周旋无果之后，他跨进了那家海鲜大排档的大门，他的陈旧装束与店里的气派光鲜是如此格格不入。他以一个视声誉如性命之人的心理揣测，生意人难免是要面子的，柜台上必有不少现金，此番应不至于无功而返。

　　他想错了。林姓生意人始终没有拉开那个装满现金的抽屉，他甚至恼怒地认为，父亲的行为破坏了他新开业的好彩头。饭馆大厅里，明晃晃的灯火在生意人那张"义正词严"的精明脸一侧投下一道若隐若现的阴影，俨然他才是理直气壮的黄世仁，而父亲则是那个处于劣势，求告无门的杨白劳。

少年时看书，读到作家萧红因拖欠房租，一再央求宽限而不得，被房东扫地出门，四处流浪，迫于无奈向朋友写信求救。彼时我小小的心里充满了同情，以至鄙视房东的势利刻薄。如今回头思忖，谁知道房东是不是也靠这笔微薄的收入维持一家衣食呢？据说名相晏殊倒是家里有钱，盖了许多房子用来出租，是当时著名的"房叔"。可是世间如晏殊者能有几人，欧阳修一时还买不起房，租房子也租不起好的呢，所以会著诗以发牢骚："邻注涌沟窦，街流溢庭除。出门愁浩渺，闭户恐为潴"。

我开始关注与租赁有关的新闻事件，发现租下高档公寓者，偷换锁具，拖欠大量费用，将房内财物破坏殆尽，然后溜之大吉者不为少数。房东与房客，强者或弱者，原本并非绝对的守恒定律。

向来房东都被世人描绘成冷酷无情，只认金钱不认人的形象。只是谁能理解一个房东的无助和辛酸？我的父母与兄嫂，各自省吃俭用，长久积攒，举全家之力方才在城里置下房产。他们的一分一厘均是辛勤劳动所得，难道不应该为此获得回报？如今遇人不淑，父亲的憋屈向谁诉说，权益又如何维护？

四

生意人的太极术玩得炉火纯青。新的一月来临，他既没有交付下月租金，也没有搬走的打算。空留无计可施的父亲百般隐忍，几近憋出暗伤。

父亲终于抛弃了残存的希望，嗫嚅着对我说："我们，是不是要向派出所报个案？"我望着他紧锁的眉宇，强力掩饰的颤抖，看见他硬撑的尊严内里，是无助，无援，以及最后的溃败。"为什么不早告诉我？"我想冲他咆哮，出口又虚弱无力。一种锐痛攫住了我，如锋利之刃戳进内心。我气父亲的天真和迂腐，又痛他多日来的屈辱与承受，更恨自己竟完全没有察觉。

我阻止父亲再在黑夜里盘桓于绵江小区，我甚至担心对方恼羞成怒，使父亲招致叵测。我与哥哥电话商议，事已至此，唯有及时止损。我们思忖租客必认定父亲懦弱可欺，才凌弱耍赖。哥哥打通了生意人的电话，操着满口纯熟的粤语与之交涉，劝其尽早搬离。

当我与先生随同父亲一起踏进绵江小区的家门时，父亲的神色明显增添了诸多底气。他一眼看出，伴随多年的玻璃茶几已经壮烈牺牲，仅残剩四条空空的腿。父亲的心痛溢于言表，生意人仍在抵赖，声称茶几自行爆裂。我看清了那副嘴脸，不愿与之辩驳，只将合同掏出，大声念出关键的责权条款。

生意人在家具店四处考察，买下最便宜的一款茶几充数。心知追究违约金并不现实，我劝说父亲算了，只想让他早日脱离这段心力交瘁的纠缠。生意人搬走的那一日，我们开启了一瓶新酒，举樽共庆。

那时候我们都不愿意想象一种情形，即闹剧远未结束。

父亲一生为认真二字所累。房子一天不安排妥当，他就一天不能安生。租客动荡多变，像极了白云苍狗的时世。他不愿一日三时，总是强调非一年以上合同不签，其实这一条每回都约等于空文。

此次来的是一位本地中年男子，样貌悫厚实诚，对房子极其满意，愿意长租在此。二人在一日之内欢欢喜喜订了合约，交割了现金。父亲以为从此高枕无忧，笑模笑样向我叙说详情。眼看父亲整个身心洋溢着英明与得意，我亦为之高兴。

半个月过去，我的电话骤响于某个午后。是绵江小区四楼的邻居打来的，气势汹汹，甚有兴师问罪之意。我莫名其妙，而对方语无伦次，听了许久，方知新来的租客是开麻将馆的。她一边强烈要求我家收回租约，赶走租客，一边痛陈自己前不久在楼下开麻将馆，被人举报草草罢休。我心想，这个没头没脑的女人，竟将出师不利之气撒到我身上来了。

长期以来，麻将馆寄居于社区和居民楼间，从业及参与者众多，稍有不慎，便触及法律边界。我心有戚戚，特地查看了《最高人民法院、最高人民检察院关于办理赌博刑事案件具体应用法律若干问题的解释》，其中第九条为："不以营利为目的，进行带有少量财物输赢的娱乐活动，以及提供棋牌室等娱乐场所只收取正常的场所和服务费用的经营行为等，不以赌博论处。"我与租客联系，他一再保证，只是朋友间的休闲娱乐，赚点茶水钱而已。

与此同时，女人开始了对租客的直接驱赶行动。她泼辣而莽撞，冲进玩兴正酣的麻将客中间破口大骂，谴责他们影响了邻居休息，还害得大家没有安全感。更多的，是含沙射影，诉说自己开麻将馆惨败，必为奸人陷害。她痛恨别人的生意兴隆，比照着自己的无限失落，仿佛眼前尽皆敌人，火力便愈发猛烈起来。租客赌天发誓，会门户关紧，控制噪音，女人却不依不饶。

后来方知，其身后另有主使。二楼对门的女主人，不愿自己得罪人，只怂恿着她出来下驱逐令。租客再也撑持不住，只好主动提出退租。父亲过去交割，互相表达着同情和谅解之意，彼此认下相应的损失，一桩愉快开场的合作终至郁郁落幕。

父亲曾经将邻里视为亲人，他在这个单元楼里，攒下过良好的人缘。由于缺乏物业管理，父亲很自觉地充当起了义务管理人。楼道卫生长期无人清扫，是我的父母主动承担起了义务。后来又有几位老人受其感召，共同参与进来。有时单元门洞开，竟有丧失公德之人躲在楼梯下便溺，不日臭气熏天，人人掩鼻而过，仍是父母亲从家中提水冲净。安装公共门呼叫系统、疏通下水道堵塞……一切凑钱请师傅等琐细事件，均由父亲不厌其烦地操持着。他账目清楚，性情和善，深得邻里信赖。搬离绵江小区的时候，父亲托付对门的女主人帮忙看顾，她不仅满口答应，神情间甚至浮现出了依依不舍之色。

向来恪守以心换心之真理的父亲，殊不知所谓的邻里情谊薄如蝉翼。这一次，现实又为他奉上了生动的一课。

一对夫妻租住进来，时仅一个月，妻子怂恿丈夫退租。只因晚上起夜，看见蟑螂出没。父亲愤愤："有人吃喝拉撒的地方，哪能没有蟑螂？"租客如是者，流水一般。只苦了父亲，像个黔驴技穷的厨师，一会儿上席，一会儿撤席。表面上看，是他或房子难以令客人满意，实际上却是租客萌生退意，寻个缺陷无非张口之劳。

之后接洽的是三个九〇后的年轻人，里面住的却远不止三人，也许有一伙。他们在屋子里吆喝、吵架、喝酒、闹腾，喊声震天，说是做生意的，却不知从事何种生意，竟可以终日窝着不出门。父亲吸取了以往教训，不再盘桓其间，也决不踏进屋子半步。这回，邻里竟无一人出来控诉噪音问题。

三个月过去，收租金的日子到了，父亲打通电话，年轻人却直陈已经走人，迅疾挂断电话。"钥匙都没交还呢。"父亲唉声叹气，前往收拾残局，看见锅碗瓢盆俱在，被褥枕席照旧，不知他们何故走得如此匆忙。心想这年轻人哪，真是不懂惜物。及至整理桌柜，翻出一大沓纸页来，细看每页均是一长串的人名和电话号码，旁边潦草地划拉着备注。

莫不是从事电信诈骗？我心中一惊。想来，房东还需掌握一项技能，即调查租客身份来历，揣测他们在屋子里进行何种活动。

这边厢还在脑补电信诈骗的特征，那边厢年轻人已潜入人海，杳如黄雀。

五

一切都短暂得像一阵风。父亲盘点 N 任租客，发现租金所得甚少，倒是收获了一大堆鸡零狗碎、气恨羞恼。我忽然想，这又何尝不是租客们漂泊无定的现实缩影。无论出于主观还是客观，无论处在大城市还是小县城，动荡和迁移早已成为时代洪流中的巨大一股。

时值岁末，父亲收拾了行李，带着大侄儿乘车赴广东阖家团聚。管理房子一职暂由我代司，我接过一瓶已经发黑的糨糊、一把光秃秃硬邦邦的广告刷（父亲放电影时用过的），联想起影视剧中贴小广告被城管抓的桥段，一时竟有荒诞之感。我曾将房屋出租信息投放多处中介公司，也在朋友圈几番发布，但无一管用，所有的租客都是循着小广告而来。

几乎每一天，我都要应对不规则响起的电话。从前那些会直接掐断的陌生号码，此时却有可能是即将上门的生意。我一次次放下手头的事情，中断正在进行的午休，从名仕花苑匆匆赶赴绵江小区，洞开房门供人四下观赏、察看、掂量，又一次次在不动声色的心理和言语较量中铩羽而归。他们千方百计挖掘房子的瑕疵，流露抱怨或嫌恶之意，好使主人心生愧怍，慷慨让价。或者以此为由，抵消自己诚意不足的那部分歉意。

　　一整个春节，我徒劳无功、颗粒无收。每每关上门，回望屋子的寒凉冷清状，忆起一大家子在里面热热闹闹的时节，不禁唏嘘。后来我想，为什么父亲的客人多能谈成，也许是他诚诚恳恳的态度打动了他人。而我，自以为不卑不亢，极少对人面露恭谦之色。觅租者，或多或少都抱着寻求温暖庇护的心意。纵使短暂，他们确乎都中情于一份归宿，一种家的感受。

　　转年，父亲归来，签下新的租客。那位女主人博得了我的好感，她随身抱着一盆绿植，像护着一件宝贝。我自小热爱栽花种草，对怀有同好者秉持天然亲近。那副准备天长地久的样子，让我笃信她会把这儿当成自己的家。

　　可女主人的丈夫是位来自福建的生意人，领着一帮工人养蚯蚓，据说是用来喂养鳗鱼的。自然，工人们也住了进来。父亲只是习惯性地在楼下观望，不敢打扰他们的生活。及至退租之后清理杂物，才发现茶几缺角、洗衣池碎裂、门纱损坏，一扇完全散架的纱窗，则被藏在窗帘背后。父亲的心几乎随物品碎成几瓣，不知是怎样粗鲁之人，在屋子里进行过何等暴烈动作，才能构成此等后果。电话那头，女主人却是云淡风轻："交接时你都没有发现，过后咱们就不说这个事了。"我一时心中黯然，仿佛有某种美好之物骤然凋零。不知为何，宁愿哄骗自己，一切与女主人无关。

现实中，被损坏得最快最彻底的，通常总是公共财物。国人的公德与私德，在租房一事上实在是展现得淋漓尽致。租客们衡量着付出和相应的享用，谁愿意将对待自家屋宇的美德迁延于别处呢？这似乎是一个悖论，他们既渴望获得家的温馨，却很难将之当成真正的家报以礼遇。

租住最久的，是一位在农贸市场开面粉加工店的重庆人，年过五十，父亲总是礼貌地称他曾老板。一年零一个月，于父亲近乎是最为省心的一段美好时光。曾老板亦领着一帮工人同住，白天在店里忙碌，只是晚上回屋歇息。他约定父亲每月到店里来取租金，从不拖欠。父亲前去，并不急着要钱，一边孩童般好奇地观看机器吞进面粉，吐出白白的面皮，一边热切寒暄，为曾老板的生意兴隆由衷高兴。一来二往，父亲竟与他有了某种默契或曰交情。每次买饺子皮，父亲径直前往曾老板店里，曾老板也每以批发价售之。二人有说有笑，状如亲人。

父亲多么希望曾老板就这么一直住下去呀，可曾老板此店乃与另一位老板合作，每人一年轮流执掌。一年倏忽而过，曾老板返回重庆之前，与父亲惺惺话别，承诺隔年重来，若此房空着，还找父亲租房。只是彼此都心知肚明，此等巧合已难再有。

余下弥漫着面粉味的屋子，等着父亲揭开蒙尘的面纱。他随意挥动扫帚，都惊动白茫茫一片粉尘。长期囤积面粉的后果，是墙面、地面、吊顶，所有的旮旯角落，无不充斥着面粉屑。工人将吸饱了面粉的衣服扔进洗衣机，久之，洗衣机里便攒起了黏糊糊的面粉团。老鼠们早已呼朋引伴，在外壳处筑下安乐窝。想必日日有面粉饱腹，它们是过了一年的好日子呀。南面阳台原本堆积有废旧木料，形成的犄角成了老鼠高奏凯歌的乐园。

鼠患如此严重，室内亦不可避免。水管咬破、沙发啮烂，其情其状，孰可忍。父亲带领母亲围追堵截，发动了一场毫不手软的灭鼠大战。老鼠们过惯了逍遥太平的日子，哪料到今日遭遇此劫，大大小小十几只老鼠被一举全歼。父亲望着扫作一堆的累累战果，破天荒没有流露丝毫抱怨之意，倒是与母亲谈笑风生，笑言曾老板与老鼠们和谐相处，慷慨喂养，堪称王者矣。而我则有小小的伤感，想那曾老板生意兴隆的背后，却是租不起仓库，也不能与工人分居二室的酸楚。

这一茬一茬的租客走马灯似的来了又去，唯有曾老板在父亲心中投下少有的温暖和光亮。也许仅凭一人，便足以令父亲忽略生长于疼痛之上的一切疤痕，满怀信心，迎接行至近前的每一个陌生人。

一年后的某天，父亲去农贸市场买菜，看见归来执掌店铺的曾老板。在嘈杂喧嚷的闹市中，二人久别重逢，惊喜中又掺杂了些许感念时光的意味。他们都不年轻了，人海沉浮，生意场更是充满不确定。没有人能预料，他们还将在这个老地方进入多少个轮回般的重逢，只是那种天然的善意，如一股持续的电流接通着二人生命中的那道光。

直到今天，曾老板兴许已经结识房东若干了吧。父亲照旧去买他的饺子皮，照旧是批发价。

六

春天的和风吹彻了这座小城。玉兰花开过，银杏就该披挂新一轮的绿叶了。父亲招牌式的咳嗽响起，母亲沉默地相跟着，一前一后穿过名仕花苑的北大门。这一次，我不再是那个居于五楼偶听动静的旁观者，而是紧随其后，赶往五百米开外的绵江小区。

交接的时间在上午，新房主讲究吉利，我们都乐意配合。卖房，对于当了几年房东的父亲来说，又增添了诸多心理上的不适和不舍。客厅墙面上，还挂着小舅书写的横幅"诗文传家"，我曾如获至宝地从字画装裱店将之捧回；主卧床对面，还立着实木打制的三角电视柜，母亲曾看着电视进入每夜的瞌睡；书房电脑桌，还留有一台旧式的电脑，父亲曾在那里学会五笔打字……

现在，我们要对这卧室，这厨房，这客厅，这阳台，这一次次打开合上的实木大衣柜，这无数次抚摸过的所有物事说永久的再见了。父亲将从所谓的"有产者"、房东，回归到清闲状态，回归为一个城市的栖居者。

最后一任租客，是个书法教师，姓朱，一年四季，安安静静地教习着一二十个孩子习字。曾经是一日三餐，烟火气浓郁的套房，摇身一变，成了雅致的学堂，倒与匾额中"诗文传家"的气息颇为契合。这是父亲拟下的最长久的一次合同，五年。如果没有什么变故的话，五年之后，他还将续租下去。父亲的笑从心上荡漾至眉目之间，他答应从此不涨房租。做一个一劳永逸的房东，是他操劳数年幻想多时的美梦啊。

朱老师果然人如其书，有谦谦君子之风。他平日里在市区一所重点小学任教，仅周末和节假日来教习书法，对房屋陈设几无一丝破坏。每到月中，租金准时微信转账于我，省了父亲跑腿之劳。疫情防控期间，书法班停摆，朱老师提出可否减免房租，父亲欣然同意。对于知书达理之人，父亲通常格外尊敬与体谅。尤其是对方使他免去了一以贯之的担忧，好感不禁倍增。

我们都以为日子会一直这样平静地滑行下去，广东那边却传来急需用钱的消息。原来，小侄儿年岁渐长，已到入学年龄，哥哥不想将他送回老家就学，重蹈大侄儿叛逆的覆辙。眼下，解决户口是当务之急，他决意从省会退到二线城市，咬牙购房。

背井离乡，在粤漂泊，哥哥有很多年都是别人家的租客。他像一只候鸟，年年在两地间疲惫地飞奔。2001年，我送嫂子和尚在襁褓的大侄儿与哥哥团聚，简陋的居室里合租着多位男子，睡的是上下铺的铁架子床。我在一米见宽的铺位上勉强和衣而卧，第二天即告辞返乡，也不知道他们此后如何在那蜗居中度过琐屑的日子。

二十余年过去，哥哥已说得满口粤语，在身份上却仍是一位异乡人。从此处到彼处，从故乡到他乡，一个无所依凭的寄居者，承受着与亲人两地分隔的种种痛悔，拼尽全力攒钱，存款增加的速度怎么也赶不上房子涨价的速度。房子、户口，是数以亿计如哥哥一般漂泊他乡的庞大群体之痛，从 20 世纪一直蔓延至今。

被选中的那座二线城市，房价最低也是以万元为单位了。除了卖掉绵江小区那套房，一家人别无二法。搬迁，是一次仍怀抱希望的别离；出售，却是永久两相割断的别离了。父母压制住一阵紧似一阵的心疼，将这幢屋子的注意事项，器物家具的脾性特征一一向买主告知，他们多么希望，自己珍爱过的东西，会得到永久的善待。

新房主却轻描淡写地说："我们打算重新装修。"呵，这老式的装修与老式的恋旧，并不为他人所体恤。我瞥了一眼讷讷半晌的父母，看到他们眼中盛装着极力忍下的失落与泪光。

那段时间，蛋壳公寓的资讯正冲上热搜。那些被房东赶出寄居之所的无辜租客，承担了房产企业运营不良的恶果。蛋壳公寓，起初的构想多么美好，仍难免在现实中走向坍塌。世间易碎的事物那样多，何况蛋壳乎？现世中的踉跄之人啊，到哪里找一处永恒的居所？

我想起女儿幼时最爱读的《小蛋壳的故事》：鸡宝宝离开小蛋壳之后，小蛋壳四处寻找新的小宝宝，要做它的家，又遍寻不着。我还记得女儿奶声奶气念到"小蛋壳有点难过"时，竟真的伤心了。那时候我与先生也未能购房，携女儿暂居父母身边。如今想来，家在找人，人在找家，没有一只鸟不向往栖于高处，真正的圆满何时可得？

父亲从那套已然易主的房子里离开，并不能像一只刚刚啄破蛋壳的雏鸟，扑进妈妈的怀抱。他先是远离了自己的出生地，接着又远离了自己的屋子。也许有一天，他还将远离这座县城，成为一个真正失去了故乡的人。

故乡是回不去了。那么，我的从小在广东长大的小侄儿，最终该视何处为故乡？

夜晚，我一个人行至绵江河边，见星空之下，对岸新起的住宅楼森然兀立，它们将成为谁命中的蛋壳？谁又将进入其中，扮演一个深情或寡情的暂居者？

父亲的大海和太阳

一

　　雨声淅沥，如同幼时的哭泣，没有一个准确的停止时刻，除非，天空累了，像从前的我，哭累哭倦了，不知不觉伏在门槛上沉入梦乡。

　　我记得那道高高的木门槛，需要手脚并用，极力攀爬才得以跨过。门槛上，镶着一根半圆形的长竹片，年长月久，中间部分被我磨得光溜溜的，连同竹节也收敛了它的突兀和粗糙。有时候，我也从大门左侧的狗洞里钻进钻出，不顾父母的责怪兀自我行我素。我瘦，四肢灵巧又柔软，足以模仿小动物的多种行进姿势。于我而言，那更像一种游戏式的神秘探险，通过一个洞穴，钻进一个豁然开朗的空间，比之一本正经地跨过大门，对我更具吸引力。

　　更何况，我们家的鸡啊，狗啊，也并不那么循规蹈矩，不会一直老老实实地从洞中出入。它们时常争抢食物，尖叫怒吼，奔逃的，追赶的，一溜烟就穿越了高高的木门槛，演足了人们常说的鸡飞狗跳情景剧。

可想而知，那样的场景，只能属于童年，属于我的麦菜岭和我的村庄，属于我栖身过的那幢房子。二十年，它容纳了我的眼泪和梦呓，觉醒和长大。只是今天，我非常清楚地知道一个事实，房子，以及那道木门槛和那个狗洞，都永远地消失不见了。

父亲接到村委会打来的电话时，也是在这样一个阴湿的雨天。我们坐在饭桌前，原本谈笑风生。电话那头近乎呐喊的声音，无须打开扬声器就让旁边的人听得清清楚楚。于是我们全都安静下来，电话那头那些沉甸甸的字眼，像正在用力敲击的锤子，一锤一锤，重重地打在我们的耳膜和心坎上："老屋，土坯房，空心房，危险，须在一个月内拆掉。"

不，我们不愿意认同那是危房。父亲每年都回到老家，去清除四边阳沟的淤积，去弥补头顶屋瓦的渗漏，去修缮所有门窗的松动，去清扫悄悄积聚的灰尘和蛛网。因为村里有小孩无师自通地模仿了我童年的游戏，从狗洞里钻进老屋，像深入一座城堡那样四处探险，父亲不得不用砖块将狗洞封住。今天的孩子，和20世纪80年代放养的我已经不一样了，他们被小心地看护着，生怕有一丁点闪失。常常是大人们反复呼喊，仍遍寻不着孩子的踪迹，最后发现孩子竟躲在我家老屋的偌大空间里，玩起了和大人躲猫猫的游戏。这时候，大人们自然要将满肚子的气恼怪罪到老屋头上。

我们保留着那幢老屋，并不为着一定要回去居住。也许会，也许不会，谁说得清楚呢？至少，每年的清明节，我们要山水迢迢地回去，在正厅里点燃香烛，摆上供品，祭祀祖先。事实上，最重要的原因是，那所房子对于这个家庭的意义如此重大。四十年前，一座新房几乎耗光了父母的心血，见证了他们最艰苦的一段奋斗，也承载了他们生命中最初和最大的骄傲。

然而我们又都明白，村委会通知的拆屋事件几乎无可违拗。对于危房村委会的干部们挨家挨户地做着工作，村民们喜忧参半地抗拒或接受着现实。施工队热火朝天地忙碌着，高高扬起的灰尘弥漫在村子上空，也无孔不入地钻进生活的每一个缝隙。那些曾经花费诸多时日，用心筑起的居所，那些被一块一块垒上高墙的土砖，无不因时光的荒废被狠狠地摔到地上，成为一堆瘫软的烂泥或齑粉。

那时候，整个麦菜岭，除了大伯的房子，就剩我们的土坯房没有拆除了。村干部承诺："现在拆，可以拿到一笔补偿金，工人也由村里来安排。再往后政策会怎么调整，就不好说了。"父亲嗯嗯啊啊地应对完电话，许久没有吭声。他差不多已经看见了老屋的命运，是的，无论他怎么小心保护、仔细修缮，也留不住它了。一所房子，需要每天的人气濡养，才不至于萧条颓败。即使他不在乎维护的成本，一代以后，再往下一代呢，谁还会继承这份相同的使命？我的哥哥一家，早已在广东安定下来，回来的可能性几乎为零。而我，终究是嫁出去的女，泼出去的水，在以宗族男性唱主角的村庄里，实在顶不得门户。

思前想后的结果是，父亲接受了村干部的建议，乘车回老家丈量面积，拍照取证。然后，眼睁睁看着它轰然倒塌。

二

迁入那所房子时，我还很小，唯有一个细节，被牢牢地固定在记忆里：步伐尚不稳健的我，闹着要参与搬家，母亲递给我一件最轻的家什（大概是火锹），我吃力地抱着它，欢天喜地跟在大人身后，走向了通往新家的上坡路。我们家的大黑狗兴奋地摇着尾巴跑前跑后，还不时涎着脸在我身上蹭一蹭。一棵巨大的冬青树将裸露的树根横亘在土坡路上，险些绊了我一跤。一些不肯南去的留鸟在枝头叽啾叽啾地应和着我们的动静，仿佛在议论这新来的邻居会不会打扰它们的安宁。不远处，一头系在柚子树上的牛哞哞地叫唤着，不甘寂寞地加入了热烈的合唱。

那应该是一个阳光灿烂的腊月天，是早就请先生看定的吉日良辰。"我们要住新屋了哦。"我学着母亲告诉我的话，一遍一遍地念叨着，浑身每一个细胞都在欢呼雀跃。向往一切热闹，是孩童的本能。而我凭一颗早慧之心，便隐约感觉到这是一件大事情。

如今想来，当时的那一幢新屋对我们意味着什么呢？是宽敞自足的栖身之所，是独立私密的家庭空间，还是父亲作为一家之主顶天立地的证明？

许多年以后，我将父母零零星星的讲述拼凑起来，轻而易举就连缀起一部艰辛的建房史。那些我虽未亲见，却完全能够想象的生动画面，闭上眼睛，便会时不时地在脑海中放映，好像就发生在眼前似的。

在那之前，父亲领着一家人挤在一间十几平方米的屋子里。一张床、一张桌子、一个衣柜，门背后还放个尿桶。母亲没有自己的厨房，只能在屋檐下搭个简易的土灶做饭。一个没有烟囱的灶，炒起菜来总是腾起一股呛人的烟熏味，加上屋子里的乳腥味、尿骚味，在狭小的空间里混杂成一种无法言说的逼仄气息。

这一间窄小的屋子，是和大伯分家前共同建造的。和赣南多数底层农家的格局一样，它作为一幢房子的一部分，连缀着一间厅堂（兼做饭厅和厨房）与另一间屋子，二层是矮矮的阁楼。决定建房的时候，大伯已和祖母从小带大的童养媳完婚，很快生下三个孩子。他给还在部队服役的父亲写信，诉说经济的困难。父亲把一分一分攒下的津贴往回寄，还想办法买了铁钉等物件寄回家。凭票证购物的年代，一切都需要仔细筹划。

那时候，父亲意气风发，满脑子高尚的人生道理，退伍归来时，还将退伍费一分不剩上交给大伯。他忽略了人与人的种种私念和算计，单认为一家人不说两家话。直到龃龉一次次发生，贫穷的家庭，衣食、劳动、家务的分配和承担，无不矛盾丛生。最后分家时，父亲两手空空，只分得一间偏屋，厅堂和另一间正屋归了大伯一家。

若干年以后，那间偏屋最后还是归了大伯。在麦菜岭，建房被称为"做事业"，那是一个男人在村庄里立住脚跟、受人尊敬的基本依凭。然而大伯在和父亲共同建造了那栋房子之后，再无建树。他的一众儿孙无处安身，他需要它。父亲只收了象征性的两百元，连同屋子里的家具，也一股脑地送给他了。

原本跟着祖父学过杀猪的大伯，在乡村属于相对容易讨生活的手艺人。可是他很快退出了这一行当，也许是因为太过辛苦，也许是因为不喜欢杀生。总之，他一生再也没有举起过屠刀，而是成了一个地地道道的农夫。他躬身事地，直到年近八十，脊背弓成九十度直角，真正是面朝大地背朝天了。

父亲与大伯曾经站在同一个起跑线上开跑，生命境遇却大相径庭，包括子女的培养与职业选择。我至今不明白，所有的结局是否与那些暗示形成因果。我相信祖母的每一次感慨都发自真心，只是她不知道有个词语叫一语成谶。

三

20 世纪 70 年代末，父亲相中了麦菜岭上的一座荒坡，决定在那里开基。

他首先要征得村里的尊长同意，这一关相当顺利。父亲一向礼数周全，为长辈们所信任。再者，那样一片人们鲜少涉足的荒凉之地，实在很难引起争执之心。相对于白手起家的开创，人们更习惯安享现有的舒适区，或争夺祖上留下的产业。

可以想见，当年的父亲没有积蓄，入不敷出，要建造一幢新屋，无异于面对一座愚公也难以搬动的高山。他所能够倾囊而出的，唯有力气和时间。作为一名从军八年的退伍军人，父亲无比谙熟也无比信奉着愚公移山精神。

山坡高而陡，土层厚而硬，大多是最难撼动的猪肝石，轻易无人敢下决心动手。父亲咬着牙，开启了移山的第一步——蛮力征服。一天一天，从日出到日落，他领着母亲，一镐头一镐头地挖下去，一畚箕一畚箕地将土石挑走。最终，他们硬是将山坡挖开，平整出一大块足以造屋的地。期间，他们只花钱请过一次专业人员进行爆破，其余的苦活儿全部自己扛下了。

有很多年，我站在屋前的空坪上，俯视着低于我们家的整座小村庄，仍难免升起睥睨一切之感。我们有独属于自家的余坪，有分别通往后山、村庄、小河的三条小路，偌大的空间，足够我们自由撒欢而不受干扰。就连我们家的大黑狗，将军一般地在房前屋后巡视时，尾巴里都难免翘着一丝得意劲儿。那种一览众山小的骄傲，是父母亲用超乎常人的勤劳与汗水换来的。

我恐怕再没有见过父母那样吃苦耐劳的人了。为了节约开支，他们自制了建房所需的每一块土砖，几乎挖空了铜锣湖那丘自留地里厚厚的黄土层。我至今仍能回想起制土砖的所有程序：在黄土中洒水，掺上干稻草，反复地拌匀，然后将黏稠度恰到好处的黄泥倒入砖格，压实压平，迅速划上两个手指印，猛地抽出砖格……此后是一次次地翻晒，用泥刀削平边边角角，再从旷野中一担担挑回村子里码好，盖上遮雨布。

当然，这些都是在我长大一些，我们家新建猪栏、厕所时习得的。彼时我已经学会挑砖了，两头各一块，就将我的身子压得摇摇晃晃。每次走近那一排排整齐列队的土砖，我就犯怵。而他们的双肩究竟承担了多少吨的人间重负呢？我不敢计数，也不能计数。我只知道，与之相对应的，是朗日、寒暑、汗水、泥浆，是隐忍、承受，或曰希望。

按照时间推算，他们造屋的行动应该持续了好几年。其间，我们兄妹相继来到人世，嗷嗷待哺，占据了母亲诸多的时间精力，也拖累着造屋的进程。母亲曾讲述过一个令哥哥羞赧不已的场景：她挺着大肚子，在拌一堆三合土，而哥哥则追在她屁股后哭闹不已，喊着要抱。她只好停下活计，哄一会儿哥哥，然后又投入紧张的劳动中。我在母腹中那十个月，无论担水、挑沙、运瓦，还是洗衣、做饭、喂猪，她都带着子宫里的我在村头村尾行走，身后跟着一条小尾巴。她需要完成无穷无尽的劳作，还需要应对我的踢腾，安抚哥哥爱的索求。

后来，当我也成为一个孕母，小心翼翼地护着肚子里的女儿时，实在不敢想象，一个人承受重荷的能力如何能达到母亲那样。也许，皆因对摆脱逼仄生活和住进独立新居的渴望太过强烈。也许，在那样的年代，那样的家庭，她根本别无他法。

父亲需要盘算的事情很多。砖可以自己制，沙可以自己挑，可是梁、柱、檩、椽等木材，自己是造不了的，想买还未必能找到合适的。彼时他在乡电影院工作，经常要进山区放映，凭着自己的人格魅力，结识了一帮热血兄弟，讲义气，肯帮忙。他们听说父亲准备建房，二话不说，砍下最好的杉木，剥好树皮，吭哧吭哧地运到我们村，钱却只肯收象征性的一点点。请泥水师傅动工时，他们还挑来一担一担的柴火。

父亲对他们充满了感激。正是那些没有念过书、穿着并不体面、说话并不漂亮的山区兄弟，在他最艰难的时候，毫不犹豫地伸出了援助之手。就在我们全家搬进新屋生活后的二十年，这些来自山区的男人，还在农忙时帮我们家犁过田、打过谷、挑过粮。自然，当他们隔三岔五出来赶圩时，也将离圩场不远的我家当成了落脚点，中午过来吃一餐便饭，和父亲聊一聊家常，偶尔也带来一些山区土特产。有几位走动最勤的兄弟，甚至结下了不是亲戚胜似亲戚的关系，在红白喜事上相互施以厚礼，逢年过节送米粿、送粽子更是常有的事。

我记得他们的名字，一位叫窝眼，一位叫久逢，还有一位打我记事起已不在人世，他的妻子儿女一直与我们家保持着密切往来，那个延续着亡夫友谊的妻子名叫道娣。

许多年以后，时间带走了年长于父亲的窝眼——那个木讷憨厚的单身汉，道娣一家不知所终，只有在市区务工的久逢，仍与父亲偶尔联系着。时空移易，许多曾经以为坚不可摧的人事，终究像那幢被推倒的老房子，只合怀念。

四

事实上，那幢给予我俯瞰自由、接纳我无数幻想的二层土坯房，在刚刚搬入时是简陋而粗糙的。

它没有经过细致的装饰，起初只是满足了一家四口基本的起居需要。我们有了自己的厨房、自己的卧室，再无须四个人挤在一张窄小的床上，也无须在呛人的油烟味中咳醒了。我和哥哥可以在宽大的厅堂里蹦蹦跳跳，不用担心遭到大伯的呵斥，还可以在那个大狗洞里钻进钻出，笑得咯咯的。我们不知道父母为此欠下的粮食、债款和人情，也不知道此后还将面临多少人世的艰辛。

父亲没有懈怠，他又花了几年的时间，陆陆续续对新居进行了美化。他买来油漆，将大门漆上了均匀的蓝色，中间是一个规整的大圆，涂上了鲜艳的红色。大门合上，多么像大海中浮荡着一枚浑圆的红日，大门打开，分出来的两个半圆，又多么像烧红了脸的月亮。啊，唯独我们的房子，我们的大门，区别于任何一家。我是多么喜欢将大门打开，又合上，看着它们一次次变换着形状。

那时候，我还没有亲眼见过大海，它在梦境中幻化成一片汪洋，将我幸福地淹没。我幻想坐上一条大船，从这幢屋子里驶出去，驶向无际的水域。去看海鸥，去捡贝壳，去追逐落日，去尝一尝海水的味道……我常与哥哥站在门前争论谁主张的事物更大，我们用双手使劲地张开，张开，然后朝身后伸去：这么大，这么大，比海还大，比天还大。

那个年代，将房子内外墙都刷上白白的石灰，想来是很前卫很时髦的，因为在那之前村子里没有一家这样做过。一来费钱，二来这活计一般是由专业的泥水师傅完成。而父亲，从没学过刷墙的父亲，却独自一人完成了这一巨大的工程。他买来石灰、泥水工具，按照打听来的方法搭配好纸浆，一个人提着石灰桶，站在高高的木梯子上，从一间屋走向另一间屋，从一面墙走向另一面墙，不停地刷啊，刷啊，终于，将整个家粉刷得洁白而透亮。在幼时的我看来，那简直像一座童话般的纯洁的宫殿。

在这里，我们不再整天直面泥土，不再看着尘埃脏兮兮地扑进饭碗，我也不像其他的孩子那样，在无助哭泣时使劲抠掉墙上的土用以泄愤。相反，我有时会做一种类似公主的梦，洁白的城堡，蓬松的纱裙，披在肩上的长长的头发，精美的饭食，被宠爱，被呵护……尽管那些不切实际的幻梦总是被清晨的鸡啼声拉回到现实，但是无可否认，在四面环山的麦菜岭，那幢房子给予了我最广阔的想象空间和最早的审美教育。

那时候我并不知道，父亲将为之付出永远无法弥补的代价。他的双手皮肤被油漆和石灰腐蚀，从此像沙粒一样粗糙、生硬、丑陋。我害怕被它们触摸到脸蛋，那双手一伸过来，我就下意识地飞快跑开去。它唯一的好处是，当我背上痒痒时，父亲将手伸进衣服里，无须动用指甲，只需以手掌摩挲，便可起到挠痒痒的作用。

起初我们家的墙壁上空空如也，作为电影放映员的父亲，渐渐用电影画报填充了那些空白。每一组电影画报都相当于一本简单的连环画，日日相对，故事梗概和人物形象便深深地烙印在脑子里了。我记得客厅里贴有《樊梨花》和《佘赛花》，那种盛装的威武的女英雄样貌令我艳羡，最重要的是她们敢于挑战男性的权威，这会不会是我从小就不甘向男孩示弱的潜移默化之影响呢？不得而知。厨房里贴有一张《开枪，为他送行》，年长月久，男主人公的面目已被烟火熏得漆黑而模糊，只记得一把巨大的黑漆漆的枪，枪口对着盯视它的眼睛。再后来，墙上每年增添一张父亲的退伍军人慰问年画，有时候是先进工作者奖状。自然，还有我们兄妹的三好学生奖状。

那时候我们都以为将在这幢屋子里天长地久地住下去。房前屋后种上了杉树，左右两侧种上了桃李、枇杷，一年一年，我们看着这些树木高过人头，开枝散叶，成材的成材，开花的开花，结果的结果。如果撇开劳作的艰辛、物质的匮乏，我们的生活的确是堪称幸福。鸡啊，兔啊，狗啊，在我们的屋子里抢食，闹腾，相亲相爱，所有的日常烟火都在这里密集地散发着温暖的气息。

父母依着经济所能承受的范畴，不断地添置着家具家电。先是有了缝纫机、组合柜，后来又有了电风扇、电视机、电话、电脑，还打了压水井。我们在这里迎接了嫂子的到来，也迎来了大侄儿的降生。我的先生在与我谈恋爱时曾无数次翻过麦菜岭，穿过小竹林，来到我的简易书房。他轻易地赢得了父母的信任，也赢得了我们家大黑狗的信任。离开的时候，带走满心的快活或忐忑，偶尔也带走一两只跳蚤。

那时候我们怎么会想到呢，若干年以后，它成了老屋，成了需要推倒的土坯房。而我们全家，已经搬到了市区，住进了高楼。

五

房子被推倒的那一天，父亲专程回了老家，站在他亲手建造的老屋前，合了一张影。照片发到我微信上时，我看见曾经可容我钻进钻出的狗洞看起来是那么小，里面塞满了砖块。大门上的油漆早已褪色，陈旧斑驳。原本洁白的石灰壁泛着黄，还有大片的剥落，露出橙黄的土砖……

我们的老屋，是真的老了。

与之相对的，是左右两边兴建的几幢钢筋水泥房。那是原本居于村庄中心位置的村民，看中了曾被父亲选中的地方。他们迷信着一种名叫风水的东西，仿佛那玄妙而未知的部分经过父亲的实践已可成定论。

可想而知，父亲种下的杉树、桃李、枇杷和柚，无一例外被砍伐一空。曾经绊倒过我的冬青树，那棵能在春天里用紫色的花瓣铺出一地童话的冬青树也没有了。那些残枝败叶，由大伯收起来当了柴火。几十年光阴里，一座荒坡经历了从草木荒凉到植被茂盛，最后被彻底夷平的命运。

2016 年，我的第一部散文集《天空下的麦菜岭》出版，此后许多文友开玩笑说要去看看我的麦菜岭。我时常语塞，时至今日，我还能找到曾经的麦菜岭吗？一条水泥路拉到了村口，那么多陌生的砖房向村庄外围扩散，它们样貌堂皇，变得几乎与城市无异，却让我失去了从前的方位感。

某天，作家包倬在微信群里晒出了一张照片，他说，那是他位于大凉山的旧居。我的心怦然一动，一座矮矮的土砖房，孤零零地倨伏在山脚下，它显得那么突兀，又那么从容。我知道，它给予主人的，曾经是很大的空间和很安稳的庇护，是无限的回忆和生命的意义。无论如何，他还是个有旧居的人。而我，已经没有了。

为了使那块旧居地不被左邻右舍蚕食，父亲下决心重建一幢新屋。然而此时的父亲早已失掉了当年的热情，他将所有的事务交给我的同学小峰——一位出色的泥水师傅去处理。除了几个必须到场的重要日子，他很少亲自回到老家去见证建房的进程。是的，如今只要经济足够宽裕，一切都有人愿意代劳。直到小峰将钥匙递到父亲手中，钱款两讫，房子内外已装修一新。

可是我们全家，没有一个人动过回老家长住的念头。我们早已习惯了城市的生活，结识了新的邻居，我们还主动或被动地抛弃了许多旧有的风俗习惯，比如不再于大年初一放一挂长长的鞭炮，比如不再养一条大黑狗跟随我们左右……

从父亲口中，我断断续续听到了一些关于麦菜岭的消息：福建、安锅、小东在城区买了房，建昌在城郊开了店，海林在市政府上班，钟云娶了外省的媳妇，接亲家过来后住在城里的宾馆……

因作家邵风华来访，2021 年冬天，我动了回老家认真寻觅一次往事的念头。

父亲郑重其事地将钥匙交给我，告知了开锁门窗的注意事项。当我们抵达麦菜岭时，看见坡顶的空坪上停了一辆小轿车，却罕见往来的行人。呵，我想起儿时，多少小伙伴围着二舅开来的一辆吉普车看稀奇。

路早就改了，我险些认不出自己的老家，幸而门前还有当年种下的迎春花为指引。许是无人在意，它们竟四处蔓延，长得越发繁盛。我曾经多么喜欢种花啊，迎春花、鸡冠花、太阳花，最多的是牵牛花，只要有泥土的地方，我都想让它们开出花来。如今我走过整座村庄，没有发现一幢屋子被花草包围。

在那幢大门紧闭的新屋前，我长久地伫立不动。没有高高的门槛，许是邻居家的鸡鸭常栖息于此，门前密布着深深浅浅的家禽粪迹。深红的大铁门上，是一帆风顺的吉祥图案，一个福字安放于大门的正上方。它气派、庄重，给人以安全稳固之感，可和我在乡村里看到的许多的门，有什么两样呢？它对于我们，太过陌生。

而父亲手绘的大海和太阳，已经永远地消失了。

我取出钥匙，将前后门洞开。从客厅到餐厅到厨房到阁楼再到楼上楼下的卧室，没有一丝儿烟火的气息，更没有我们交谈、争吵和哭泣的回音。它好像是我们的家，又好像不是。

我听见风声穿堂而过，眼前浮现着巨大的空，仿佛洞穿了父亲的大海和太阳。

钝痛

一

我坐在景宁的一个宾馆里，等待一辆车带我回家。天热得全然失去了章法，烦躁和闷热是一对孪生姐妹，搅得人心绪不宁。

一种极不常态的声音在厅堂里响起，夹杂着争吵、尖叫与哭泣。惊动我的是一对母女，那样的争吵也只能来自于两个在相互的爱里痛苦挣扎的人。

"我是你的妈妈呀，你怎么就不能站在妈妈的立场上想想，你还是不是我的女儿？"

"我不要听，我烦都烦死了，啊——"

尖锐的，尾音极长的"啊"之后，是短暂的沉默。然后，女儿捂着嘴，起身，离去。妈妈惊愕地站起来望着她，又重重地坐回沙发上，开始独自饮泣。

妈妈穿着深色衣服，皮肤略显黝黑，身材精瘦精瘦。而她的女儿，年纪大约在二十岁以下，一身粉色装扮，个子早已高过她的妈妈，皮肤白嫩得要滴出水来，胖乎乎、圆滚滚、肉嘟嘟的。让人怀疑这些年来，妈妈是不是把身上所有的营养和水润都转移到了女儿身上。

我也是一个母亲，我懂得的。最好的，最有营养的食物，永远都是摆在女儿的面前。而当母亲的，即便曾经是一个多么娇弱的公主，也在自己的孩子面前低下了身段，心甘情愿地收下孩子剩下的饭菜，剩下的牛奶，剩下的零食。

小时候，我的母亲亦如此，把仅有的一丁点儿荤腥毫不犹豫地让到我们兄妹的碗里，仿佛我们吃下，比她自己吃下，是更加幸福而满足的事情。她常常把瘦肉里夹带着的肥肉细心地除去，甚至生怕带走了我喜欢的一丝儿瘦肉。二十年以后，我坐在母亲的位置上，用尽一生的耐心去喂哺我的孩子，然后毫无怨言地扒几口冷饭对付自己。爱的轮回是这样的毫无道理。

但我同时亦是一个女儿。我比任何人都更明白那种青春的阵痛，那种不被最亲的人理解的绝望。二十年前，母亲歇斯底里的咒骂声至今仍回响在我的耳边："你去死吧，你为什么不去死呢？"亦是这样的一丝风儿也寻不着的夏季，亦是略微动作就能汗流浃背气喘如牛的时节。母亲终日在田间灶间劳作，累到连喘气都没有机会。可是她看不惯我，她的火气越发旺盛，她拼尽了全力诅咒我。我不知道，是屋后反复聒噪的知了加重了她的暴躁，还是我的确有那样不可饶恕的罪过，以至于她恨不得我立即去死。

我无数次于涕泪交加中挪到房间里，在卧室的床底下，摆着许多个深棕色的农药瓶，只要喝上几口，便足以毙命。我摸到了它们，拧开了盖子，我想就这样死去吧，也许母亲就真的省心了。

幸亏没有。幸亏农药的气味令人反胃，幸亏我在想象到母亲痛哭的场面之时，悟出了一个真理：她终究是爱我的，她怎么会希望我死去呢？于是我们像两个爱得如此艰难的刺猬，继续相互刺痛，继续在悠长的岁月里自我抚平伤口。

二

眼下，女孩仍然没有回来，妈妈的哭泣越发无助。她有满腔的悲愤无处可去，于是只能用眼泪做一个出口，企图将悲伤顺液体流泻释放。

我不知道她们争吵的缘由，但是我理解一个母亲的泪水，就像我理解一个女儿的泪水一样。我猜想，妈妈的心情是焦灼的，她害怕女儿的离去，但是她又赌着气不去问，也不去追。我忽然想起当年的母亲，她装着对我的悲伤熟视无睹。但是事后奶奶告诉我，母亲下地之前，曾多么细心地交代过她，要好生看着我。长大以后，我曾多次下决心翻一翻那些陈年的老账，与母亲讨论个明白，但是每每呼之欲出的话语都强咽入肚。

此刻，我遭遇的这对母女、两个亲密的人，爱和恨都像挥出去却无处着陆的重拳一样，最后反复击打在自己的心里。这种痛，不像某处有疾，医生挥刀一割便可了之。似钝器的重击，感觉到痛，却寻不着一个痛点，只仿佛瘀血由内至外地洇开去，不知需要多长时间方可缓慢地消散。如若是毫不相干的两个人，痛则罢了，此后再无交集便是。偏偏眼前的这个人，你恨到咬牙切齿，却又爱到深入骨髓。你与他被韧性极强的一根线牵扯得紧紧地，不管多痛，偏是离不开，弃不下。

现在，我像无数个中国的母亲一样宠溺着自己的孩子，尽管这样的方式被所有人诟病，我却仍然无法放下源自血脉深处的爱。如今，她尚乖眉顺眼，像一只小猫般依恋着宠她的人。她还没有学会叛逆，学会质疑我生活的种种。她在我身前身后欢愉地奔来跃去，并对我蹩脚的厨艺大加赞赏，夸我"上得厅堂，下得厨房。"她甚至极稚气地认为，妈妈是这个世界上最漂亮的女人。但是我知道，疼痛的一天迟早要到来。

有一些疼痛，是贯穿一生的。甚至于它像家族的遗传病一样，无人能得幸免。而今，外婆早已作古多年。但是她把那些疼痛，极顽强地嫁接到了母亲身上，然后是我。

记忆中，外婆时常撑着一把重重的黑布大伞出现在我的家门前。我被母亲推到跟前，怯生生喊上一声"外婆"，才算完成了一次见面仪式。母亲是不叫她的，极含糊地"嗯"一声，就当是打过招呼了。但对于每日的饭食，母亲又是决不含糊的。家贫，即便硬挤也要挤出点钱去砍几斤肉，打几斤酒。平日攒下的不舍得吃的鸡蛋，此时亦派上了用场。因为她知道，外婆一生艰难，唯吃些酒肉算得享受了。

争吵却是每次都不可避免的。几口小酒过后，外婆开始摘下假牙，高谈阔论：咱们村某某考学了，某某去大城市了，某某混得人模狗样了……起初的谈话是融洽的，但说着说着话里就开始带着刺儿了，就有火药味升腾上来了。没读上初中这个事件是永恒的导火索，母亲开始激愤："你当初要是给了我几角钱报考费，我又至于在这里窝一辈子？"外婆嗫嚅着嘴唇："我们家的情况，你又不是不知道。"

中年守寡的外婆，一直在人前强势而咄咄逼人，像只战斗的母鸡一样死死地守护着那个飘摇欲坠的家。一向身强力壮的外公，突然殁于小学校的教师宿舍里，死前无任何征兆，死后亦许久无人发觉。外婆在高强度的劳作和极端的悲痛双重夹击下，失去了最后的一个遗腹子，但她依然顽强地挺起了脊梁。此时，在自己的女儿面前，她的眼里含着泪水，显得衰老而无力。这泪水，携带着一生的辛酸，肆意奔流。或者，还夹带着她永远不肯说出口的悔意。

母亲亦是泪水涟涟。我知道，她也是有委屈的，她还有更重的话没有说出口。因为她曾经告诉我，要报考费的那天，外婆还拿了钱去打酒吃。

三

疾雨说来就来了。在这个小小的山城里，它的飘泼之势显得肆虐而欠缺人情味。干燥的尘土被突袭的雨点裹挟起来，泥腥气一阵一阵地窜进宾馆的大厅里。

妈妈被雨声惊醒，停止了啜泣，茫然地望着窗外的大雨。她不知道，她的女儿空着手冲出了宾馆，此刻会在哪里。

我也有过这样无迹可寻的出走。那个赤日炎炎的午后，我没有听母亲的话，安静地在家午睡，而是悄悄地来到村子边上的小河里玩水。我贪恋着河水的清凉，一遍一遍地将大半个身子沉入水中，把衣服全都浸湿，也把母亲好不容易下决心给我新买的凉鞋弄丢了一只。我不敢回家，因为结果可想而知。毒打是必不可少的，恶毒的咒骂必将像暴风雨一般覆盖我，阻隔世间一切能够让我稍许放松的声音。

我罩着一身湿淋淋的衣裳，提着仅剩的一只凉鞋，漫无目的地游走在旷野中。天空那么高远，白花花的日头晃得我视线迷乱。大地那么辽阔，为何却没有一处可以容我栖身？终于我愈走愈远，在邻村的一片小树林里潜伏下来。我无聊透顶，捏死诸多蚂蚁，还拿泥巴堵住蚁穴的出口。我捕捉着尘世间扑入耳廓的任何声音，窥探着从树林边经过之人的一举一动。夜幕悄然降临，我又累又饿，成群结队的蚊子渐渐扑向我，蚕食我。我开始想家，想念一盏昏黄的灯火，和一碗温热的米饭。纵使是一顿狠狠的打骂又如何呢？

我赤着脚，麻木地挨到家门口时，看见的却不是一个暴跳如雷的母亲，而是一个低垂着头，泪流满面的母亲。想必她是看见了我的狼狈样的，但我预想中的暴风雨却没有来。母亲站起身，拉着我的手坐在饭桌前，端上了我期待已久的米饭。"菜都没有了。"她说。然后，她走进灶间，专门替我煎了一个焦黄酥香的荷包蛋。

奶奶在一旁絮絮叨叨："你妈起来没看到你，四下里喊都不应，又到河边找，拿竹篙在深潭里探了半天，最后寻到你一只凉鞋。"我大口大口地扒着饭，就着平日里极难享用到的荷包蛋，沉默地眨巴着眼睛，视线渐渐变得模糊，强忍了半天的泪大滴大滴地落在碗里。

几年以后，母亲突然病倒。强壮得老虎一般的身子日渐单薄，曾经的高门大嗓变得微弱低沉。她躺在床上，每天仅少有的时间可起身走动。我接下了煮饭洗衣的活，每日为她煮不放一丁点辣椒的清水豆腐，端到她骨节突起的手上，眼巴巴地看着她无力地咽下几小口食物。我是如此迫切地盼望着她好起来，哪怕她多咽几口饭，我都是觉得有希望的。

那时候，对死亡的恐惧像毒蛇一样箍住了我整个身心。回忆起母亲捞起一只凉鞋时的绝望，我忽然长大，原谅她无数次的鞭打和撕扯，诅咒与叱骂。只要她好起来，重新生龙活虎地存在于我的生活中，一切加之于我身上的疼痛，都是比失去更令我幸福的。

四

透明的落地窗外，有奔跑的人群，有疾行的车辆。

他们中的许多人，竟不愿停留下来躲避，宁肯顶了风雨，奔向前方。是阳台上的衣物，锅里的热气，还是屋里的人，像磁石一样召唤着人们奔跑的方向？

我的外婆，终其一生都没有停止过翻越石罗岭，奔向麦菜岭的方向。每每总是在不愉快中凄凄然地回家，没过多久，她内心的伤疤好过，便忘了疼痛，又一次翻山越岭，撑着大黑伞出现在我家门前。从出发至抵达，需半天时间，外婆孤身一人，徒步穿过一条条崎岖的山道，无怨无悔。

外婆育有两个女儿，但大姨幼时送与亲戚养育，感情甚薄。唯独我的母亲，陪伴她几十年孤苦的岁月，成为生活里最得力的助手。直到熬成老姑娘后，才远嫁他乡，开始新一轮的吃苦耐劳。母亲为着生计和儿女奔忙，一年中难得有机会回娘家看看。你不过来我过去，于是，外婆只能迈着老腿，一次一次地行进在坎坷的路途中。

母亲与女儿之间，没有永远的和解，也没有永远的对立。

外婆一放下黑布伞，便开始了对家务活的大包大揽，那是她的一贯做派。冬天到来的时候，外婆常常搬一张矮凳子，坐在朝南的那面墙根下，开始整理一堆堆杂乱无章的柴草。她拿了柴刀，把柴草放在木礅上，斩成一段段等长的模样，然后用干稻草一个一个分别捆扎好，整整齐齐地码在屋檐下。这些，是忙乱粗糙的母亲决不会去做的。我蹲在旁边，看着耀眼的阳光照在外婆花白的头发上，忽然觉得她是那么慈祥。

可是好景不会常在呀。外婆挥舞着手中的那把柴刀，大片大片地砍去我栽下的迎春花，说它们长得凌乱占地方，碍眼。我为心爱之物的惨状哭哭啼啼，母亲心烦，于是二人又起口角。事情刚刚在父亲的调停下算是自然平息，紧接着，母亲请人用三合土把东面的房檐粉刷了一下，外婆为了使它更快干硬，竟自作主张拗了松树枝拼命地拍打。最后的结果是，拍打过的地方，永远都不可能有平坦的样子了。

又一场争论必不可少。最后牵扯的论据，早已脱离了事件本身，向过往的鸡毛蒜皮无限延伸和扩张。外婆用满脑子的骄傲和主见，赢得了终生的荣耀，也收获了细细密密多如松毛的烦恼。

果然，第二天我看见外婆面色灰暗，收拾了衣物准备离去。父亲一再挽留，外婆只说家里还好多事等着她呢。最后，父亲只好推出他的凤凰牌载重单车，将外婆送到山路的下方，望着一个失落的老人又一次孤零零地攀上那条羊肠小道。

但无论如何，外婆对母亲有着永远的疼惜和牵挂。农忙时节，我家里总是要来帮手。外婆把正念书的两个小舅舅赶过来："你姐家缺人手，你们放农忙假，正好去帮忙。"他们的到来，缓解了母亲多少的苦和累。

外婆还把一生中最重的信任，也交付给了我的父亲和母亲。每月仅有的几十元遗属补助，她果断地放在我家里保管，直到最后的日子，亦没有要求父亲把存折还给她。因为她知道，她的女儿女婿会一笔一笔清清楚楚地交给她，再穷再苦，也从来不会占她分毫的便宜。

五

眼前闪过一道粉色的光影，那个冲出宾馆的女孩，终于平安归来。妈妈喜出望外，慌乱地擦拭着脸上的泪水，欲掩饰她曾经的哭泣。

但女孩看得清清楚楚，她朝妈妈吼道："我都没有哭，你哭什么？"妈妈失了最初教育孩子时的果决与镇定，露出呆怔来。女儿提醒道，"你还走不走啦？"妈妈将行李一一收拾归拢了，全攥在自己的手心里。那个比她高大许多的女儿，除了一个松松的背包，手中空无一物。突然，她越过妈妈，走到前头，嗷嗷地放声大哭。哭声回荡在空旷的厅堂里，显得无比凄怆。我望着那一高一矮两个离去的背影，心情无比复杂。那哭声里宣泄的，是女孩无以排遣的委屈，还是对母亲漫漶的怜悯？

这些年，我的母亲像被秋霜染过的果子，渐渐变熟变老。但她依然迈着比我阔大的步子，操着比我高八度的嗓子生活。一同去超市购物的时候，她都要把购物袋牢牢地掌握在手中，只由我提自己的一个包包。天下的母亲何其相似。

十年以前，我在产房里痛不欲生，母亲坚持着闯进来，向我伸出她尚且健硕的胳膊。她咬着牙，一边安慰我，一边任由我在她身体上印下深深的指甲痕。我知道，如果可以，她愿意收下我的疼痛。当我抱着自己的女儿，体验到一个母亲对孩子无以复加的疼爱时，忽然自责起来。我曾经那样浅薄，无理地抱怨过母亲。抱怨她大热的天总是要穿长衫，抱怨她不肯吹电风扇，又不肯经常冲澡，抱怨她身上总是散发出一股难闻的汗酸味。

事实上，我的母亲是由于生产后无人照顾，落下了月子病。从此，她一辈子都吹不得风，一吹便是疼痛。夏天出生的我，恰恰是她染上终身暗疾的罪魁祸首。我的月子也是夏天，母亲牢记着自己的教训，每日顶着午后的骄阳奔向我家，绕过坐在客厅里的婆婆，替我烧水，监督我再热也要洗热水澡。然后，她帮着我，一起给婴儿沐浴。直到把所有的衣物、尿布清洗干净，晾晒到阳台上，才披着一身湿淋淋的汗酸味离开。

在我们兄妹的合力下，母亲离开了麦菜岭，离开了高强度的劳作生活。在城市中，她的皮肤开始有了白皙，性格里暴躁的成分亦有许多削减。我也渐渐理解父母的付出，为他们做着自以为是感恩反哺的诸多事情。我以为从此我们将告别疼痛，开始一种相濡以沫的平安生活。

去年秋天，我考虑父母住的房子阳光不好，环境也嘈杂了些，好不容易在自己所在的小区里相中了一套，赶紧撺掇哥哥购置下来。总以为离得越近对彼此越好，父母日渐年老，哥嫂长年在外，一切事宜自然要落在我的肩上。

搬家的那天，本是个好日子。在新房里忙碌完第一餐饭的母亲，却毫无征兆地对我发飙："都是你害的，说什么这房子好，我用着哪跟哪都不方便！"父亲在旁劝说，母亲却越发激动："我会不知道吗？你就是为的你自己，过来吃饭更方便。"我猝不及防，费力地争辩，却怎么也无法改变她的想法。泪水不争气地奔涌出来，我勉强咽下了碗里的饭菜，撂下一句狠话："从今以后，再也不管你的事了。"然后起身离去。

秋风一阵一阵地吹打着我湿漉漉的脸庞，暌违已久的钝痛又一次重重地向我袭来。原来，它从来都不曾消失，只是在骨血的缝隙里暂时潜伏、藏匿，随时都有可能冒出头来，向着我们张牙舞爪。我一遍一遍地问自己：再也不管，你能做到吗？你会这样做吗？

晚上，当我重新迈进那个家门的时候，母亲已经安静平和，不再抱怨和指责。我知道，她一定也和我一样，刚刚被一阵钝痛击中过。

悲欢之上

一

他胖得理直气壮，手臂永远摆不直，提溜着，像一对标准的圆括号。他抡着那对括号跑到我梦里来，理直气壮地笑话我："钟校长啊，你抱'西瓜'啦？"

蓦地醒来，是清晨六点十分。拉开窗帘，看到窗外的玉兰树浸在晨光里，残存的几片白色花瓣稀稀落落挂在树上，树叶都抽了芽。一种时序更替，物是人非的伤感漫过头顶。

在手机通讯录上，他依然是我的四舅。十年了，我像珍存着一件宝物似的珍存一个电话号码。只是我从来不敢拨通它，我怕听到"您拨打的电话是空号"，我还怕听到一个陌生的声音取代了四舅爽朗地哈哈大笑："对不起，你打错了。"

现在，他去了远方，他在梦里说到的"西瓜"已经从肚子里蹦出来，长成了一个十二岁的姑娘。只是，他到最后都没有看到"西瓜"迸裂之后变成了什么样。

2003年，应是他最后一次从南昌回到瑞金。我们一起去吃饭，人多，车子座位不够，他让我坐到他膝上，打趣地说："我抱着你，你抱着'西瓜'。"彼时我已是一个新婚的孕妇，总归有些羞涩。但他不，像小时候无数次怀抱我那样自然贴切。

其实那时候癌细胞已经不可逆转地钻进了他的肌理，他亦是知道的。但他出现在众人面前，依然是高谈阔论谈笑风生大块吃肉大碗喝酒的样子。从我记事起，他仿佛就是一个从来没有悲伤的人。后来我想，一个没有悲伤的人怎么会被病魔带走，而且走得比许多悲伤的人还要早呢？

他活在一些永远笑声不断的片段里。我与哥哥年幼时，家中劳力少，外婆常派四舅五舅来插秧割稻。我什么也干不了，也非得屁颠屁颠地跟到田间地头去。他站在水田里干活，不时拿着畚箕把脸遮住，又倏地打开，喊一声："家共（方言，躲猫猫之意）。"把我逗得咯咯直笑。插秧时，每扔一把秧苗，他都像掷一个飞镖那样刷地飞出去，嘴里念着"着"，秧苗就划了一个优美的弧线。夸张的动作和诙谐的话语，往往把田间地头村民们的目光全都吸引了过来。日复一日形同苦役的农活一下子就成了快乐的事。

四舅在我家时，到了饭点，邻居们就会端着碗围到我家来。四舅一上桌，笑话就一箩筐。比如他会指着一碗菜问大家："是从上面往上吃，还是从下面往下吃呢？"于是一干人等哄堂大笑。我骄傲了很多年，因为小伙伴们都羡慕我有一个好玩的舅舅。

长大以后，我常常想，他为什么快乐呢？其实他真的有理由不快乐。未经人事便失去父亲，幼时差点被送养，求学之路又艰辛多舛，三番五次被外婆拉回家务农。这期间吃过的苦受过的委屈，岂是三言两语可以说尽。可他硬是一坎一坎地跨了过去，还生就一副我自横刀向天笑的爽朗劲。

二

十一岁那年，没有人想过要为我过一个生日。因为，我是一个女孩。我的哥哥是办了十一岁生日酒的，请了很多客人，收了很多礼物，我也第一次吃上了甜甜的白木耳炖红枣汤。于是我便盼着自己的十一岁早日到来。

事实上，最后只有四舅记得我的十一岁。他托人捎来一把紫红色缀花边的折叠小伞，还有一套粉红色镶金边的衣服，每粒纽扣上游着两条摇头摆尾的金鱼。天知道它们为我带来了多少荣耀和虚荣，在那个只见过黑布大伞的年代，在那个以捡哥哥穿剩的旧衣服为主的年代。

第一次穿上那套新衣服去上早自习，我迟到了，悄悄地溜进早操的队伍里去，但还是招来了无数注视的目光，包括年轻的班主任。他看着我，一副从来不认识我的神情，窘迫让我羞惭地低下了头。后来我想，一定是这套衣服使我焕发出了从未有过的华丽，让我与众人区分开来，以至于引起惊诧和侧目。我一向衣着土气而破旧，母亲断然不会为打扮我多花一点钱，事实上也没有多余的钱。这套衣服成为我人生中第一次确认自己与众不同的依凭。后来，游着金鱼的纽扣掉落了一粒，跑遍了整个圩场，没有找到相同的纽扣可以替补。我于一次偶然的机会发现那个纽扣安在一个不认识的女生衣襟上，它已经完全归属于她。四舅给予我的荣耀和独一无二，以如此奇怪的形式在另一个女孩身上延续。而我则拥着那份对残缺之美的遗憾与珍爱，一直穿到再也穿不得为止。

我对四舅的亲近几乎全凭一种直觉。七八岁的样子，我和哥哥在外婆家度暑假，开学前外婆安排四舅五舅骑自行车送我们回家。两辆旧自行车并排摆在屋前的空坪上，两个英姿焕发的舅舅各扶着一个车把手站定。外婆指着他们问我："满崽，你想坐哪个的单车？"似乎不用经由大脑思索，也用不着多余的艰难抉择，我一言不发径直走到四舅身后，拉住他的自行车货架。五舅的目光透过厚镜片向我投来，诡异而意味深长地笑。

走到半路上我才知道，五舅的笑里包含着什么。原来四舅的车不是用骑，而是用飞的。

跟定四舅，就相当于被一路的惊险锁定。没骑出多远，四舅已经将五舅远远地甩在了身后，直到影子也不见。起初我是得意的，暗自庆幸选对了人。瞧，我们跑得多快呀，用现在的话来说就是两个字——"拉风"。但是简易的砂石路哪经得起快速的颠簸，骑得越快，屁股震得越疼，好多次感觉自己就要被震飞。四舅却不管不顾，经常整个身子立起来用尽全力蹬。从石罗岭下行，时遇陡坡急弯，自行车简直像疯了一般往下蹿，而边上就是万劫不复的悬崖。我大惊失色，不迭声地喊："舅舅，你慢点呀！"他回我一句："刹车不灵，你抓牢就行。"我没了主意，只得拼尽全力死死地握住货架，没被抛下深渊，真是个奇迹。

下得山坡，五舅却载着哥哥悠然自得地追了上来。他看着面如纸灰的我，又一次意味深长地笑。两兄弟相互调侃，一个说："你跟得倒是蛮紧。"一个说："哎呀，还是你跑得快，会飞呢。"多年以后，我一个人骑自行车从石罗岭疾驰而下，飞一般掠过一群担柴火的妇女，掠过一阵又一阵的大呼小叫。同样是刹车不灵，我竟然没有太多的恐惧，有惊无险地顺利下了山。在后怕之余，我心里不免有些许自得，不管怎样，我毕竟是跟着四舅"飞"过一次的人。

三

我曾经以为这辈子都不会看到四舅的眼泪。一个天不怕地不怕的人，一个永远将苦难狠狠地甩在身后的人，他怎么会无助到需要用眼泪表达内心？可是我分明看到有晶莹的液体蓄在眼睛的深处，他的眼眶红红的。彼时，他扶着门框，已经没有多余的力气送我下楼。

那是 2005 年的初冬吧，就在所有人都知道他已经时日无多的时候，我撇下刚刚断奶的孩子去江西农大看他。那几天，他大多数时间是爽朗的。虽然已经行动不便，但没有疼痛的时候，他依然高声谈笑，像从前那样把每一句庸常的话说成笑话。他坐在饭桌上吃饭，还把橄榄菜嚼得嘎嘣嘎嘣脆响，仿佛食欲很好的样子。

舅母去上班的时候，屋里就剩下我们两个人。四舅开始和我讲他四十余年的人生心得，讲着讲着，他突然问我:"你也是个孩子的妈妈了,还当了副校长,做完一件事的时候,你有没有总结经验的习惯?"我一时愕然。他看出了我的局促,没有过多追问,然后只是将那些工作和生活中的关键节点讲述与我,一一例证一个人从稚嫩走向成熟,需要怎样不断地总结经验教训。

我忽然意识到,这可能是四舅这一生中与我最正式的谈话,也是最后的一次谈话。

一个一穷二白的苦孩子,经历高考落榜,复读考学,再艰难留城,又一路打拼,由一个小民警变成大学校领导,他的一生无论如何堪称励志与传奇。四舅是想把他人生的精华一股脑地传授于我呀。我心性再愚钝,也能体会到四舅的用心良苦。那天晚上,我失眠了。

在此之前,四舅的很多事,我是从外婆和父母的嘴里零星听说,并拼凑起来的。

外公去世那年,村里的好心人是劝外婆将四舅送给他人养的。人选早就有了,至少衣食无忧,人家已经伸出双手准备迎接。幸而四舅好养、易乐,令外婆没有最终下定决心。稍大一些,四舅就可以领着五舅玩耍了。那时兄弟姐妹全都抢着带弟弟,可以不用下地干活。但是没人能争过四舅。因为他会做鬼脸、逗人笑。别人把五舅抱走,他说一声"哭",五舅哇地就哭了。别人一放下，他说一声"笑"，五舅就笑了。没办法，大家只好乖乖地下地干活去。

小时候，我也是将四舅当成偶像来崇拜的。

寒暑假，四舅穿着军校的警服来我家，一大群小伙伴便围了过来。四舅爱表演，他只需要用一只手臂，就能将我高高地吊起来。然后是比我重一些大一些的孩子，无一例外，像拎小鸡一样拎在手臂上。想来，村里的孩子没人敢欺负我，是不是也因为我有个威武的舅舅。四舅教我最简单的防身术，如遇拳头袭来，左手格开，喊声"防"，右手一拳击出，喊声"攻"。此招我与哥哥操练多年，虽屡战屡败，但从未气馁，直到我们都已长大，不再武斗为止。

外婆六十一岁生日，我正在换乳牙。许是缺钙的缘故，两个大门牙迟迟不见长出，像一扇没关好的漏风的门。每个人都在取笑我"切牙耙"，连前来村小监考的天佐老师也为我编了个顺口溜："秀华，你是一个切牙耙，玩哩一手乌麻麻，考不好就蛮有划。"彼时我由于试卷早已做完，正在玩一支漏水的圆珠笔，一双手全都黑了。我没有因此考得不好，却开始羞于见人，羞于大笑，羞于露出缺了门牙的嘴巴。

而四舅却拿着照相机，为外婆和一众子女孙辈拍全家福。全家人笑语连连，只有我面色凝重，一副少年老成的样子。我觉得自己笑的样子一定丑陋不堪。没有人知道我内心藏着深重的自卑，因为那两颗漏风的门牙。可是四舅，他只用几个笑话就把我努力坚守的矜持打败了。就在我笑得毫不设防的时候，四舅迅速举起相机，按下了快门。

直到今天，当我重新打开尘封的相册，一一检视那些旧年的黑白照片，我仍然相信，四舅为我拍的照片是最美丽的。是的，我穿着四舅为我买的最漂亮的新衣服，张着没有门牙的嘴巴，笑得那么天真，那么可爱。这些相片，常常让我重新找到童年的轨迹，相信自己曾经度过如此美妙的时光。

事实上，当我分拣年少时的那些快乐，突然发现，其中有一多半是四舅带给我的。直到他临终之际，我才发现这短短四十余年的一生，他活得并不轻松。只是，他从来不愿意将那些沉重加之于他的亲人心上。

四

可是最后，他却要将一生的凝重托付与我，包括那从未轻易示人的眼泪。

我依然记得那天寒气逼人，我穿得单薄。在四舅家与他告别，他不断巡睃着那套不大的房子，以期找到一件珍贵的物品，好送我留做纪念。终于，他想到床底下有一套景德镇瓷器。他挪过去，想奋力拖出它，被我先生制止。我与先生一同搬出那箱笨重的瓷器，放在门边。

我们明知道这也许是最后的一次见面，却仍旧说着一些诸如"安心、保重、早日康复"之类的违心话。四舅握着我的手，眼眶渐渐变红。待我拉开门回过头，他的眼泪早已毫无节制地奔流而下。我不敢再说话，怕发出声音的全是哭腔，只好急急转身下楼。

到了楼下，我和先生放下沉重的瓷器，放声大哭。

那套瓷器从南昌运到瑞金，正遇上我乔迁新居的当口，我把它们一个一个取出来，擦得锃亮，小心翼翼地存放在橱柜里。我知道我不会轻易地使用它们，因为我更愿意让它们完好无损地存留于世，就好像我的四舅从来没有离去一样。

我看着它们，就可以想到四舅给我写的信，他让从未到过大城市的我暑假去南昌待一段时间；想到他在南昌车站接我，一把接过我的行李，大声取笑我的土气；想到他教我打电话，还从单位打电话以抽查我是否会接听电话；想到他携着新婚的美妻从沙洲坝一路步行翻越石罗岭来到我家，他们的浪漫和美满曾让我对爱情充满幻想；想到他给我发的压岁钱，曾经是我生命里的一笔巨款；想到他带给我那么多的荣耀那么多的欢笑……

只是我当初并不知道，他在南昌接我的时候其实已经查出了恶疾；我也不知道，他的爱情和婚姻也曾经历过暗礁险滩；我还不知道，他在与病魔搏斗的十多年间，有过多少次对自我的否定和对生命的厌弃。我只是看到，他的笑，和他带给无数人的笑。

四舅的最后时光，正是旧历年的大年三十，新年钟声即将敲响。那个冬天多么冷啊，整整一个月，母亲第一次穿上了羽绒服，待在南昌陪伴着他。好多好多的不堪，还有不忍，都由母亲转述。她说，一群四舅善待过的贫困大学生，围在他身边哀哀地哭；她说，四舅却笑，含着眼泪笑，虽然他已说不出话来；她说，那么胖大，那么乐观的一个人啊……

一个人的出场总是伴着欢喜，而退场却裹挟着无与伦比的悲伤。

白玉兰飘落下来，不经意间，时序换了一茬又一茬。如今，四舅住在梅岭，不知道有没有想念家乡的糯米酒，有没有人陪他大块吃肉大碗喝酒，有没有最欢畅的笑，被掩在悲伤的深海。

我跌跌撞撞在人世沉浮了三十余载，终究没有将四舅教我的总结经验当成习惯。但是我继承了四舅的笑，无论是山雨欲来风满楼，还是大浪淘沙始见金，我都相信，笑比哭好。我常常觉得，总有一股隐秘的力量，蛰伏在悲欢之上。

从此，在这个世界上，再没有什么能够夺走四舅的笑。

当花瓣离开花朵

一次一次从街区里穿行，不经意间得出一个结论：城市里的桂花树是一日日地多了起来。四季桂、月月桂，遍布街道、小区、景点绿化带，不论季节，不分昼夜地兀自香着。我时常觉得，这种香似乎总是少了那么一点意味。的确，我想念一棵遥远的桂花树，想念起香花树下来了。香花树下，是赣南山区的一个地名。由一样物事衍生出一个地域名称，在乡间并不少见。我猜，来由盖因那棵八月桂年代太久，香味太浓。这样的地名，拿今天的眼光打量，仍不失一层朦胧的诗意。想象一下，一整个村庄被一棵树、一团历久不散的浓香所包裹，将带给村人怎样不可摧毁的记忆？

即便过客如我者，亦宿命般地继承了一些村庄的"遗产"，牢牢地缠在一棵叫作过去的树上。二十年前，那是我无数次在饥饿与劳顿中停靠过的驿站，以及奔跑过的远方。

一

"卖汤圆咯，五角钱一碗便宜咯。"从土夯的小屋子里不时传出甜润的叫卖声。那时候，我在做什么？唾液从腺体里很自然地流出，又趁人不注意悄悄地咽下肚里。一定是这样的，我不需要摸什么口袋，因为我知道那儿绝不会变戏法般地冒出毛票来。

但是我看见很多人进了小屋，很多人打着饱嗝出来。他们都是和我一样，到铜岗山上砍了柴，经过香花树下放一放肩的人。作为人们上山打柴的必经之地，香花树下俨然成了一个售卖小吃的天堂。乳白的饭米、油绿的生草米冻、金黄的油炸糕、溜圆的饭包肉丸……各色能充饥又好吃的食物以蒸腾的热气和诱人的色泽，勾引得人们胃肠翻滚，口舌生津。我常常惊叹香花树下女人们的勤劳能干，头脑活络，生生将一个山里的小村庄经营得活色生香。

印象中唯一一次坐在小吃摊前，还是多少能赚点小钱的堂哥请的客。那一碗汤圆，被我吃出了无比庄严的美味。阔边的海碗上覆着一层嫩绿的芹菜叶子，我一小口一小口地品尝着，似乎要把每一丝的鲜甜都嗅进肺叶的最深处。

但是大多时候，我只是小心地抽出扁担，压在空坪上，抱着双膝，将一切的热闹和诱惑都置于身外。我和所有打柴者一样饥肠辘辘，甚至因为身体的不断抽穗拔节，比别人更容易饥饿，更渴望食物的大量进入。

直到今天，我仍旧惊异于自己对自己的残忍：为什么你一次都没有买过？连一块半毛钱的油炸糕都没有买过？我知道如果向父母提出，他们兴许会偶尔准许我奢侈一次。但我只是隐忍，忍着不开口，忍着不提一丁点儿要求，忍到香花树下的桂花开了又谢，谢了又开。我有些恨自己太过早熟，太过懂事，太过理解家庭生活的艰辛。那些不应该由我过早承担的东西，让我从小学会抑制一切的口腹之欲。我丧失了许多肆意放纵的快乐，包括童真，包括撒娇，包括许多宠溺中的孩子所拥有的，即使天塌下来也有人顶着的无所事事。

但是能怪谁呢？没有人逼我这样做。我的父母，他们从未有半句多言，他们只是用自己的俭省和隐忍走在我的前面，让我不知不觉地进了同样的河流之中。

有一个故事是这样说的：心理学家找来很多小孩做实验，给每个小孩一块糖果，并告诉小孩，如果他们能等二十分钟再吃这块糖，就能得到更多的糖果，如果马上吃掉的话，就只有一颗。几十年的跟踪调查结果是，能够忍住不吃糖的小孩，获得成功的概率明显要高。看到这个故事的时候我笑了，如果我被选中做这个实验，还有谁能比我忍耐更久吗？遗憾的是，二十年过去了，成功却似乎离我还有着很遥远的距离。

这种"忍"于无形中又影响到了我的孩子，她从小就学会了分辨什么是需要的，什么是不需要的。她把自己的零花钱规划得很好，从来不在超市里乱拣一气。"女孩子是要富养的。"一切的育女经都这样告诫着我，但我不以为然。能够克制自己欲望的人，总归是令人安心的。

以麦菜岭为起点，沿着蜿蜒的山路往铜岗山腹地进发，是我们惯常打柴的地方。而香花树下，是一个必经的地域坐标。每一次的抵达，都意味着终点的更加迫近。我们就这样徒步丈量过一道道沟坎，翻越过一座座山岭。其间跋涉的路途究竟为多少公里，耗费的时间有多少小时，早已是无法计数了。

乡村里，开门七件事中的第一件便是柴，那是每家每户升腾起饭香和温暖的保证。长到十余岁的孩子，便都自觉地担负起了打柴的职责。每逢周末、寒暑假，同村的青年便吆五喝六，领着半大孩子，浩浩荡荡地奔向深山。

离得近的山岭都是禁伐的，为了赶在日头落山之前回到家，村里的吆喝声总是在天还未透出一丝光亮的时候，便早早响起。我们从床上一骨碌地爬了起来，强行将未做完的梦掐断。母亲在炉子里炖好了一钵饭，下饭菜是一个平时难得吃到的蒸鸡蛋，有些犒劳的意思。吃过，人齐了，便跟着大伙上路。路途遥远但并不寂寞，讲笑话的，唱歌的，特别是讲故事的，总能将人吸引得忘了脚下的疲劳。哥哥看过的小人书、武侠小说最多，自是讲故事的能手，大家都乐意围在他身边，听他说古论今。

我对哥哥一直有着愚忠般的崇拜，常常被他骗了也浑然不觉。一次返回途中，我累得实在走不动了，屡屡提出歇脚。哥哥说我给你讲个故事吧，为什么在我们的家乡话中，"重量"的"重"和"冲锋"的"冲"是一个读音呢？因为在古代"重"就是"冲"，什么意思呢？当你感觉肩上的担子很重的时候，就得往前冲啊。冲得快，它就不重了。我心想对呀，果真是一个音呢。于是信以为真，铆足了劲跟着他一起往前冲，居然大大缩短了回家的时间。哥哥的各种"骗"几乎是信手拈来，瞒得滴水不漏，待我明晓真相后，再怎么跳脚也不顶用了。

打柴之途的耐人寻味，除了有故事的填充，还在于诸多美景的炫目。山区的季节总是活泛生动的，各种生命繁盛至极，虫鸣、鸟叫此起彼伏，汇成盛大无边的交响乐。各种山花色泽鲜艳到令人结舌，每一朵都有每一朵的恣意和悠然。口渴的时候，路边随处可见汩汩的山泉水，掬一捧喝下，再掬一捧洗一把脸，尽皆快意。开得最繁茂的是山溪边的芙蓉，我用一整个秋季见证着它们从淡黄转为淡粉，再至玫红，而后收拢凋零的一生。这是我内心里的小小骄傲，从未对人提及。

在桂花盛开的八月，我喜欢坐在香花树下，当风带着一些小米粒般大小的桂花，落到我的肩头，我能感觉到那些酸酸的汗味正在离我远去，一股轻盈游弋的香气，渗进了骨头里。我忽然很不合时宜地想起老师教唱的一首歌："八月桂花遍地开，鲜红的旗帜竖呀竖起来……"我宁愿从来没有学唱过这样的歌，总以一份最纯粹最原始的热爱，赤裸裸地面对这香，这美。

二

极致之美的背后，往往暗藏着致命的凶险。

那是一个花事繁盛的春天，山林里的各种野花迎来了又一季的狂欢。见缝插针的，是红得要滴出汁液来的映山红。它们仿佛正在展开一场竞赛，越是更高、更陡、更险之处，越是开得趾高气扬、肆无忌惮。不单适合观赏，一朵鲜嫩的映山红摘下来，只需去除花蕊，直接把花瓣塞进嘴里便能吃了。酸中略夹一丝甘甜，唇齿留香，其味无穷。在食物不丰的年代，这样的野味是我们所不能错过的。

山林中的秘密，只有大山知道。而人却往往自以为能够征服一切，何况伟还只是一个十几岁的调皮男孩。于是悲剧的酿制便开启了前奏。

我们在香花树下安坐下来，不远处的山坡上，映山红似乎没心没肺地在风中咧着嘴笑。伟是个歇不下来的孩子，他被那一团又一团耀眼的鲜红诱惑着，一步一步朝着剧情逼近。他发现自己折下的每一枝，似乎总不如远处的那么夺目。在高处、在悬崖、在山石的缝隙里，火一样热烈的花朵映红了伟圆圆的小脸。他像上了瘾的酒徒一样，一次一次向着远处那丛更妖娆的花枝攀爬着。在一块凸起的岩石上，一树映山红扯着红色的飘带招摇："亲爱的，来吧，来吧，我必是你手中最艳的那一株。"那是一个披着绚色外衣的魔咒，在伟的耳边反复诵念。

纵身一跃需要的时间是几秒，灵魂飞向天国的时间又是几秒？

伟飞向了那一丛最美的映山红，而岩石却在瞬间背叛了他的信任。他下坠的那一刻，山石土崩瓦解，一切生命所不能承受之重坍塌于悬崖之下。

听到惨叫的时候，我正在香花树下安静地凝望远方。那一声凄惨绝望的"啊——"在山林里回音缭绕，那是伟一生中发出的最响亮的呼喊。村里年纪大一些的男孩子很快反应过来，他们小心翼翼地翻过山脊，于深谷里抬起了鲜血淋淋的伟，平放在香花树下的空坪里。伟胖乎乎的身体显得绵软无力，一位有经验的老者过来探了探他的鼻息，庄重地摇了摇头。

没有人愿意相信，那个蹦蹦跳跳、精力充沛、爱说爱闹、永远不知疲倦的孩子从此就没有了。死亡是一种偶然，还是山林早有预谋的一种惩罚？自然总是在对贪婪者说不，驱赶着他们退回到属于自己的位置上去。

而山崖上的映山红依旧迎风招展，一副与己无关的模样。

在香花树下，我曾不止一次目睹过鲜血淋漓的场面。在村庄的小溪里，磨刀霍霍之声时常响起，特别是集体砍柴的头一天。他们将砍柴刀精心打磨，然后伸出大拇指，横掠过闪着寒光的刀锋。在山林中，经验老到的汉子挟持着这一道寒光，快意挥舞。而意气用事的半大小子，却常常为刀刃所伤，青就是其中的一个。

二十年前的中小学，组织学生上山砍柴是学校的一项中心工作。学校灶房里燃起的炊烟，皆是学生们的功劳。山路上，老师是领队和压阵者，孩子们排成一条长龙，笑笑闹闹，脸上全是兴奋。

夏秋两季，山林里的野果像赶赴大会一般争先恐后地成熟了。对于孩子们来说，砍柴与其说是一种劳动，不如说是一场饕餮盛宴。高脚泡（山草莓）就长在路旁，撇开蔓枝上的荆棘，伸手可及，边走边吃，酸得流口水。山荔枝和软柿子色泽金黄，猴一样灵活的孩子早就哧溜上了树，自己先吃个够，再丢下来，以慰那些仰着头撑大的嘴巴。成熟的板栗不用上树摘，光是地上，就落了一层毛刺球，用脚使劲一踩，板栗子就滑了出来，咬开壳生吃，香甜可口。运气好的时候，野山梨、牙藤包、山柚子突然就出现在你眼前，可以整棵砍下来慢慢享用，甚至还可以吃不了兜着走。对于这样的欢乐，老师们都是宽容的。

欢乐往往容易让人失去应有的警醒。当大家为野果忙得不亦乐乎的时候，青正在奋力地砍一种叫作"三两柴子"的树。这种树扛起来轻，烧起来又耐久。青是一个有勇力的孩子，早在几年前，他就已经是一个打柴好手了。他的父亲已经为他置备了一把得力的砍柴刀，他握着那把刀，姿势优美，稳打稳扎，成为同学们羡慕的对象。平时在学校里，他成绩不佳，时常低垂着头。这时候，他成了同学们的主心骨，是最神采飞扬的时刻。向他请教、请他帮助的同学有那么多，其中包括平时最得宠的好学生。青获得了极大的自尊，还有一丝小小的得意。他像一只不停旋转的陀螺，炫技一般地旋舞于一棵一棵的树木之间。砍伐、削枝、截断，谁也不知道他究竟伐了几棵树，谁也不知道他究竟砍了多少柴。只知道汗珠像水一样从他的头上、脸上不停地淌下。

青于快意中感到了一种眩晕，刀光渐渐成为一朵边缘模糊、四散奔逃的花。只一个恍惚，那道寒光吻上了他的脚背。起先是麻木，然后是血，无边无际的血，漫过他疲倦迷离的双眼。

那次的伤一定很重，青在家养了一个月还没有回到教室。后来，他索性再也没有来过。那个座位，一直空了一个学期。在温饱成为第一要务的年代，学习真的可以无足重轻。每当我为了收齐作业本，经过教室最后一排的那个空座时，忧伤便隐隐漫过。

许多年以后我当了老师。我们为了孩子们的安全噤若寒蝉，以谦卑的心态面对着一些家长或有理或无理的闹腾。我常常想起青，还有他的父母。为了感谢老师们将受伤的孩子送回家，他的母亲煮了一大锅的瘦肉米粉，还备了一大瓮的自酿米酒。

此去经年，青去了哪里，他还记得香花树下的那片天空吗？

三

回忆像一条蜿蜒的河，你不知道它将流向哪里，但是你永远记得流水从哪个方向朝你涌来。我是一个嘴巴僵得能结成冰的人。许多年了，我从来没有亲亲热热地叫过一声哥哥。除了写信，除了迫不得已向别人介绍他。当然，他也从不叫我妹妹。

我和哥哥的关系极难形容，几乎从我一出生起，我们就陷入了一场一场的争斗中。母亲惩罚我，让去拾一根荆条来，哥哥必是跑得最快的人。反之亦然。但我们又无可避免地被一种叫作血缘的东西牵扯着，敌人和亲人，逆反与依恋相互交织，像一根搓成一团的麻线，怎么也理不出一个头绪来。

还是像往常一样，一路说啊听啊。矛盾是怎样突然发生的呢？我只是一赌气，便离开哥哥，一个人朝另一条山路岔去。他不来追我，这就是我的哥哥，十多年爱恨交缠的较量里，他从来没有向我妥协过。

这样的走散便具有了迷局一般的叵测。山林如此寂静，除了叫不出名的鸟虫的怪叫。一个人，手无寸铁，左脚和右脚麻木地朝前交替。是一条我没有到过的山沟，恐惧与后悔顿时袭上身来。往上行，发现一个火烧岭，这种火烧过的柴，许多人喜欢来砍，我唯一的祈愿就是：能遇到人。

如今看新闻，一个女孩子在路上被坏人所劫的故事简直数不胜数。我仍旧要感谢那一天，我遇到的一个陌生人。他将一棵被火烧光了叶子的树砍下来，托到了我的肩上，说："赶紧走吧，看能不能在香花树下赶上他。"

真的，我在香花树下等到了哥哥。由于一路环抱着那棵被火烧过的树，我的双手已经完全漆黑。不时地抹泪，把我的脸染得像一块被墨汁占领的画布。看到他，委屈如开了闸的洪水，奔泻而下。却又无处可去，无从释放。我死死地盯着脚下那双草绿色的解放鞋，鞋尖已经穿了口子，一个脚趾头从鞋洞里露出来，好像我心里头那层蠢蠢欲动的恨意。

恨意的消除来得很突然，又再简单不过。只因为有那么一刻，我以为我将要失去我的哥哥。

那样的天气，确乎算不得好。天空如一个巨大的圆弧阴阴地笼盖下来。我和我的哥哥，在一座山头上分立于山顶与山腰的位置。"这鬼天气，该不会下雨吧。"同伴们吐出了本能的诅咒。

谁知道呢，最后的雨，不是从天而降，而是我无休无止的泪雨。

那一天的分工其实多么合理：力气最大的堂哥负责寻找挺拔的树木，将它伐倒，修去枝条。我是一个中传手，在山顶上，将那些光溜溜的树干扔下山脚。哥哥，则将翻滚下山的树整成一堆。按照惯例，我每扔一棵树都要高声呼喊，提醒山下的人。

可是那天，我究竟是因为什么而呆怔了呢？我居然忘了喊！此时，我的哥哥正试图从山脚走到山腰。我亲眼看见，一棵树以锐不可当之势翻腾而下，横扫过哥哥的头部，也许还有太阳穴。我的哥哥，甚至没有来得及大叫一声，就被一股强大的力量扫翻在地，随着那棵树一路翻滚而下。

恐惧无边地漫涌上来，淹没了阴沉的天空，淹没了四周的树木，淹没了陡直的山路，淹没了六神无主的我。

几乎是一种本能，我以最快的速度滑到山脚，搜索着哥哥的身影。他已经停止了翻滚，弓着身子躺在地上。我走过去，再走过去，小心地喊着："哥哥，哥哥。"我怎么会叫哥哥了呢？泪水像倾盆的雨一样滂沱而下。哥哥会死吗？此刻，我比任何时候都渴望哥哥能够站起来，恶狠狠地欺负我。

突然，他睁开眼睛，勉强地朝我挤出了一个笑容："哥没事。"我的泪水又一次汹涌而至。哥哥没死，我愿意在心里，一遍一遍地喊着他："哥哥，哥哥……"

念师范以后，哥哥给我写信，开头亲热地写着："妹妹。"我知道，那是我的哥哥，和我同样嘴硬的哥哥，在心里喊过无数遍的称呼。

多年以后，我和一群文友到泽覃乡间采风，偶遇一堆码得无比高大齐整的柴垛。那堆柴垛占据了一整堵墙的位置，只留下一扇透光的窗。朋友带着单反相机，大家争相在柴垛前拍照。这的确是一个极佳的背景，将置身其间的人映衬得恍如画中。

画面中的我，穿着一件飘逸的连衣裙，皮肤白皙，再也找不回当年低头扛树的影子。但是只有我能够看出，那望向远方的目光里不只是简单的清欢。有一些人和一些事，如一只破茧成蝶的蛹慢慢地苏醒过来。

再也不用打柴了，我的父母，包括那些还在麦菜岭生活的亲人，他们早已用上了更加便捷的燃料。只有香花树还留在原地，没有更名，也没有苍老，成为一段沧桑岁月的见证。

当柴垛已经成为一道风景，有谁知道，它还可以有许多种码法：十字的，交叉的，方框的……有谁知道，在许多年前，它有着比这一堆更加漂亮的表现形式，在乡间恒久地装点着农家的门面；又有谁知道，属于一个时代的汗水和泪水，并没有干枯或者深埋，而是酿成了一坛滋味悠长的酒。

你看，秋天的节奏缓慢持重，桂花用清香四处散播消息。只是，真正属于我的桂花树只有那么一棵。

逃离

一

街灯都亮了。一些人匆忙地奔向一盏叫作家的灯火，一些人却背离了这盏灯火，向黑夜游走。

这是年关。晚餐的香味从许多屋子里若有若无地飘出，街道两旁的树上挂满了喜庆的红灯笼，卓依婷演唱的《恭喜恭喜》不依不饶地灌进耳郭。少年询却执意与一切的温热、欢喜和热闹背道而行，他拉起了棉袄上的帽子，裹紧了大半张脸，像一只缩进硬壳里的蜗牛。对于世人的目光，他总是刻意躲避，仿佛这世界上的一切都无须与他发生关联。

作为亲人，我似乎从未读懂过他的内心。温暖的饭食、长辈的呵护、宽阔的未来，为什么他都不屑于拥有？

我仍然记得，童年的询有着最为放肆的大声哭叫，还有着最天真无邪的破涕为笑。他是那么灿烂，那么明朗，那么干净。我总以为他会顺着一条清澈的河流缓缓前行，生长成我们想象的样子：一棵挺拔向上的白杨，或是一只强健有力的小豹子。

而那些阴郁，是怎么一点一点地种进他的心里，直到长成郁郁葱葱的荆棘，覆盖住了阳光的呢？

我的头想得生疼。整整一个春节，我的先生都在热衷于制造一个属于我们的男孩，一个在我们离去之后能够与我们的女儿相互取暖的男孩。而我知道，事情远没有我们所期待的那么轻易。一粒种子的萌发需要肥沃的土壤、充足的水分，还有天时地利人和的关照。更重要的是，当小苗拱土而出，需要怎样的阳光雨露空气水土，需要怎样持久用心的浇灌牵引，才能使它不至于旁逸斜出，向着那明媚的充满亮光的一头拔节。

断裂。是的，我突然想到断裂这个词语。如果一个基因的链条突然断裂会怎样，如果一个完整的酿造流水线断裂了一个环节会怎样，如果一颗嗷嗷待哺的心突然断裂了爱的乳汁会怎样？

那种断裂似乎已经很遥远了，其间的过程也已模糊不清。没有人记得他从什么时候开始变得讷言、孤僻，远离他人的注视。当一根紧紧连接着心与心的铁丝渐渐被时间之吻氧化、锈蚀，似乎没有人意识到离它被绷断的那一天已经不远了。当我意识到这一点的时候，少年询已经在那条背离常轨的路上走了许久。

事实上，在这个家庭里，也许只有我会将十七年的光阴像倒录像带一样从那个婴儿呱呱坠地的冬天开始进行回放，以期获得忏悔和反思之后的顿悟。当然，我知道这些于少年询早已于事无补。对待一个正在生长的独特的生命个体，我们都没有经验可以学习复制，我们都没有机会可以从头再来。

抱怨、指责、争吵，相互的推诿，像硝烟一样弥漫在两代人之间。电话一声紧似一声地从广州砸向瑞金，又从瑞金砸向广州。我的父母，还有我的兄嫂，每天都在着急上火，每天都为一个少年的归期和未来而忧心忡忡，却又无计可施。

"为什么不拉住他，把他绑上车？他跑了你们不会自己直接坐车过来吗？"

"再不要让他上学了，让他去打工，让他自食其力，谁都不要管他的死活。"

"再不要去找他了，冻死饿死咎由自取。"

……

兄长在电话那头狠狠地放出这些时而铿锵有力，时而矛盾重重的言辞。似乎轻松洒脱，似乎完全把这个父子亲情隔断多年的少年抛诸脑后。可是，我懂得他话语后面掩藏着的无力、无助、无可奈何，还有无比的酸楚。

那个大年二十六的黄昏，少年询在祖母的催促下踟蹰而行，他的脚步是随时可以定格成永恒的慢动作。祖父和祖母挑着沉重的行李，用了世间最深沉的耐心，前后裹挟着少年走在通往车站的路上。

到广州去过年，是这个家庭计划了许久的事情。三张车票、三个人，外加鼓鼓囊囊的行李，即将让计划得以顺利实施。可是，少年询却上演了一场完美逃离。是即兴的发挥，还是长远的预谋？谁也无法翻开他的内心作出正确的揣测。

人声喧哗，汽车正在发出嘟嘟嘟的启动声，祖父正在检票，祖母正在将行李塞进车厢。多少人为着一次即将到来的远行内心笃定，多少人对一段与亲人团聚的时光充满期盼，只有少年询悄悄地从喧闹的人群中退场，沉入了一个人的世界和一个人的苍茫。

剩下两个白发苍苍的老人被抛在风中，失去了前行的要义。

二

我在那个寒风凛冽的夜里，迎接了父母的归来。父亲嗓子已经嘶哑，脸色是那种激动之后仍旧未曾消散的赤红。而我，正收拾了一切，反复查看确认了水电门窗的安全，即将锁上大门，回到自己的家。就在一小时前，我都以为对于这座屋子的照料将贯穿整个春节。

"怎么又回来了，询呢？"我一脸的惊疑，总以为是车子的延误才导致旅途受阻。事后，我的女儿说出了她的直觉："一听到外公外婆的声音，我就估计询不见了。"有的时候，孩子像个先知，而我们的内心被各种混乱的物事充塞，甚而麻木、迟钝，轻易就被孩子的敏锐秒杀。

"人都不见了，还去干什么呢？"我的父母，重重地放下了行李。言语中裹着满腔的悲愤。这悲愤，比身背肩扛的这些行囊还要沉重，还要无力承担。我忽然心疼地发现，他们又苍老了许多。父亲的头顶白发日益稀疏，竟能反射夜间的灯光；母亲的脖颈向着更低的方向越缩越近，浑身的皮肉无可挽回地往下坠。从前的顶天立地，从前的果敢决断，全都不见了。他们已经年近七十，他们再没有多少心血可资损耗。我真的担心，他们会被接二连三的击打和愤怒拖垮。

一再地乞求司机慢一会儿发车，一再地奔跑、寻找，然后无果，然后被整车的旅客催促，甚至责备、唾骂，最后是用极昂贵的手续费退掉了三张车票，无功而返。要知道，这是春运啊。我能想象到他们的焦急、无措，内心备受凌虐。我恨自己没有一同前往，没有在变数突然而至，如同惊雷翻滚的时候与他们一同承受。即便是歇斯底里，即便是悲伤欲绝，那个时候，我也应该和他们在一起。

我知道，我的父亲性子急，我的父亲有轻度的冠心病，我的父亲比任何人都要俭省，都要心疼从兜里掏出的每一分钱。

可是，这一切似乎还没有完。

我的兄长听见这个消息，第一句话却是："你们不会别管他，自己来吗？"父亲闻听此言，险些喷血。这轻飘飘的，极不负责任的一句话，无论是否发自内心，都将加重父母的悲愤。站着说话永远不会腰疼。是啊，一个婴儿被硬生生地从母亲的乳头上拽开，长成十七岁的少年，这些年多少光阴不都是祖父祖母陪着他慢悠悠走过的吗？反而是他的亲生父母，与之朝夕相处的日子屈指可数。

两个早已无力握住生活的老人，难道他们不愿意放手这份责任吗？难道他们不希望轻松地逃到儿女的羽翼之下吗？只是他们比任何人都清楚，一旦离开，那个少年便连最后一条退路都没有了。

父亲扔下电话，面如死灰，一言不发跌跌撞撞地进了房间，将自己重重地摔到床上。随后，我听见捶打床铺的声音，听见一声紧似一声的悲鸣。母亲走进去，然后出来，眼睛红红的，她说："他在哭。"我的父亲，三十多年的相处岁月里几乎从来没见他落过泪的父亲，此刻变成了一个任性的无所顾忌的孩子。所有的担忧和委屈，怨怼与愤懑，全都化作了那一声声反复的捶打和悲鸣。

母亲强忍住悲伤，从那些编织袋里一件一件地掏出物品。香肠、腊肉、红鱼……那些属于春节的散发着芳香的美味，原本是要给儿子儿媳以及小孙儿带去的。三代同堂，阖家团聚，这原本会是一个多么充满欢乐的年。那个六岁的小孙儿，母亲也曾一把屎一把尿地陪伴抚养好几年，她多么想再次见到他，听他脆生生地喊她"奶奶"。

可是，随着一个少年的逃离，所有美好的憧憬和关于年的喜悦都烟消云散了。大年二十八，母亲怯生生地提出，要不要买一只大公鸡过年，父亲断然摆手："人都不见了，哪有那心思？"

似乎是一种宿命，这个家庭从兄长奔向广州的那一天起，就注定要像地球的南北半球被切割成两半。亲情、血脉、责任，都隔着山水迢遥，隔着冰和火的距离。

三

如果把盛装记忆的篮子稍微掀开一个口子，逃离的少年，之前我并不是没有遇到过。

小学四年级，男孩鑫被分到我带的班上学习。清瘦、秀气，眼睛里汪着一团清澈的水，但从不主动将目光迎上来，是那种暗藏的机巧和聪颖，或者，更多的是想淹没于众人的小心。我有些不相信花名册里他的分数，二三十分，这不应该是一个没有先天智障的孩子的成绩。稍微努力一把，上升至及格总不是件难事。

我有些踌躇满志，为鑫安排了成绩最好的女生做同桌兼小老师。课堂上，常常不经意地点到他，回答最简单的问题。作业不交，我苦口婆心地劝说。那时候，我对教育充满着理想主义，总以为顽石也有开花的那一天。

直到有一天，鑫不见了，整整一个上午都没有来到学校，没有任何人知道他去了哪儿。

我拨通了鑫的家长电话，"求求你给我个机会，不要再对爱说无所谓……"彩铃的乐声热闹又哀怨地蹦将出来，几乎吓我一跳。但女人接电话的声音很好听，类似于某一种鸟叫，清脆灵动，让人不禁对其外貌作出良好的揣测。

那是鑫的妈妈。她来了我办公室，柔和又不失礼貌。我端详着眼前的女人，她的整个形象甚至不能用女人来称呼，更像一个女孩。蹬着白色的球鞋，一身清爽的运动装束，加上高而蓬松的马尾，不施脂粉的青春美好的面庞，我简直无法将她与一个四年级孩子的妈妈联系在一起。

"鑫走了你知道吗？"

"上午出门时他背了书包，我以为他来了。他出走不是第一次了。"

"孩子怎么会这样呢？"

"我们是单亲家庭。我和他爸爸，在他两岁那年就离婚了。"似乎她早已习惯了老师的问询，似乎那个经常出走成绩倒数第一的孩子并没有给她带来多少难堪和失落。这个妈妈除了礼貌地交流，脸上写着的，更多是轻描淡写。

"要去找找他，万一出事了怎么办？"

"不用，找也没用。"她知道鑫从她包里偷了一些钱，等那些钱花光了，他就会回家的。每次都是这样。

的确，鑫在三天后回到了学校，他的妈妈像一个巫师一般，预言了事件的结果。后来我知道，除了零食和游戏，少年鑫对于人世的一切，几乎都失去了兴趣。现实无情地宣告了我的失败。

一个熟识鑫家庭状况的同事悄悄告诉我：鑫的妈妈一直从事出卖自己的行业，游走于形形色色的男人之间，除了供其衣食温饱，根本无暇顾及鑫的成长。我突然内心疼痛，突然无法接受这个赤裸裸的事实，一个长得那般青春美好的女性，她怎么可能？

"再怎么样，也不能扔下自己的孩子不管啊。"我说。

同事的解释似乎合情合理："她也蛮可怜的，带着一个拖油瓶，自己没有职业和手艺，总要赚口饭吃。"

存在即合理。似乎每个人都有自己的委屈和理由。久了，便是麻木。但是少年呢，他来到人世并非己愿，难道他该被世界弃置不顾？

此后，鑫依然如故，一再逃离，一再无踪迹可寻。我不明白那个年轻的妈妈为何一再让他偷走包里的钱，莫非其实是一种纵容，或者是厌烦了日复一日的拖累，想藉此完成一种连她自己都没有察觉的被动的逃避。

最后一次，鑫出走有十天之久。在鑫回来那天，我对鑫的妈妈说："如果你真的没有办法管理他，那么就送他去全封闭的学校吧。至少，在那里他的生命安全是有保障的。"她听从了我的建议，除了多花些学费，这似乎的确是一个好主意。从此，她拥有了更多的自由，而我，也卸下了长久的担忧。

可是，这真的是一个好主意吗？安静的时候，我常常一遍一遍地问自己。在那所被军事化管理的学校里，鑫真的能如我们所愿，戒除对游戏的深瘾，重新回到正常的轨道吗？他的生命里，会不会出现更多的断裂和更多的空？

那个时候，我怎么也不会想到，在我的家庭里，会出现和鑫同样的问题。我们一家世代忠厚，家风甚正。父亲在麦菜岭方圆十几里德高望重，他以贫穷之手将我们兄妹供出农门，这件事在当年，在那个偏远的山村几乎可称得上伟大。父亲知书达礼、认真严谨，谁家有了家庭矛盾都要请他调解撮合，谁家有了红白喜事都要请他全程协助。这些年，他婉拒了老家大部分的迎请，对询可谓放下了所有的威严和身段，谁能说他家教不好、敷衍塞责呢？

终于也轮到我们思考一个严峻的问题了。就像几天前，一个在公安局上班的朋友对我提出了同样的建议——将询送到全封闭军事化管理的学校去。"先把玩游戏的瘾戒除了再说。"他很认真地劝我。由于我拜托他寻找少年询，他以职业的责任和一个成功家长的经验，对我说了许多："我们遇到太多这样的问题少年了，所有的问题归根结底都是留守造成的。无论谁找我，我第一个要劝的，就是让父母回来，至少回来一个。"

可是我的兄嫂，正在广州建造属于他们的事业和小儿子的未来。沉重的家庭负担不允许他们放下手中的生意，小儿子的未来不允许他们抛下正在努力做的事情。那些正在开着的机器，没有一天可以离开人；那套每月高额还贷的房，没有一天可以让人停下喘息。他们说，大的没管好，希望小的这个，会更好。似乎谁都没有错，似乎谁都有满腹的无奈和冤屈。

四

其实，少年询原本是有一个相对快乐的童年的，虽然一断奶，他的妈妈就离开麦菜岭奔赴了广州。

祖父祖母还有我，为他构建起一个足够宽厚温暖的巢穴。彼时我尚未婚育，甚至还没有恋爱。每天从学校回家，第一件事就是找他："妹子呢？"我总是这样急切地问。他学说话迟，但总是有一两句突然蹦出来的稚音让我们捧腹大笑。

他的圆脸蛋擎着两朵小红花，让人看见就想亲过去。抱着他的时候，我常常想，他要是我的孩子该多好。

我想要为他规划一个未来，一个区别于麦菜岭其他孩童的未来。职业的使然，我首先想到的是让他拥有更好的教育。那时候，全家人都赞成这个计划，齐心协力地为之付出努力。就在城区学校第一次向乡镇选调教师时，我牢牢地抓住了这个机会。那么多人被一轮又一轮的考试淘汰，但是我成功了。兄嫂则在广州省吃俭用，拼命攒钱。就在我跻身市区的第二年春天，他们在瑞金市区全款买下了第一套房子。这一年，询正好可以上幼儿园了。

秋风吹动直属机关幼儿园的大樟树，哗啦啦地响。幼年的询拉着我的手走进樟树的香气里，有了一张属于他自己的小床铺。很少有人知道，为了让他挤进这所幼儿园，我在背后花了多少力气。他念的第一首儿歌是我教的，他认识的第一个字也是我教的。花名册登记他的家长，常常是我的名字和我的电话。

一晃就是三年。然后是顺理成章地进入了我任教的小学，每天坐在我的自行车后座上晃荡着来，晃荡着去。有一次，一个学生指着教室门口对我说："老师，你的儿子来了。"我先是愕然，而后又感到了必然。当然，询不是一个省心的孩子，从小都不是。当我使劲蹬着自行车载他上学时，他坐在背后，用捡来的水彩笔在我白色的新棉袄上画了一圈又一圈意义不明的图案。我怎么也想不到会是询，以至于恼怒地审问全班学生，那些三年级的孩子面面相觑，无法指认一个恶作剧的凶手。

回过头来，我重新捋了一遍女儿的成长岁月。日子在平淡中流水一般地过，我从未对她花费过太大的精力，甚至，比询还要少。直到现在，她都那么爱着读书，爱着上学，每学期开学那几天她都要央求我："妈妈，让我早点去好不好？""为什么？""因为我很激动嘛。"难道是他们的智力有所差距？不，我们一直都知道，询是聪慧的。唯一不同的是，我的女儿，一直在父母身边撒娇承欢。她获得了最完整的爱，以及一株幼苗最健康的生长方式。

但是，询所依凭的轨道终究是平顺的。有那么一些小聪明、小懒惰，成绩却一直并未让人对他失去信心。初中的时候，他竟突然有了一次蜕变，在一千多名同龄少年中排名靠前。我猜，那都是老师管理甚严的结果，但这样的结果总是令人惊喜的。更没有预料到的是，中考时，询又一次用漂亮的分数惊呆了我们的期待。这个平时好像对什么都不那么上心不那么在意的孩子，竟然考上了全市仅招收二百名学生的重点中学重点班。

那是一个多么美好的夏天啊，众鸟的每一声啼叫都透露着喜气。我，还有所有人都长舒了一口气。我们都天真地想，这些年，我们的努力并不是白费的。

可是果真如此吗？时光切换到2017年的春天，我们眼前的询发出类似于动物的含混不清的嗯哼声，他戴着帽子，低着头，紧紧地闭上了他的嘴唇，也关上了他的心门。早已没有桥梁可以通往他架设起的那条大河了，所有的波涛汹涌只存在于一个少年自己的世界里。

祖母试图替他摘下帽子，她半开玩笑地说："在家里戴什么，像个日本鬼子。"询侧过身，躲过了祖母的手，一声不吭地再次将自己关进屋里。我忽然想起，若是在好几年前，询一定会大声地反驳："奶奶蛮坏，奶奶才是日本鬼子。"

是啊，祖母曾经是询生命里最亲的人。她抱着他长大，伴着他一起入睡，给他最温暖的呵护以及最没有隔阂的斥骂。

祖母、询，我几乎要忽略了这一次断裂。事实上，或许这才是事件最核心的部分。那个鸿沟生生地断裂了四年啊。最亲最爱的祖母，由于询的弟弟在广州降生，就此匆匆地离开了询。那应该是询生命里的第二次断乳。第一次他尚且没有记忆，但第二次，却正好是询涉入青春期的关键时刻。

祖父固然尽职尽责，只是那份与另一个人的亲热，询再也找不到了。

在心理学意义上，有一个词语叫作代偿。整个身心都投入于游戏中的询，多么像那种盲目的代偿。他并不能清楚地知道自己缺少了什么，只是不断地用虚幻的刺激拼命填入那个深不见底的黑洞。

"过分代偿，结果某些方面畸形发展，破坏了人格的协调统一，反而加剧心理冲突，造成适应困难，人际关系不良。"

专业而冷静的阐释，却直指一个人的暗疾。如此犀利，如此叫人绝望。

五

"稷布袋，麻布袋，一代还一代。"百般委屈的时候，父亲常常念叨这句俗语，以表达内心的不平。他想不通啊，他已经把自己该负责的一代人抚养成人了，为什么第二代的任务却还是一股脑全落到他的身上？

可是没过多久，他又一次耐下了性子，开始了满世界的寻找。为这，他曾经抱怨过我："给他起什么名不好，询，你看这就有得寻了。"我只能保持沉默，一个人着急起来，心上就烧起了火，喷发出来，或许会好一些。

校园的角角落落都走遍了，全城能搜索到的网吧也都搜索过了。那个要寻找的人，终究如黄鹤一去。我知道父亲每天都焦躁得吃不好饭，睡不好觉。从母亲离开询开始，他就开始了这样心力交瘁的操劳。对于一个少年的日常，其实父亲之前丝毫没有经验。我看着他一日日地消瘦下去，头发就在那几年哗一下全白了，越脱越少。他不能使性子，因为没有人替他兜着，他每天戒酒、隐忍，生怕出了一丁点的纰漏。

忽然有一天，我看到父亲在草稿纸上写的诗，其中一句"妻子何日返家乡？"我至今想到就疼，荆棘从心上拉过的疼。两地分居，一个人扛起责任，他不能向谁撒娇，不能向谁发泄。我的父亲，他何尝不想逃离这漫无际涯的煎熬？当询故意将尿撒到马桶外的时候，当询撬开他的抽屉拿走现金的时候……他无数次举起了手掌又克制地放下。他说他是断掌，他当过兵手劲大，一生不敢打人，怕打出事来。从前，他可以摔东西以平息怒火，母亲不在家，他摔给谁看呢？只有一日日地忍着，几至憋成内伤。

而我的母亲又过得如意吗？那个她曾经用心疼惜的儿媳，在长期的共处中，竟也渐渐产生了嫌隙。孙子磕磕碰碰，都是一个个导火索。没有人不爱一个崭新稚嫩的生命，可是那些爱却可以化成利箭刺向他人。母亲常常吵着要回家，她牵挂着家中的一老一小，又放不下那个亲了又亲的小孙子。她热爱着人丁兴旺，可是这生活，这纠缠，谁能够轻松逃离？

这几年，多少人趋之若鹜地要了二胎。谁知道，有多少家庭做好了充分的准备呢？至少，我所看到的这个例子，从头至尾就贯穿着仓促和失败。

住校、离家，有了自己独立生活的询，从上高中开始就遭遇了滑铁卢。

成绩的直线下滑，使我们以为他只是一时适应不了，一再地与老师沟通，甚至付出昂贵的学费送他去上小课。其实根本不是这么回事，那些自己管理自己的时间里，他几乎都耗在了游戏上面。老师没有发现，我们也没有发现，他早已沉进了另一个世界里。

那一年除夕，我们好言鼓励，给他一份丰厚的压岁钱。大年初一，他一大早就出门去了，谁也拉不住。后来，母亲发现他将自己反锁在卫生间许久不出来，终于在他怀里搜出手机，搜出游戏机。再后来，我们从同学口中了解到，为了占用教室里的电脑，他中饭和午饭都不去吃。当然，省下的饭钱，又可以成为他的新一轮玩资。

寻找的那些天，我查到了询的QQ，他的个性签名上赫然写着："能不能让我消停一会儿啊？"或许，逃离现实，沉迷于虚幻，才是他想要的消停方式？

少年询背对着我们设计好的道路，越走越远。朝着一个黑暗的深渊滑落，他已陷得很深很深。

父亲找到他的时候，是在教室。寒假的学校空荡荡的，只有教室外面大樟树上的鸟儿，热闹地忙个不停。彼时的询花光了最后一分钱，不再被网吧所待见。他已经几天没有吃饭了，虚弱地趴在桌子上。那个清晨气候冷冽，夜晚更甚。少年询宁愿走进一个人的寂冷，也不愿意回到温暖的所在。

祖母无数次含着泪问："饿了怎么不晓得回家啊？"询别过头去，保持着永久的沉默。

那天是大年三十，我在将近中午时看见父母在小区的空地上为一只大公鸡褪毛，欢天喜地。

六

尘世喧嚷，长久而热烈的鞭炮声掩盖了一些伤感和担忧。父亲在贴一副对联，他得意于自己贴得圆满，用两个红包成功地修饰了横幅略短的缺陷。我知道，就在几天前，他都说没有心思，什么也不想弄。

询开始安静地呆坐在屋内，不再动辄出离。他成功了，这个春节，终于可以不在广州度过。在那里，他的懒惰、嘴馋、不问候长辈等缺点被无数次地指责："你连弟弟都不如！"大家都忘了，童年的询也曾经和弟弟一样叽叽喳喳、活泼可爱。

更重要的是，询知道自己的成绩滑铁卢，迎接他的将会是怎样深刻的责罚。询出走的那一天，老师在班级群里发动大家寻找。我的兄长却在群里说："等他到广州来，准备了好果子给他吃。"这句话遭来一大群家长的批评。一个长期不与孩子在一起，也没有多少教育经验的男人，难免偏激、粗暴和武断，他无法与大家理论，干脆退了群，对我说："懒得管了。"

就在前几天，麦菜岭的堂兄打来电话，希望把六年级的儿子送到市区来念书。而他们夫妻，一个在福建，一个在老家。我忽然内心一凛，呵，不只是我，有多少人，终其一生都在策划着逃离乡村？如果自己没有成功，那么，就把任务转移到下一代身上。但是我毫不犹豫地劝他放弃。你明知道在这个地方没有一个亲人，你明知道他只是一个十一岁的孩子，一个青春正在萌发的少年，为什么要让他尝尽人世的孤独？为什么要让他缺失掉本该拥有的那一部分？更何况，有询的前车之鉴，我是无论如何也不赞成这样的铤而走险。

我与兄长数次长时间地在电话里探讨事件的成因与解决方案，谁也说服不了谁。

"爸妈说你在外面发狠赚钱，家里的事不用操心。到头来呢，连个小孩都管不好。工厂出了残次品都能退货，我可不可以退货啊？"他气急败坏。

"一个人的成长有那么多的不确定因素，怎么能全都怪罪父母呢？"我说，"你真应该从小陪着他长大。"

"我有什么办法啊，我们没有户口，买了房也还是没有户口，我们的小孩就是上不了广州的学。我们要是放下生意不做，回来带小孩，全家人就还得在麦菜岭过苦日子。我们在外面累死累活，不就是为了让家里人过上像样的生活吗？"

是啊，这些年，他为了把小儿带在身边上学，像狼一样四处奔突，寻找一个出口。只要打探到哪座城市买房可以落户口，他随时准备把生意搬到那座城市里去。就在去年，事情终于有了明朗的盼头，他果断举债，在新城买下房子。未来的很多年，这个沉重的负担都将背在他的背上，像沙漠里的骆驼，忍着干渴，驮着重重的包袱。

现在，我又开始同情这个年届不惑，仍在为户口、为孩子的未来拼命奔波的男人。一纸户口，是多少个混迹于城市的打工者无法翻越的藩篱？它隔绝了多少血肉亲情，为故乡留下了多少留守的老人、留守的妇女、留守的孩子，又给教育给社会制造了多少无解的难题？多少人长久地叹息、咒骂："哦，什么时候可以逃离这该死的制度，该死的生活？"

此刻，我忽然莫名地想到艾丽丝·门罗的《逃离》，"我再也受不了。"卡拉说。她坐上了逃离的大巴车，可是她一路都在哭泣……

是的，逃离之后，路又在何方？

月明人尽望

　　遗忘大约是我终生无法习得的本领。总是在某一个瞬间，灵魂被记忆点燃，众多的细节汹涌而至。正如现在，一轮明月停在时间的枝头，像安静而有力量的目光，凝视我，洞穿我，也将莫名的忧伤泄漏给我。

　　片段时隐时现。二十年了，我的二奶奶，从来没有因为肉体的深埋而在这个世间销声匿迹。明月替她走过乡村的沟沟坎坎，也替她保管辗转零落的破碎光阴。

　　我有过无尽的痛悔。童年像一条淌满错误的河流，我在河流中快步行走，河水捡拾了我的荒唐和无知，却从来不为一个人的成长和顿悟而倒流。

　　我曾无比可耻地伤害了二奶奶。

　　是一个中秋节的晚上，月光被树影摇晃，我被厨房里扑鼻的肉香诱惑，加快了奔跑的脚步。母亲吩咐我，去喊奶奶上屋来吃团圆饭。我应声从自家屋门前蹦跳着向小路跑去，边跑边拖长了尾音呼唤："奶奶——奶奶——吃饭啦！"我家的大黑狗跟在身后，摇头摆尾，伸长了舌头，仿佛也在期待一场盛宴的开启。

在简单而幼稚的心眼里，我早认定了自己要喊的人是谁，并从未预演过如何应付一个需要智慧的意外。然而，意外还是发生了。在一声声的呼唤中，我的亲奶奶许是没听见，许是回应的声音太小。二奶奶却从私厅里探出头来，给了我无比亲切而嘹亮的回音："哎——满妮，你是喊我吗？"如果可以，我愿意用今日拥有的一切去换回那一声无比愚蠢莽撞的回答："我不是喊你，我喊的是我自己的奶奶！"一柄利剑那么锋利，那么斩钉截铁，瞬间刺破了温馨而美好的月色。

我看见二奶奶当即神色黯然，失望地缩回了伸长的脖颈："唉，你这妮子呀。"此后的许多年，二奶奶在人前将这句话唉声叹气地念叨过多次。彼时我对人间之事有太多的不懂，直到经年以后，方才意识到自己犯了多么不可饶恕的错误。时光能够领我回到那个夜晚吗？我愿意重新开启童音，甜蜜蜜地围绕着她叫："奶奶，奶奶……"可以是一千声，一万声。

一个终身未育的乡村妇人，一个对众多孙辈付出全部疼爱的女人，当她老了，多么希望像一个真正儿孙绕膝的奶奶那样，得到所有人的敬重与感念。可是，失望却像葛藤那样缠绕着她。

在父亲的口述中，二奶奶的一生像透进窗幔的月光那样，从模糊中渐次明亮起来。是的，她嫁到麦菜岭之前，已经经历了两次不堪回首的破碎婚姻，身边还拖着一个亡夫与前妻的儿子。她原想将孩子带在身边，可是家婆不让，在乡村，男孩向来是家族里继承香火的男丁。我的二爷爷新近丧偶，经人介绍，一桩乡村婚姻在一日之内一锤定音。会有爱情吗？当今天的我脑海中闪过这个近乎奢侈的词语，难过像泡沫那样浮泛上来，怎么也按捺不住。那场婚事，连一个最简单的仪式都没有，二奶奶将一个包袱放进二爷爷的房间，然后捋起袖子做了几个家常菜，就算在一个家庭里安定下来。

她来了，就没有想过离开，或者，也根本不具备离开的条件。她一定曾经在梦里看见过开枝散叶，儿女绕膝的情景：夏天的月光下，手摇蒲扇，目光久久地抚在孩子娇嫩的身体上，没有一只蚊蝇逃得过她的眼睛。多少次从梦中醒来，凄清的月色照进那间简陋的屋子，两个已渐知天命的人相对无言，暗暗地吞下了命中的落寞。

的确，二爷爷从来没有嫌弃过她，他认命了。没有子嗣的女人在农村总是前景堪忧，骨头里都能透出凉来。后来，二爷爷过世，在亲族的商议下，排行老二的伯父过继到二奶奶名下，从名义上，她便拥有了子孙满堂的一个大家庭。

二奶奶一向是操持家务的好手，也许是为了在这个家庭里立住脚跟，她更是尽量将脏活累活揽到身上。一好百好，是她一生信奉的箴言。有了二奶奶，二伯一家因此有了更多的精力投入田间劳作。事实上，在未行过继仪式之前，二伯的几个孩子都是她相帮着带大的。

小时候，我也经常被母亲托付给她照看。虽然不是亲奶奶，但她对我的疼爱似乎从未输于亲奶奶。幼时的一个午后，我睡醒爬起，发现大门紧锁，屋子里空荡荡的，没有一个大人。我被一种巨大的孤独和恐慌笼罩，从狗洞里爬出去，一边哭泣一边飞奔着寻找二奶奶，看见她，便扑进怀里号啕大哭。二奶奶一边哄我，一边从锅里拿出一个煨熟的甜红薯，温柔的语声里满是抚慰："满妮不哭，吃个红薯。"直到我吃成个大花脸，破涕为笑。

现在想来，那时候我为什么不去寻找父母，也不去寻找亲奶奶。也许对二奶奶的那份依赖，已像屋后的苦楝树，根须深深地扎进了泥土。

记忆中每年中秋节来临前，都有人来给二奶奶送节。隐约觉得是她娘家的侄儿或侄儿媳等，平时不来往，但这个节却是不能免礼的。送节，相当于维系一个家族的亲缘血脉关系。衣食不丰的年代，节礼不多，顶多是两斤月饼，两斤橘饼或柿饼。总是于上午晃荡晃荡地拎了来，不留下吃午饭，马不停蹄地返身走了。许是他们理解二奶奶的尴尬处境，不愿叨扰。这时候如果碰上二奶奶下地或洗衣去了，我听到有人喊"九秀姑姑"，自然要出去应门，来人也不多问，直接就把礼品递到我手上，吩咐我交给二奶奶。

小时候，我一年到头嘴巴总是寡淡，不到中秋节那天晚上，是绝沾不上月饼边的。莫说月饼，就是一小块甜饼干也可遇而不可求。可想而知，我对月饼有多么馋涎欲滴。抱着那几斤散装的月饼，我掀开袋子，嗅了又嗅，摸了又摸。那诱人的香味，不时恶作剧地钻进我的鼻翼，搅动我的唾沫，把我折磨得痛苦不堪。追随我的那只大黑狗似乎也闻到了甜味，不停地围着我打转转，尾巴摇了又摇，流着哈喇子的舌头伸得老长。只有那些蠢笨的母鸡不晓得讨好人，兀自咯咯嗒嗒地叫个不停。我无数次下了决心要占为己有，又无数次地推翻这个骇人的决定。心中的害怕与渴望交缠，被时间算计，度秒如日。直到终于战胜一切魔鬼的诱惑，完好无损地等到二奶奶归来的时间。

而今回想起来，我怀疑她只轻轻地瞄一眼，便知道我经历过多么痛苦的挣扎。我的诚实显然让二奶奶极富好感，她毫不犹豫地从袋子里掏出一个又大又圆的月饼，塞到我的手里，说："满妮，你吃。"我的整个身心被那金黄的光焰照亮，简直不敢相信幸福会如此轻易地来临。二伯父家堂兄堂姐众多，两斤月饼也就八个而已，再怎样也轮不着我独享其中的一个呀。我贪婪地捧了月饼，一口便咬出一个月牙儿。随之而来的，是渗入肺腑的香以及沁入骨髓的甜。二奶奶笑眯眯地望着我，自己却没有品尝半口。

　　许多年以后，我吃过无数包装精美，口味各异的月饼，却再没有一次像二奶奶给过的月饼那样甜进岁月的深处。

　　待得年老体衰之时，辛苦劳累了半辈子的二奶奶，拉扯大了一串孩子的二奶奶，却由于与二伯母的失和，最后住进了敬老院。此后，她再也没有回过麦菜岭。我偶尔跟随二伯父去送谷子，才能看到她。二奶奶依然喜欢摸着我的脑袋，亲热地喊我"满妮"，只是我常常发现，她那慈蔼的眼神里，装满了深深的失落和孤单。她曾经多么喜欢热闹，她曾经是全村最能干的做米果高手，所有的家庭都请她去帮忙。可是后来，她失去了委身过最后一次见到二奶奶，我已经念初中了。彼时亦是中秋将至的时节，二奶奶已经病入膏肓。她被胃癌折磨多月，粒米未进，形销骨立，躺在床上不能动弹，只能嗫嚅着嘴唇，用微弱的声音对我说："满妮，你来了。我床头有饼，快拿去吃吧。"她吃力地将嘴唇往后努着，示意我饼干的方位。我不敢违逆，掀开她床头的那块木板，发现一包已经被空气和水分濡成软面团一般的月饼，打开包装，一股浓重的霉味散发出来。二奶奶看着我，示意我吃。我淌着泪，在她期盼的目光中咬了一大口，强咽下肚去。我不知道，这几块饼她留了多久，但是我知道，这是她最后一次给我留月饼了。

此刻，我在故乡的远方。夜风吹过厅堂，我试图忘记一株耗尽了力气的衰草，它却越来越清晰地在我眼前摇晃。乡村大地，倒伏下多少这样的衰草？

仰望蓝色的天幕，有明月照我，濯洗我，所有的往事应声落地。

越来越轻

眼望岁月与流水汇成的长河
回想时间是另一条河，
要知道我们就像河流一去不复返
一张张脸孔水一样掠过。

——博尔赫斯

一

第三次走近这座新坟，已是清明。所有人都在静默，
忧伤弥漫在空气里。原是春和景明的日子，天空却似乎
越降越低。我的婆婆，她一向活得很认真。可是谁知道
呢，活着活着，她就把自己活成了一个住在水晶岭上的
"中华显妣"。

我们跪在坟前，为她烧一个装满"巨款"的箱笼。
火势渐旺，先生的舅母提醒道："喊啊，快喊你妈妈出来
接啊。"先生嗫嚅了嘴唇，却终是没能喊出口，倒把眼泪

给逼了出来，在鼻腔里隐忍地抽着。风越刮越大，漫卷起一团一团的灰烬，在我们头顶上旋舞着，像一群怎么也散不去的黑蝴蝶。我望着跪在我左边的兄弟俩，蓦地想到，他们都是没有妈妈的孩子了，突然间满是凄凉。

我承认，她活着的时候我并不见得有多么喜欢她，可是她死亡，我却的的确确抽心抽肺地痛过。在与她成为家人的十二年间，我们龃龉不断。天知道中年守寡的她有多么爱她的儿子，而且爱得毫无技巧。作为一个夺爱者，入侵者，我竟然丝毫没有意识到自己身处险境。用瑞金人惯用的笑谈说，就是"初次结婚，没经验"。于是，还未交手，碰个头破血流便已成定局。

那时候，她多么健壮，多么具有把控力。整个家庭，完全运行在她多年建立的秩序之中。每一个齿轮的咬合都显得至关重要，容不得半点松懈。从农村进入城市，我像一个闯进大观园的刘姥姥，平生第一次将一个人的意见看得如此之重：剪掉长头发，是因为她担心堵塞下水道；说话轻声细语，是因为她多次说过我吹喇叭放广播；甚至散步快到家时，我必须立即将先生拉着我的手甩掉，因为她郑重地与我谈过，那样会丢她的脸……

真的，我曾经以为她可以活一百岁。学过几年中医的她极其讲究养生，每日清淡规律地饮食，早睡早起，还坚持锻炼，出门永远步行。在我印象中，她连感冒都很少患。记得一年去叶坪红军广场参加红博会开幕式，我们都去了。我是和单位同事一起去当观众，婆婆则是老年腰鼓队成员，在大太阳底下打了几个小时的腰鼓。最后，我和办公室的好几个年轻人都中暑了，她却金刚不换。

我们家中极少来客，但每个人用的碗筷杯子仍严格区分，各用各的，各洗各的，不得逾越雷池半步。我用了很长的时间才渐渐适应过来，从此乖乖地遵循。心想这是多么科学多么卫生啊，这才是真正的文明人，而我从前所过的生活，都显得那样粗鄙不堪。我自惭形秽，甚至不太敢把父母和亲戚带进家中，生怕破坏了她的规矩。我还怕父母那麦菜岭人招牌式的高声说笑被她诟病，又来上一句"山旮旯里人"。我受不得这样的鄙夷，我要尽量努力地把自己炼成一枚正宗合格的城里人。

和先生建立恋爱关系之后，他很认真地和我说，要带我去体检。"你看你老是感冒，去检查一下吧，正常人每年都要体检的。"我知道，我丝毫没有怀疑过他对我的好。"妈妈带你去，找她熟悉的医生。"他又说。

那时已是秋凉时节，她握着我的手臂，拉着我往检查室走。她热乎乎的手心触在我的皮肤上，与我的冰凉形成鲜明的对比。我很容易便被那种热乎感动得一塌糊涂，暗自思忖，未来能有这样一个好婆婆，真够幸运的。几乎不经任何思考，我便伸出手去，任医生在我手臂上抽了满满一试管的血。至于查什么，怎么查，我却一概不知。直到最后，检查的结果，我依然一无所知。只记得从医院出来，先生悄悄从怀里掏出一枝被报纸包得严严实实的玫瑰花，叮嘱我别让他妈妈看见了。

经年以后，我渐谙世事，有一次突然想起这事，方才悟出其中玄机：亏得我当年身体健康，单纯如一张白纸。否则，踏进那个家门，叫她婆婆的人还会是我吗？我忍不住追问先生，他一言不发。

二

那些张牙舞爪的细胞是怎样潜伏在她的体内，渐渐肆虐的呢？谁也不知道。

她那么爱干净，皮肤白嫩，肌肉紧实，声音清亮甜润，曾数次被打电话到我家的朋友误以为是个少女，令我这个被职业损害了嗓子的年轻人羡慕至极。吵架的时候，她还能发出比我高八度的吼声。她生气时用手指着我的时候，常常令我望而生畏，脑海里总要浮现出"力拔山兮气盖世"这样的词句。

可是后来，她开始喊疼，说话细若蚊音，比任何时候都要温柔，都要和蔼可亲。从来没想过会有一天，她开始需要并接受我的伺候，但这一天还是来了。我蹲在卫生间里，安顿她坐在一张结实的椅子上，为她擦洗身体。水是用艾梗煮沸过的，热气腾腾、香气四溢，弥散着一股迎接新生婴儿般的气息。在她的内心里，做完一次大手术后回到家中，无异于一场新生。只有我们知道，接她回来，是已经明白住院没有多大意义了。

我洗得很小心，敷完一条手臂，再敷另一边。一遍，又一遍。然后是腿，还有脚。我搓着它们，比任何一次对任何人都要仔细，都要耐心。我期盼着那些流水可以带走一些痛，那些香气可以让她暂时忘了体内的暗疾。我听她絮叨着："我说了不要做骨扫描的，他们非说要排除下才放心。那东西放射性真强，做完就开始疼了。你看，扫描结果不是正常吗，白花钱买罪受。"她轻轻地叹气，责怪着子女们的太过周全。我能说些什么呢？我能告诉她看到的那张结果图与她无关，而真正的遍布阴影的扫描图被封存在每一个知情者的喉腔之后吗？

热热的水汽润湿了我的眼眶，安慰的话语从我的唇边出来，却是轻描淡写："是啊，现代的仪器，很多都有副作用呢。恢复总有个过程，慢慢就好了。"我知道，她心里一定也是这么想的。就在上午，她还唠叨着要看好院子里的那几畦菜地，别让人给占去了。她说好在交代了几个老姐妹，这地方好，可是寸土必争呢。先生生气了："你给我好好养病，别老操心着那些无关紧要的事，我们不差那点买菜的钱。"她据理力争着："我总有好的时候，我还要自己种呢。自己种的菜多好，没有农药化肥，环保着呢，坨坨（我女儿小名）就最爱吃我种的小白菜。"

我知道，内心里有个念想，其实是件好事。可是先生却急火攻心，眼睛里只看得见那魔鬼般摧毁一切的病。那可是癌细胞啊，它们像一条毒蛇，盘踞在骨头缝里嗞嗞地吐着信子和冷气，一点一点地吞食着人的肉体和生命。只要一想到有千军万马的敌兵正在亲人的身体里步步推进，寒意和绝望就从脚底一直上升到头顶。每一时，每一刻，邪恶之花都在隐秘的地方开得疯狂，而你无力铲除，无计可施。

起初只是血尿，时好时坏地纠缠着。她知道，有一个肾脏年轻时动过手术，她一直小心翼翼地哄着它，对它好，不让它受半点委屈。可它还是背叛了她，不再老老实实地坚守岗位，鼓捣出那么多令人不舒服的状况来。各种常规性的检查都做过，没有发现个中原因。或许，还是老毛病罢。于是找了熟悉的医生输液，吃下许多的消炎药片。她谨遵医嘱，温顺地配合一切。那一边厢，她养的几只母鸡都下蛋了，她种的草莓也在结果了。一切都欣欣然生长着希望的样子，她怎么能想到会有更猛烈的潮水正在以覆盖一切之势朝她涌来呢？

终于有医生提出做癌细胞的检查了。她犹豫了很久，她是无论如何也不相信这种东西会与她沾上关系的。而且从肾部抽取细胞，亦是一个损伤性不小的手术。先生与弟妹们反复地商量和论证，然后是轮番的劝说，直到她点头同意。

我们期待的那一场虚惊没有到来，血尿的背后原本是潜隐着一只凶猛的老虎啊。她只好丢下她所操持的一切，住进一个更远更大的医院。在那座城市里，她成了一个处处需要别人照顾的病人。从此，她园子里的菜再也没有得到过她的照顾，兀自凋零。

三

冬天了，我还在乡下驻村，做着貌似无比重要的工作，却疏离了真正需要我的亲人。我内心愧疚，又无可奈何。

那天晚上，山风呼呼地掠过耳际，像一场席卷一切的忧伤，令人无处躲藏。先生从那座城市打来电话："妈妈要动大手术了，风险很大，你必须请假过来，带上女儿。"尽量压低的声音里，夹带着难以抑制的哽咽。我猜，他一定是躲在病房外面打的电话。几分钟后，他必将又一次整理好脸上的笑容，重新轻松地出现在她的面前。

在确认了肾部周边的器官没有被癌细胞侵入之后，医生认为摘除那个肾是最佳的方案了。把病根拔除，只要后期保养得当，癌细胞不再扩散，完全可以再活很多年。婆婆一向相信医生，相信科学。她是知道的，我们家对面那栋楼里住着的杨老头，多年前就没有了膀胱，腰间挂着一个尿袋子，到现在还活得好好的。所以，这次的劝说几乎没费多大的劲。

我带着女儿匆匆地赶赴那座城市，彼时婆婆人已消瘦，但仍行动自如。先生带着我们去饭店吃饭。她和她的小儿子并排走在前面，高与矮，胖和瘦，年轻跟衰老像黑白两面旗帜那样鲜明触目。她的头就靠在他的肩膀上，那个用宽大的臂膀揽着她往前走的人，曾经是她像护鸡雏那样守护着长大的小孩。北风翻动她花白的头发，满目的苍凉。那是我第一次看到她的弱，那是一种怎样令人心疼的弱，我感觉到自己眼睛里泛起一股热热的东西，刹那间就把多年郁积下的前嫌给尽释了。

先生拿着照相机，叫我们轮流与她合影。每一个人都心照不宣地笑着，默契地配合着。我们坐在饭店里，多么像其乐融融的一家子。风平浪静的下面深藏着多少波涛汹涌，沟壑暗礁，有谁知道呢？她翻动着菜谱，每挑一个，都是儿子的最爱。当然，她还会用心地计算着价格，不动声色地达到俭省的目的。这对于一个做了半辈子优秀会计的人来说，并非难事。她吃得很少，嘴里吞吐的全是唠叨："广，你胃不好，少吃点辣椒。文，这块鱼是大骨头的，你吃。"这些年来，她一直致力于向我示范一种爱的方式，对象是他的儿子。而我笨拙、任性、不管不顾地向先生索取宠爱，让她失望至极。我就坐在她的对面，我知道她不会关心我喜欢吃什么，吃了多少。但我再也无心计较。多少年过去，习惯都可以成为自然。

就要上手术台了，我挥着手和她告别："妈，顺哦。""嗯。"她表情安详自然，眼睛里含着即将上战场奋力杀敌的那种英勇。女儿走过去，怯怯地叫了一声奶奶。她说："坨坨啊，等奶奶好了，还帮你提琴，送你去弹琴的地方。那么重，上次我们都走了好久才到哦。"我知道，那是唯一的一次，因此她记得那么牢。因为我的下乡驻村，孩子与她发生了相对更多的关联。如果这样的理由可以成为一个鼓胀的风帆，扬起一种叫作希望的东西，我真愿意它多些，再多些。

而希望是一回事，生命的暗流朝向哪一方奔跑又是另一回事。那一台手术像一场没有退路的赌局，我们是疯狂的赌徒，为之押上了所有，只为等一个明朗的结局。

再过几天，就要立春了。一切似乎都朝着光明的方向前行，手术成功了，她如期地苏醒了，她顺利地放屁了，她开始说话了，她能够进食了。一个万木复苏的春天就这样呈现在我们的面前，我们甚至欢喜地预计着，再过一段时间，等伤口恢复好，就接她回家。儿女们还谋划着物色一幢带个小花园的房子，好搬过去住，让她自由自在地种菜养鸡，不再为了方寸之地与别人争执怄气。

她亦满心欢喜，对每一个前来探望的老姐妹诉说病情，抱怨住院的日子多么憋闷。她多么想早日好起来，可以继续去跳广场舞，去打腰鼓，去种一大堆自己喜欢的菜。

那时候，谁会想到，器官之外，还有骨头。那邪恶的触手无孔不入，早已伸向更加致命的地方。直到骨扫描确认癌细胞已经转移到了骨头上，她仍然相信自己正在一天天地好转。可不是吗，伤口一日日地在愈合，她也开始渐渐能坐能站能走动。未来还有一大片的日子在等着她去过，她怎么能怀疑死亡的脚步正在一步一步朝她逼近呢？

四

那是我平生第一次目击一个人的离去。

她躺在专用的护理床上，薄得像一页纸。彼时她的身上已经没有肉了，唯有那双脚板顽强地向上昂着，显得特别大。一天一夜的发烧和昏迷，已经让我们预知了某种结局正在无可避免地到来。请来的医生还在作最后的努力，扎针、输液，试图缓解病人的痛苦。先生的舅母流着泪，用湿毛巾一遍遍地敷着她的额头、腋下、腹股沟，一遍遍地叫着："姐姐哎，现在给你打退烧针了哦。姐姐哎，你要挺住哦，你好不容易把孩子们都拉扯大了，该是你享福的时候了。"

一滴泪从她的眼角滑落。

大家围在床边乱乱地喊着："妈妈，姐姐，奶奶，嫂子……"可是她再也不会回答了，连点个头也不能够。她开始剧烈地喘息，然后是一口痰吊在喉腔呼噜呼噜地响，越来越急促，越来像一支即将崩断的弩……泪水一下子从所有人的眼里奔涌而出。

谁知道她有多么的不甘，有多少的不舍？就在过完年不久，我去街上买宁都肉丸给她换换口味。她尝过后，还问我多少钱一碗，然后捞起来一个一个地数，最后很是不满地说："就这么小一粒，差不多平均两毛钱一个，这也太贵了。"是的，我买的东西很少有称她心的。从嫁过去那天起，她就开始了对我的培训："瘦肉要去华塘路买，那个卖猪肉的女人蛮善良的。青菜要一大早去农贸市场，很多乡下的菜农挑担来卖的，新鲜，便宜。买了鱼最好到满叔的摊位上过一下秤，那些鱼贩子，都奸猾着呢。还有，油炸糕必须是绵塘市场的才好吃，买米不能上超市，应该去机米的店里。"诸如此类，不一而足。好吧，我都记住了，直到今天还记在心里，可是我有多少次真正执行过呢？我知道她不放心我，她从来不认为她的儿子和我生活在一起会非常幸福。

可是后来，她所重视的所有规律和秩序都在土崩瓦解。她用了大半辈子的破沙发、旧电视柜，还有简陋的防盗门，都被儿女们强行换了新的。她坚守了一生的厨房重地，也被他人占领。她只能躺在床上，等着别人将寡淡的稀饭、素面，或者清汤喂进她的嘴里。她看着自己的阵地在一点一点地沦陷，身体在一点一点地萎缩。她常常由儿女们抱在怀里，翻身、便溺，越来越轻。在逐渐捕获真相以后，她终于不再为了担心依赖而拒用止痛药。其实她已经吃了很久，只是一直被告知是消炎药。子女在背叛她，身体在背叛她，整个世界都在与她背道而驰。

那天我给她喂吃的，几口之后，她摇摇头就停下了。我反复地劝着："你要吃下去，肠胃才能蠕动，才不会便秘呀。""大肉都落了，反正是挨时间了。"她轻轻地说。我退出房间，一股悲凉涌上心头。总有一个暗夜等在生命的那一端，可是我们都未能学会从容淡定地接受。

四月，正是连枯草都不得不萌芽的春天。可是我的婆婆，却被殡仪馆的人从床上抬下来，像一片被风刮落的树叶，轻飘飘的。一个黄色的大袋子将她套住，拉链唰地合上。从此，好与不好，都不会再见。我只是想，一直在想：一个人，怎么就变成了一件物体呢？大街上，化妆品店传出劲爆的流行音乐，一辆急救车鸣着尖锐的笛音呼啸而过，许多的小摊小贩高声地叫卖……这个世界上，每天都有人欢笑，有人啼哭。除了死亡，没有什么可以让人停下奔忙的脚步。

我们在殡仪馆等了很久。她出来的时候，已经把整个身子都"蜷"进了一个雕花的骨灰盒里。一块红布遮盖了她一生的秘密，一生的重量，以及一生的爱与恨，幸福和痛苦。先生抱着她，庄重地走着，走上一辆车，然后，轻轻地将她放在膝盖上。风掀动路边的树叶，和任何时候都没有两样。只是对于我们，世界从此不一样了。因为有一个至亲的人，从我们的生活中退场了。

她将自己退到一座山上，越来越轻，最后化为一抔土，与大地融为一体。来年春天，会有一群黑蝴蝶，没心没肺地覆盖一座旧坟。

底片

一

当我回望青春的时候，我的青春早已同朴树的歌声一样，烙上了深深的怀旧色彩。那些往事是一帧帧已发黄的底片，再也还原不出当初的明艳。但我又无时无刻不想念它，就像想念从窗台上飞走一去不返的鸟儿。它有着青涩的，柔软的，鼓胀的质地，和现在坚硬单薄的我，形成鲜明的反叛。

就在不久前，一个朋友在看完我的日志后，突然问我："你的青春呢？"我翻遍了整个电脑的全部文档，包括所有的邮箱备份，仍是一无所获。这才醒悟，许多年的写作岁月里，我竟然没有为青春时光留下只言片语。那些成长的秘密，那些难以言说的隐痛，我究竟是在刻意地回避，还是担心太过庞杂而无法驾驭？

一定是这样的！比如今天，我突然下定决心要将青春深深划过的痕迹归入记忆的档案，它们势必滂沱而下，琐碎、杂乱无章，我唯一能够保证的，是它的真实。

二

是从什么时候开始，我为自己的单纯无知而感到羞耻？我只记得那是一个春天，嫩草的气息从窗外的原野涌进教室，我有一种要勃发的腾跃感。我重新购买了一本日记本，并在扉页上郑重地写下了其时流行的激励语："日记日记，一天不记，不如不记。"刚刚从大学中文本科毕业的美丽的张老师告诉我们，写日记是通往作家的必由之路。那个年代，文学是多么激荡人心的东西啊。

但是在那本崭新的日记本上写下第一篇日记的却不是我。虹，我一向敬佩的好学生，她居然偷偷地翻开第一页，写下了一句让我倍感羞耻的话："今天，我来月经了。"至今，我不知道她是出于恶作剧，还是出于某种无法表达和交流的困惑。她想要寻找一个出口，显然，她比我早熟，可惜她没有找到合适的对象。我撕碎了那张纸，爬到学校的后山顶上，看着它们在风里飞远。我保持了足够宽容的沉默，但是一种直击内心的颓败感却许久压得我抬不起头来。是的，我不懂，我不懂，她们懂的我都不懂。我只是一个羞耻的还没有开放的女孩。

我注意到我的好朋友娟，她天真的眼睛里开始蒙上了一层忧愁的雾一般的东西。她开始像懒懒的猫儿那样发胖，明媚活泼的身形逐渐变得拙笨，她不再蹦蹦跳跳，不再快言快语。她那些曾经让我羡慕的漂亮衣服全都已经无法包裹住她的身体，她只好换上她妈妈那肥大的外套。有一次，我们一起上厕所，我看到一大坨的血从她的身体里跌落下来。那么殷红，那么惨艳，而她的脸色却那么苍白。我难过地看着她一天换几次裤子仍难掩秘密，我想问的有很多很多，但我却一句都无法启口。我隐隐地知道，她从此进入了女人的苦难。这种苦难，是疼痛与幸福相伴的夹着甜蜜的苦难。

　　在一次劳作之后，浑身汗津津的哥哥将手伸向腋下，似乎要捻住什么东西。然后，他迅速地抽出手来，伸到我眼前。我满腹狐疑，他的手掌上空空如也。他鼓励我凑近，我忽然闻到了一股浓烈的味道，灌入肺腑，我被呛得直往后退。"是狐臭！"哥哥狠狠地甩了一下手，仿佛要抛弃什么，又仿佛要打捞起什么。我第一次震惊，哥哥的身体里有了大人的味道。他每天在操场上一圈一圈地跑步，练习俯卧撑、引体向上，肌肉一日一日地凸显于手臂。他为一个女孩子写日记，我偷偷地看过，那些语言让我眼热心跳。而我的日记，仍旧鸡零狗碎，挤满少年不识愁滋味的愤愤不平。其实稍加留意，就能发现校园里狐臭者、爆肥者和鸭公嗓充斥其间。他们大多沉默自卑，勾着头走路，企图隐去他人的关注。在成长的道路上，男生和女生一样经历蝉蜕的苦难，囿于无法伸展青春的孤独。

那个喜欢把"踝关节"念成"果关节"的生理老师又搬着讲义走上了讲台。他刻板，面无表情，让我们翻到某一个关于青春期的章节，然后宣布自习。教室的后面响起了一簇藏得很深的"吃吃"的笑，一定是那几个脸上长满了青春痘的男生，他们叛逆，却又一无所知，有的只是无处发泄的躁动。大多数人都在装模作样地回避这一个章节，以示自己的满不在乎，或者干脆说不敢坦然面对。我也一样，若无其事地合上了书做几何题，没有人管我。但是趁着午休的时间，我一个人，一口气地读完了它，然后一字一句地推敲了许久，对照自己，对照长期以来默默观察到的东西。我迫切地想要探究成长，探究一直以来隐忍于胸的疑问。然而相比于我的懵懂，那些文字太过浮光掠影，我感到不够，太不够了。

那些年留下的饥渴的感觉，像嵌进水泥的石子一样，时常硌痛着我的心。后来，我有了孩子，我买下了相当数量的科普光碟，给予她足够的滋养。我不要她再重复着好奇而无法得到满足的痛苦，我要她如同四季更替般自然地生长。

三

虹在我日记本上留下的那行字，仿佛是一句披上了巫术的蛊语，指引着我朝那条未知的路一步一步地进发。虽然我毫无知觉，但那一天还是在一点一点地逼近。

我发现自己的胸部长了一个胞块，硬硬的，一按便是生痛。而另一个，却依然扁平而毫无动静。十多年来，我一直在父亲的面前清洗身体，从未回避。我把我的担心告诉了父亲，父亲又喊来了母亲。我的母亲是个粗心大意的母亲，她把我养得精瘦精瘦，她忘了自己是怎么长大的，也忘了她的女儿正在蓄势着抽出芽苞。

父亲把我带到诊所里，那个总是浑身泛着药味儿的老医生看了，似笑非笑，意味深长地看着我，什么也不说，却仍淡定地坐下来给我开了一大堆消炎祛肿的口服药。直到我胸部的另一侧也鼓胀起来，母亲才慌乱地意识到了自己的错误。她在屋侧砌起了一个简易的浴室，挂上了一块布帘，给予我一个隐私的空间。我似懂非懂，莫名地从此与父亲生分起来。

那年夏天，我在睡梦中感到了一股暗流在涌动，温热的，湿漉漉的，像要冲破某种束缚一般奔涌而出。醒来，是一摊鲜血。我惶惑，恐惧，不知所措，我仅有的从生理卫生书上获取的知识没有告诉我如何处置。我胡乱地换了衣服，赶去学校，却再也无心上课。我时刻担心着它们再次奔涌，祈祷着它们停止对我的压迫。可想而知，我有多么的狼狈。

母亲闻讯，给我送来了一件我至今不知道如何使用的物件。我羞于启齿，羞于说出不懂，我只能把内衣束得紧紧的，整天静坐，不敢走动，我害怕它们像小偷一样趁我不备就悄悄地溜到脚下。幸亏我足够机敏，很快从商店里发现了更先进更简单易行的东西，足以代替母亲几十年来习惯的落后用具。那个从未启用的物件，被塞在某个蒙尘的角落，最后不知所终。仿若时间的隐喻，在我的生命里结了一个迅速脱落的痂。

黄昏的时候，我时常坐在校园外面的驼背树上，做种种不着边际的白日梦。从学校的广播里传来郭富城赤裸裸热辣辣的歌声：对你爱爱爱不完，我可以天天月月年年到永远……什么是爱，我担心自己永远不懂。我摘下池塘边的青草卷在手指上，忽然想起在琼瑶的言情小说里有一个情节，男主角用草编成戒指送给他心爱的女孩。我知道村里的新媳妇嫁进来的时候，手上戴的都是明晃晃的金戒指。那么，真正的爱情，是不是戴着草戒指也会感到幸福呢？

许多年以后，我打开一个男孩的来信，信封里夹着他剪下的如何预防感冒的文章。我们隔着千山万水，我们无法相见，他什么也给不了我，甚至于给不了一个草戒指。但我知道，那是真正的爱情。

四

我嗅到了果实成熟的气息。那个星期六的上午，一场突如其来的起哄声打破了我孤单的冥想。几个痞子一样的男生站在路旁，阴阳怪气地叫："漂亮！"和着我的脚步，他们喊起了"一二一"。

回过头来，我看到十四岁的我。穿着粉红的衬衣，绷得紧紧的健美裤，阳光正好，我走在路上，披在脑后的长头发一甩一甩，清爽的发丝一根一根地闪着油亮的光泽。我能感觉到自己正在渐渐饱满，脚步有着乒乓球一样按压不住的弹性。

我感到了害怕，害怕的背面是一丝丝翘着尾巴的得意。

我还隐约地感觉到，我的背后长着一双眼睛。它善于窥视，又善于躲闪，当我想要捕捉的时候，它又沉入不可知的深渊。我捉住它，是在一个傍晚，他害羞地走过来，问我借一把梳子，好像一个犯错的孩子，犹疑地扫了我一眼，又迅速地垂下眼帘，飞也似的逃跑。我愣愣地望着那个男孩，夕阳正从窗外斜射进来，截断他已经有点高大的背影。此后，每当我走进教室，旁边的那个男生就会捅捅他："嗨，抬头。"据说，我在台上演讲的时候，他会在台下紧张得发抖。他的秘密在男生寝室早已无处遁形，借梳子只是许多人和一个人的一次赌博而已。我无法付诸相同的情愫，但一种朦朦胧胧的忧伤却莫名地击中了我。

早熟的虹在教室里织一件纯白的毛衣。她面容端庄，谙熟女红，眼神里荡漾着母性的柔波。我们曾一起参加过英语比赛，但此时的她早已无心向学。而我，只会织那种千疮百孔的手套。对她，我有着既崇拜又不以为然的矛盾情感。

我的害怕终于在一个晚上成为现实，一群来路不明的男孩子在下晚自习后尾随着我，他们用石子、泥块攻击我，我在明处，他们在暗处，我毫无还手之力，只能仓皇逃跑，心惊肉跳。我求助于虹，虹的母性之光绽放得如此灿烂。每天晚上铃声一响，她就拉着我的手，飞速奔驰，将暗处的偷窥攻击者甩得远远的。

夜晚总是闪着鬼魅的眼睛，夜晚藏污纳垢，隐匿了太多的人性之恶。虹拉着我的手奔跑过一条窄巷，后面忽然传来雷点般的脚步，我在惊慌中丢失了手电筒，也丢失了虹温暖的手。我像兔子一样地奔跑，奔跑，一直跑到数里之外，才敢停下来喘气。可是虹，她竟没有跟来。她仿佛被黑夜吞噬，消失在冰冷的幕后。

从那以后，她再没有坐在教室里安详地打毛衣。她的书包，是她的姐姐来收拾的。关于虹，没有人对我询问过半句。我知道，虹保持了绝对的缄默，这和当初我对她偷偷写下的日记只字不提如出一辙。

再后来，听说虹嫁了，而我却哭了。

五

就在我沉浸于哀伤中难以自拔的时候，霹雳舞开始在校园里大行其道。

那台晚会的音响显然是蹩脚的，音乐震耳欲聋，音色混沌不清，低音炮嗡嗡作响。但这些似乎都不足以妨碍一群蠢蠢欲动的孩子的狂欢。一群女孩穿梭来回，不停更换衣服表演着时装秀。穿上高跟鞋的她们，脸上便有了凛然的味道。引爆全场的是在台上翻滚的副校长的儿子，那个痞子一样的男孩。他头上扎着一块辨不清颜色的花布条，穿的是花哨的灯笼衫和灯笼裤。"太空步""木偶人""风车转"……一些女孩子开始尖叫。

她们围着他，宛如一群扑扇着翅膀咯咯叫的躁动的小母鸡。我不明白她们为什么喜欢他，在我无数次幻过的影像中，摧毁虹的男生，似乎头上也扎着一块彩色的布条。我痛恨一切像痞子的男生，那些动不动就为了炫耀自己，来一段"擦玻璃"动作的男生。

我的目光停留在球场上，那是我每天傍晚的必修课。他总是抱着一个篮球准时出现，腾挪跳跃的样子帅得像一头麋鹿。他转过头来，脸上带着健康明净的笑容。我安静地站在树荫下，掩饰着自己内心的激越，装作漠然地看，目光随着他板得笔直的背，从球场的这头追到那头。我不敢鼓掌，不能喊叫，所有的萌动都被硬生生地拽落到肚子里。

他是我的老师。他会把位置最好的电影票拉出来，暗示我抽到它。当然，我明白他的偏宠仅仅是因为我的成绩。当他请假由其他老师代课的时候，我的心便开始落雨，有紊乱的思绪迅疾蠕动。我听到有人在窃窃私语，他是去约会了。我惊慌、忐忑，直到他回归校园，看到他的目光依旧平静，一块石头才放下地来。

有一个晚上，我和几个女生去找他要试卷看，打打闹闹的当儿，他突然开玩笑一般拉住了我的手，说我带你去看电影吧。电流于瞬间击中我的每一个细胞，我脑子里懵懂地冒出了从小说中习得的"非礼"这样的词汇。他说出了我的渴望，而我却本能地甩开了他的手，说："我才不去呢，我爸在电影院，什么电影没看过？"语气中带着和年龄不相称的骄傲与不屑。我的抗拒，究竟是因为胆怯，还是因为我担心得到或失去些什么？事后，我曾无数次地想象过，当我和他并排坐在电影院里，幸福之光将怎样倾泻而下，在我盲动的青春里写下诗行。

事情的结局，带着某种不可预知的偶然，或者说也是一种必然。作为学习委员，我可以随时出入他的办公室兼卧室。我轻手轻脚地拨开门闩，甫一抬头，却看见他正背对着门，一个人悄悄地温习着霹雳舞。他回过头来，动作僵在"太空步"上。我突然尖叫一声，作业本散落一地。

我逃离了那个房间，也掐灭了一段燃烧过的火焰。

六

20世纪90年代，充斥于各种杂志的交友信息铺天盖地。文学书籍里的作者都附上了通信地址，很多人因此鸿雁传书，用虚幻的慰藉来逃避现实的溃败。

班里最先收到信件的人是娇。没有人知道她的秘密从何时因何事开始，只是慢慢发现她的手心里，常常捧着一封来自南方某个师范学校的来信。她小心翼翼地守护着那个秘密，但又矛盾地渴望那个秘密能给她带来无上的荣耀。那大概是她现实里唯一的骄傲了。因为鼻炎，因为终日擤鼻涕的声音，还有身体里散发出的难闻的气味，她成为被众男生厌弃的对象，并被强行摊上了一个难听的外号。化学老师发到她的试卷时，常常不无讥诮地大声说："恭喜你，又考了倒数。"她常常像一只受伤的羔羊形单影只地穿行在从教室通往寝室的路上，耳朵里塞着耳机，磁带里放的歌总是和爱情有关。与其说她令人同情，毋宁说她在享受孤独，享受唯有她和那个写信者存在的世界。

　　她的隐私被一点一点地剥开来，支离破碎的，我知道那个师范的男孩名叫春，写得一手俊朗的好字，他还亲昵地称她娇妹。娇在收到信的时候，脸上有掩饰不住的得意。我们扮演着一面鄙夷一面窥探的丑陋角色，内心里却羡慕得发狂。和她相比，我们的世界薄如蝉翼。

　　那些来自于遥远的迷梦，祛除了现世的种种粗鄙，外壳由一种叫作美好的东西包裹，既能够满足虚荣，又适合诞生幻想。我和同桌媛谋划着也要交一个这样的笔友，目的是打败娇的傲然独立。当然，也许还有蠢蠢欲动的不安成分在内。经过反复筛选，我们从众多交友信息里选择了内蒙古和云南的两个高中生作为写信对象。他们天遥地远，居于神秘的少数民族地带。在我们心里，他们披着一层圣灵般的光辉。

一切都在密不告人中悄悄地进行，我们炮制的第一封信载着希望被偷偷地放进绿色的邮筒。等待的日子如此漫长，如此煎熬。我们互相鼓励，并互相严守内心的隐秘。我们想象它是一只洁白的鸽子，飞过千山万水，落到一双宽大的手掌里。几个月后，我收到了回信。而媛的信，始终如石沉大海。我在狂喜中摊开属于我的私人的第一封信，并请来媛一同分享。但我最终仅收获了失落与郁闷。他的书写幼稚到令我不齿，语言颠三倒四，不知所云，与我的梦幻隔着一座无法逾越的高山。

我放弃了那个与娇抗衡的念头，羞耻地将信，将那个不可告人的秘密压在箱子的最底端，再也无意翻起。

等到我读师范的时候，一个安徽的初中女孩子辗转与我成为笔友。我们在信中膜拜文学，畅谈理想……正在友情渐入佳境之时，我收到另一个女孩的来信，那是她的同学，对她的攻击和鄙夷之词再小心翼翼也昭然若揭。故事如此熟悉，又如此老套，美丽的花瓣被生生碾碎，和几年前的我们如出一辙。她是一面镜子，用窥探和觊觎映照着我隐隐作痛的耻辱。我心痛地发现，一枚叫作青春的玉永远做不到白璧无瑕。

七

我开始迷恋诗歌。舒婷、顾城，还有席慕蓉、汪国真……无论良莠，全盘吸收。

我有一个由十本练习本装订而成的诗抄，上面抄满了我所能找到的所有诗歌，点缀诗歌的，是时下流行的明星贴纸。他们搭配得格格不入，却将我的喜好暴露无遗。一打开来，郑智化颓废的撑着双拐的模样打湿了我的眼眶。我喜欢他的才气，他歌声里的沧桑，他的无可奈何，他像一个迷途的孩子那样呐喊。在他的头像旁边，我抄下了《会唱歌的鸢尾花》。我常常在无人的时候，一个人朗诵着："在你的胸前 / 我已变成会唱歌的鸢尾花 / 你呼吸的轻风吹动我 / 在一片叮当响的月光下……"那时候我的心中总是弥漫着素淡的，无以言说的忧伤，我常常幻想着用自己的温柔去抚慰一个远方的浪子，诗歌是我唯一能够抵达的途径。

就在我把一本朦胧诗选翻到每一个汉字都沾满了我的体味，仍舍不得还掉的时候，我诞生了自己生命中的第一首诗——《曾经》。那一天，在哗哗流淌的河流里，我坐在一块条石上濯洗衣物，周围的人和事物全都往虚无处退去，只剩下我一个人，一个人深陷进对于人生，对于时光，对于未来最初的愁绪和恐慌中。"我坐在时间的河流里／我今天所吟唱过的歌儿／在明天就要烙上曾经的印……"美丽的张老师如获至宝，抄在教室后面的黑板报上，并在课堂上大声宣读。我埋下头去，不敢接受那么多问询的目光，但是一份自我的肯定从深心里逐渐漫溢而出。

学校里成立了以全乡最高的山命名的铜钵文学社，还定期油印一份文学刊物《铜钵风》。那仿佛是一种无言的具备着某种魔力的召唤，我像飞蛾扑火一般投奔进去，追逐着那些写诗的师兄师姐的脚步，将自己弄得神经兮兮。我膜拜着一个高三的师姐，她叫岚，她在诗歌里斩钉截铁地写——不要怜惜自己！不要怜惜自己，是我无法揣测的一种活着的境界。一个人，该有多么的刚强，才能做到不要怜惜自己呢？又或者，她恨自己太过怜惜自己，故而举出一面如此猎猎招展的旗？

岚长得并不漂亮，但她的脸上时常飘拂着火烧云一样的红晕，这使她显得格外动人。她担任着文学社的副主编，还刻得一手漂亮的钢板字，她是我心中的女神。

但是这尊神像却迅速地凋零和幻灭了，撕裂她蓬勃向上的青春之男主角，是那个长着一头卷毛的男老师。故事很恶俗，在那个年代的许多中学校园里反复地上演。他假恋爱之名，强行占有了饱满欲滴的她。而她却表现出了与众不同的处理方式，她没有隐忍，毅然决然地告发了他。她的勇敢掀起了一股轩然大波，但从此，她的诗歌被世俗之手狠狠地揉碎。不愿意怜惜自己的岚最终令我大跌眼镜，她屈从于命运，嫁给了卷毛。没过多久，传来了离婚的消息。我听到了心痛的声音，像玻璃一样碎裂，清脆，不带任何弹性。

那段时间，阴霾之花笼罩校园，创办文学社的宋老师常常拧着眉头，表情沉痛。他失去了志同道合的左膀右臂，他只能一个人默默地刻着钢板。在最近一期的《铜钵风》封面上，他刻下了一句至今还能搅动我的胸膛的诗行："哪怕天空中只剩下最后一颗星，我也要伴他唱出黎明！"那么锋利，那么决绝。

在时光的暗流里，我敬畏着潜藏于隐秘之中的宿命。许多年以后，我和宋老师在博客上偶遇。他凭着一腔对诗歌的热忱，早已冲出铜钵山下那方狭窄的天空。在南方的某座城市里，他打拼出了一份不错的事业，拥有了一个安稳的家庭。唯一不变的，是他从未停止过写诗。

去年国庆，他短信告知了我归来的消息。在饭桌上，他捧出了最新出版的散文诗集。而我，仍保留着18年前文学社的合影。我紧紧地守护着那张照片，担心我就是天空中最后的那一颗星。并没有他的陪伴，但我却一直没有停下攀向黎明的步伐。那一刹那，我的灵魂和肉体的眼睛一起睁开，望见诗歌像一柄银光闪闪的利剑，刺穿了漫延18年的哀伤。

　　席慕蓉的《青春》哗然而至，那是一帧复活的青春底片，一字一句，带着祭奠的疼痛，还有泪水，重新打开那匆忙逝去的青春——

　　　　"所有的结局都已写好，

　　　　所有的泪水都已启程。

　　　　却忽然忘了是怎么样的一个开始，

　　　　在那个古老的不再回来的夏日，

　　　　……

　　　　命运将它装扮的极为拙劣，

　　　　含着泪，我一读再读，

　　　　却不得不承认，青春是本太仓促的书。"

露水中的蓝色小花

或许你还会想起我，

就像想起一朵不重开的花朵。

——叶赛宁

从严格的意义上说，这不能称之为一场爱情。就像一朵在露水中暗自开放的蓝色小花，自始至终，它都没有将花叶恣意地伸展过，它的淡淡清欢还没有蹚过一个季节就悄然弥合了。

认识他的那年，我十六岁。他刚入校门，比我低一个年级。那时我们都在学校的文学社、广播站里混。我们写一些稚嫩得起鸡皮疙瘩的文字，以宣泄青春的诸多冲动；我们从信箱里捧出大把大把的来稿，逐一分拣出可用的稿子，送到广播站去；我们还煞有介事地去采访一些老师和同学，把那些连文体都没厘清的东西称作新闻报道。

而他呢，充其量只是一个比我还嫩的愣小子，屁颠屁颠地跟在高年级的学长学姐后面学做采访和编辑工作。如今想来，起初我完全没注意到他，是因为高年级的女孩很少会把目光投向低年级的男孩子。同班的男生尚且觉得太幼稚、太青涩，何况是新入学的毛头小子呢。

很快文学社组织了一场辩论赛，辩论的主题是什么呢？好像是"知足常乐"与"知不足常乐"。十几个对人生懵里懵懂的少男少女，伪装成一副对未来路线明确的样子，面对面红着脸唇枪舌剑，那实在是一件挺好玩的事。依稀记得参赛者中有他的名字，但并不是分在同一组比赛，我连他长得什么样子都没有留下太多印象。但在那一次辩论赛中，我却鬼使神差成为"最佳辩手"，或者盖因我脸皮稍厚些，来而必往，没有被人问得哑口无言罢。会不会就是那一次他认识了我，并注意上我的呢，事后的很长时间，我一直在猜测。但是，他不曾说过，我也不曾开口问过。

只记得宿舍窗台边的黄竹一寸一寸地长，日日在风中摇曳着，把小小的窗户摇得绿意葱茏，多么像我们拔节的青春和拔节的情绪。从窗子里望出去，梅江河水总是泛起一层一层的涟漪。事实上，我们的萌动何尝不似那一圈一圈的水波，莫名的，说不清来处，也找不到去处。

那一次广播站开会，他坐在我后面。会前他说了个很有趣的笑话，声音竟然带点与这个年龄不太相称的磁性。我不由回过头去看他，忽然觉得这个男孩子有那么一些与众不同。从旁边一女同学的口中，我知道了他的名字。L，我愿意用这个字母来简称他。那一天，我第一次在日记里写下了他的名字。一个人，在太多的青春无处挥霍时，忽然注意上某个人，或者某件事，似乎完全是没有来由的。为什么偏偏是他，为什么不是别人，谁知道呢？

渐渐地我发现在学校的很多活动里，都能见到L的影子。比如他是学校体育队的运动员，开运动会时，他是多个项目的健将；书法比赛后，他的毛笔书法在获奖作品行列中展览出来；校刊里，他的诗歌也是写得颇见一番功力。我默默地观察着这个男孩，一年多来，他的个头在噌噌地往上蹿，面庞的轮廓似乎也出来了，有了一些英俊的模样。虽然从他的穿着中能看出他来自农村，家境并不怎么好。但他只需穿一条太子裤，再配上一件白衬衫，就显得够挺拔了。我自觉不自觉地吸纳着关于他的所有信息，直到有一天，偶然得知他的年龄竟比我大一岁，心中不由窃喜。为什么？难道在那种完全由一个人营造的思念中，我居然会幻想到长远和未来？

很长一段时间里，我一篇一篇地为L写着日记，写下太多太多无以诉说的情愫与孤单。我以为一切都只是我一个人的哀伤，他不会懂，我永远也不会告诉他的，我想。那时候，我读钱钟书的《围城》，看方鸿渐、苏文纨、唐晓芙一干人等的爱情纠葛，那些在爱情里微妙的、隐晦的心理，我一一在现实中体悟着。"永远不要做那个可笑的，被人轻视的女孩子。永远也不！"我命令自己。那么，L，如果我的花一定要朝着你的方向开，就让我一个人悄悄地捂着它的香气好了。

直到有一天，我吃过午饭返回教室，忽然在楼梯口与L迎面相遇。他看着我，脸有一些红，一副想打招呼又没说出口的尴尬样子。再后来，我发现同样的场景一连好几次在我们之间发生。我知道，他的教室其实并不在这栋楼，完全不需要打这儿经过。难道他故意绕道？难道他也和我一样陷入了难以言说的困境？还是我因对他过分关注导致一厢情愿的臆测？

一阵风吹上身来，春又暖了几许。而那些永远也将不出头绪的涟漪，更加热切地浮泛开来。我收不拢它们，也按不住它们。我担心它们会不会有一天忽然失去控制，发出声响巨大的呼喊。

去综合楼上微机课，又一次与 L 不期而遇。彼时他和几个体育队的运动员一起在微机室外的阳台上练习压腿。看到我上来，他忽然表情慌张，四肢不再协调，动作也失了平衡。就在双目交汇的一刹那，我捕捉到了他的眼神——他的慌乱是那样的难以掩饰，像一万只小鹿在胸中奔腾。我们依旧是什么也没有说，连招呼都没打一个。但凭一个女孩子的直觉，我相信他一定是喜欢上我了！

　　就在这种似是而非的猜测中，我看到梅江河边的柳树抽出更长更柔软的枝条。看啊，又一个春天到来了，万事万物没有什么不在疯了一般地滋长。

　　可是我们，除了一次又一次红着脸擦肩而过，仍旧是一对只在心里悄悄认识的陌生人。

　　临近毕业时，文学社组织了一次篝火晚会。我们都去了。他的能干是有目共睹的：搭灶、拾干树枝、生火、煮东西……他做起来是那么得心应手。一群女孩子围在他旁边叽叽喳喳，特别是一个与我邻班的女孩，几乎是寸步不离地粘着他。他受女孩欢迎的程度让我很是惊讶。看他与她们谈笑风生，说着"小 KISS"之类的调侃话，与和我直面相对时判若两人。我有些懊恼，心想自己真是自作多情了，怎么会产生他喜欢我的错觉呢？着实有些好笑。我独自默默地坐在不远处的沙滩上，这里离火光和热闹远一些，我可以安静地整理一下自己的思绪。

野炊后，熊熊的篝火燃起来了，联欢会开始了。大家对着篝火围成一圈坐着，气氛煞是热闹。他依然在忙上忙下，好让篝火烧得更旺些。节目一个接着一个，他也出场唱了一首《霸王别姬》。我听见他很深情地唱道："人世间有百媚千红，我独爱，爱你那一种……"在火光的映照下，他的脸红红的。他会看着谁唱这样深情的歌呢？但我却没有勇气去注视他的眼睛。

不知从什么时候起，他坐到了我的身边，问我怎么不去表演一个呢？我笑了笑，未置可否。其实我平时挺喜欢唱歌的，但是今天，我真的唱不出来。难以言状的羞涩，让我们很快又陷入了沉默。多么尴尬的交谈啊，在心里默默说了无数遍的话，一句也说不出口。就那么简单地前言不搭后语地聊了几句，却已是我和他心灵交汇后说过的最多的话了。说话的时候，我们都别着头，甚至不敢面对面地看着对方。是的，我还说了他的毛笔隶书写得挺好的。声音那么小，他会听见吗？

一个周末的晚上，我正在教室里自修，忽然有同学说外面有人找我。我出门一看，原来是 L。这是他第一次到教室找我，我心里有些吃惊，但又隐隐觉得这是意料中会发生的事。他掏出一张叠得整整齐齐的宣纸，递给我说："这个送给你！"我接过来，默默地看了他一眼，什么也没有问，什么也没有说。他见我无语，也没再说什么，就那样匆促地转身离开了。我木木地看着他的背影远去，心却怦怦地跳。不知道为什么，一向伶牙俐齿的我竟然连"谢谢"都忘了说。这不该有的木讷让我无地自容，但又毫无办法。回到教室，我打开宣纸，一幅漂亮的书法作品呈现在眼前，看得出，每一个字他都写得特别用心。看到"赠××"三个字，我的眼眶不由得湿润了。

作为回报，在一次开会时，我带上了《围城》，借给他读。那样的年纪，会期待和一个什么样的人走进围城吗？那个人会不会是L的样子？我不敢想。此后的许多天，我都有无比的忐忑，生怕他看穿了我的心思，更生怕他因此而对我有所鄙薄。我不知道他读到那些关于爱情的章节会不会联想到我，那些缠绵悱恻的情感心理，他也会有吗？

就在从校门通往教学楼的林荫道上，他截住了我。棕榈树静静地立着，仿佛也在等待着一阵风的吹来或一个故事的开端。他手中捧着《围城》，红着脸，意味深长地看着我。我知道，他也许在等我说出些什么，而我也在等。可是，为什么我们都是那只最胆怯的蜗牛？

我以为他会在书中夹一张小小的字条，像好几个男生对我做的那样。可是他没有。

眼看就要毕业了，一想到分别，我的心就揪得很紧。一切还没有开始，一切就要面临结束。整个学生时期，因为L，我没有和任何人好好地谈一场恋爱。看吧，再过两个月，我就要站到讲台上，做一个还没完全长大的小老师。再往后，我将和未知的某个人走进围城，过知足安稳的日子。啊，这样一眼见底的生活，真让人沮丧。一段没有爱情的青春，要多苍白有多苍白。

可是L，他对分别也有焦虑吗？我无数次抑制住想问问他的冲动，女孩子的自尊让我选择了骄傲与矜持。"再见了，L，就让它无疾而终吧。"我在日记里写道。

我以为自己隐藏得很好，我以为我保留了最后的骄傲。可是唯一没有隐藏好的是我的日记——我的日记被室友看见了！她在我们毕业的前一晚把我骗到了校门外的城南大桥上，之后又自作主张地去L班上把他给约了出来。她把我们丢在桥上，自己却借故溜走了。

夏天的风吹过他的白衬衫，我忽然发现，他竟然长那么高了，他看我的时候，是用俯视的。我从未觉得我们如此接近，却又如此远离。还能说些什么呢？他似乎什么都知道，又对什么都一副不能把握的样子。

　　"我家里的情况是你无法想象的。我不知道以后会是什么样子。谢谢你的《围城》。"他说。月光移过来，照在他的脸上，那层光亮苍白着，却永久地印在了我的心上。我知道，出了这个校门，没有什么悬念的，他会是一个乡村男教师。从此，所有的骄傲和理想都将在现实里沉浮。他们甚至，连找一个有工作的对象都很难。就像曾经被苏文纨喜爱过的方鸿渐，在现实的泥淖中一次次降低了心中的理想，最后被一个在他心中平庸不过的女子收编。

　　"没什么的。未来还很长。"我说。我把所有的难过都隐忍了下来。我甚至低低地笑出了声。我知道，我们在未来里将不再有交集了。

　　唯一的一次"约会"就这样匆匆收场。他说："明天我就不送你了。"好吧，好吧，这样的结束是最好的。当我们明白了彼此，就不必告诉我你曾喜欢过。第二天走出校门的一刹那，我禁不住泪流满面。为三年一晃而过青春岁月，更为这一场还没开始就已经终结的"初恋"。

　　一朵露水中的蓝色小花在季节里轻轻闭合。此后经年，再没了 L 的消息。他果真是跌进现实的"围城"里了吗？他还会想起我吗？我真的不知道。

他的书法作品被我花高价装裱后，挂在客厅最醒目的位置。即便后来我结识了许多有名的书法家，获得了许多堪称珍贵的书法作品，我都没有将它替换下来。那工工整整的隶书，一撇一捺都指向一些遥远的先知般的意义：

这个世界上，总有一些人，喜欢过，却永远都不必告诉。

你是一个兵

一

雪，无边无际的雪。然后是烛光，均匀地围出一颗硕大的心，点燃了，在风中摇曳。心的中央，"I LOVE YOU"的巨型字样白得炫目，由雪堆砌而成，凸起老高。F蹲在旁边，咧着大嘴，哈着白气，傻笑。

那是F寄予我的第一张照片。收到信的时候，我正搬了藤椅，坐在办公室门前的小阳台上，眯着眼睛享受温暖的阳光。机器里正吱吱地播放一张齐秦的磁带："我是一匹来自北方的狼，走在无垠的旷野中……"我忽然被一种苍凉和疼痛击中。一种奇怪的感觉漫了过来，F，他就是那匹来自北方的狼吗？

在极寒的高地上，在兵员极少的哨所中，F是怎样费尽心机集齐了99根蜡烛，又是怎样号召了战友一同搭建起一个童话般的城堡？在北风极不乖顺的室外，他们用了什么办法将烛光死死护住，不让其中任何一根熄灭？我甚至想，F是否早有预谋。但是此前，我们从未在信中交流过情感的话题。或者，他们都是同谋，早就备好了相机，轮番当主角拍下了，好寄给自己心仪的女主角？

在远方，在以阳刚为主调的军营里，有着太多我无法破译的密码，至今没有答案。

而我，竟真被一张照片感动，这的确是一件怪事。就在上个月，本村的连生叔，曾拿着他小舅子的相片找到我学校的办公室，欲向我提亲。那个人在甘肃某部队服役，当着不大不小的军官。我看着那张目无表情的大头照，轮廓清晰却冰冷如铁。我感到头皮发麻，当时就毫不犹豫地拒绝了。可F，他只是一个兵呢。

我想到了我的母亲。她此生唯一跟爱情有关的故事，也是因为一张照片。翻开老相册，母亲指着那张被揉皱了的照片，说："你表伯拿着这张照片到我家来，我一看就觉得是他了。瞧瞧，都皱成这样了，你表伯就那样塞在口袋里。"母亲心疼地抚了又抚。我抬起头来，竟看到母亲的脸上泛起了红晕，一如当年那个娇羞的少女。

照片中的父亲，头戴军帽，肩章殷红，双目炯炯，喉结微凸，英气逼人。彼时他还在福州军区服役，这张照片从麦菜岭出发，翻过石罗岭，最终抵达母亲的手中。

母亲因之一见钟情，瞬间成为俘虏，从此厮守终生。

想到母亲，我心中蓦地一惊。多少年以后，难道我终将掉进命运的同一条河流，重复一个昨天的故事？和一个素未谋面的人——F？

二

我与F本不应发生任何关联的，但人生这场戏早在启幕之前就编好了剧情。

我想F应该喜欢读书看报，否则他怎么会从遥远的地方把信写到我们学校来呢？他说他看到《解放军报》的一篇报道，老区的学校里有很多孩子上不起学，他愿意用津贴资助一个。巧得很，我刚好接任了大队辅导员，这封信，于是转到了我的手上。其时村里最穷的一家人，有个孩子叫军军，正上一年级。军人，军军，想来真是有缘呢。F收到我的回信，欣然接受，并当即寄钱，表示诚意。

那时已近十月，田野的禾苗正飞扬跋扈地分蘖、饱胀、孕育，飞鸟闲适地掠过淡蓝的天空。军军的父母笑逐颜开，眼睛里闪烁着一种前所未有的希望之光。我像剥离了棉桃的棉花一样，被一件从天而降的喜事撩得飘飘然。世界那么大，像F这样单纯而轻信的好人，怎说来就来了呢？

　　尴尬的是，军军尚不会写信，他的父母更是彻底的文盲，我只好继续充当一名信使。起初无非是汇报孩子的学习，转达大人的感谢之情，仅此而已。信的主角什么时候由军军转到了自己身上，早已无从查考。只记得他小心翼翼地纠正我一个错别字，"毕竟"写成了"必竟"。我一向自诩文字功底不错，况且身为语文老师，不料竟被一个似乎没多少文化的F挑了毛病，瞬间气短。读信的时候，我忽然想，F在写信前，是不是偷偷地查了好几遍字典，反复确认过，才斗胆进的言？此后的许多年，我不断告诫自己，不要轻易去琢磨一个异性。因为琢磨一个人，就像光秃秃的枝条被春风收买，不知不觉的，芽就萌发了，花就着蕾了。

　　可是，已经来不及了。风呼啦啦地吹，云一朵一朵地在头顶上开。而远在北疆的F，他正经历着更为猛烈的风暴洗礼。

　　后来的事实证明了我的猜测，F不仅喜欢读书看报，还喜欢剪报。剪下来的豆腐块，无一例外地塞进了飞往江南的信封里。比如预防感冒的N个要点，比如春夏秋冬的保健常识。有一次，F居然剪了一块关于女性经期卫生的小文章过来，把我羞得脸红耳热，又恼又恨。可恶的 F，他凭什么侵犯我的隐私？他以为他是谁啊？但我更恨自己，如此这般，为什么还要逐条细读，还一一照做不误？到如今，多少年来，我甚至还有每天清晨重复着冲洗鼻腔的习惯，都是那该死的预防感冒要点给害的，怎么也改不了了。F 看到报上的经典军营爱情故事，在感动他自己的同时，还不忘寄来与我分享。但我怎么就觉得这是有目的的洗脑行动呢？

F 成了一个心细如发的人。我偶然说起，他提到的前一封信没有收到，F 就开始给他的信编号。某年，某月，第几封，每一封都存了底稿。丢失、重寄；丢失、再重寄。我惊异于一个虚无的梦幻何以赋予他如此强大的毅力和坚忍，像我随手一抛的仙人掌，即便只有一丁点泥土，它都要挺起刺尖儿望向天空。

从开始编号的每月两三封，终至于每日一封。有时候，周末返校，一收就是一大沓，信封上全是 F 的字迹。我抱着那些信，按照编号从前往后一封一封地拆，一封一封地读，字里行间，俨然全是牵挂与念想。"能不能让我，为你站一辈子岗？"F 在信中说。读着读着，我忽然放声大哭。

在《霍乱时期的爱情》里，弗洛伦蒂诺·阿里萨给费尔明娜·达萨写信。他穿越重重的障碍，向心上人传递心意。费尔明娜·达萨常常对着他所出现过的方向，重重地一声叹息："哦，可怜的人。"我说F，我给不了你想要的，难道你一点都不明白？

三

牵牛在窗台上一树一树地绿着。那时候，我还没有寄出过稿子，还没有用朝颜作笔名。我只是教书、种花、写厚厚的日记。

而F，也要学我种牵牛，在那个被西北风剃得光溜溜的哨所。我无意设置他人的生活，F却铁了心要循着某种印迹拉近南北的距离。没有人知道F施了什么魔法，把牵牛种活，直到开花。那年夏天，F疯了一般地打来电话："开花了，你听啊，你听到了吗？"只有沙沙的电流声，只有F粗重的喘息声。我说我听到了，我真的听到了。风开始迷乱，天空开始落雨，心跳叮咚有声。花儿，真的开了，披着能笼罩整个青春的紫和蓝。

可我是个坏孩子，常常被颓废捉拿归案。我拿着仅有的钱买回一台电脑，用家里的电话线拨号上网。一天到晚，疯狂地玩游戏，聊天，却不是和F。父亲从电信所回来，震怒地甩给我一张话费单："三百多，你玩啊，继续玩啊。"是的，那时我的工资，也就二百多吧。我不停地哭泣，有懊悔，也有委屈。F打来电话时，我仍没有停止抽噎。"乖，别哭，等我有钱了，让你玩个够。"

F一直在不声不响地实施着他的计划，我仿佛置身局外。在与F远隔千里的麦菜岭的天空下，关心着身前的冷暖。他买来一张一张的IP电话卡，然后拨通电话，让我记下卡号和密码，以帮我省下偶尔拨打长途的费用。他开始有步骤地存钱，除了按期给军军寄去学费，他几乎分文不花。F说，我快要转士官了，转了士官，工资可以高出一大截呢。F又说，探亲假也更长了，还可以申请结婚呢。我一天天地陷入忧伤，F的梦，什么时候才会是一个尽头呢？

在学校的西北角，我的卧室兼办公室里，不断地涌入一群一群的男生，以看花为名，长久地逗留。我看到蝴蝶和蜜蜂扑向牵牛的花蕊，我知道它们关心的只是花间的蜜而已。至于花朵能在世间存留多少时日，它们一无所知。世界上还有谁，会拼了命去保护一树牵牛？

F说过，在部队里，表现特别好的兵，也许有机会可以提干。到一定的位置，他的妻子可以随军。我知道他是说给我听的。F当然是个好兵，立了一次一次的功，身边的战友走了一茬又一茬，他却依然被留下。八年啊，抗日战争都胜利了，F还在部队里，当他的老班长。我说F，我没有什么承诺给你的，你就不要再拼命了。F说我知道的，你就让我努力还不行吗？

有一段时间，F告诉我会减少写信了，他要认真看书。考军校，这是F能干的事吗？我说F你疯了，但他仍旧全力以赴，背水一战。每一个午后，我于校园外的河边散步归来，仍搬一张藤椅，听齐秦唱歌："每次点燃火柴，微微光芒，看到希望看到梦想……"坐等的奇迹终于没有来到，只有风，只有空茫的风，在哨所的上空呼啸而过。

"我转业好吗？我去你在的地方，打工，干什么都行，只要能和你在一起。"F斩钉截铁地说。我仿佛能看到他的眼睛，像烧红的烙铁，喷着要熔化一切的火花。可是，那一年，F盼望的转业名单里仍旧没有他。而我现在的先生，渐渐像鲇鱼一般游进了我的生活和我的内心。我明白终于有一个人，要予我想要的现世安稳，岁月静好。

再次翻开《霍乱时期的爱情》，读到胡维纳尔·乌尔比诺医生出现了，费尔明娜·达萨突然发现，自己对弗洛伦蒂诺·阿里萨的那些经由想象堆砌的感觉突然就消失了。

"哦，可怜的人。"费尔明娜·达萨倚在窗前，对着远方轻轻叹息。

四

又一个九月悄然来临。沉寂了一个暑假的大铁门哗地打开，我门前的花因长期缺水，都枯萎得差不多了。总有一些事物，要远去，要更替。我忽然想到军军，心中不由一沉。F，他心里的伤愈合了吗？他会不会从此与江南了断一切瓜葛？

收发员在楼下喊我："快来拿，你的汇款单，都到好几天了。"我飞快地奔下楼，署名仍旧是F，那是他给军军的学费，依然如期而至。视线变得模糊，阳光那么明亮，那么刺眼，被风翻动的芙蓉树叶哗啦啦地响。等到严冬来临的时候，每一棵树都有一部分要凋零，它们被泥土深埋。而留下的生命力旺盛的部分，仍要在春天里，亮出生命的绿色来。

我结婚时，F早已内心安详，寄来一对玻璃工艺。转业以后，鉴于一无所长，F听从我的建议，到职业学院重新进修，遇到一个女孩，又一次爱得火花四溅。庆幸的是，此番终于花好月圆。从F的空间里，常常看到他对妻子的爱语：宝贝，你真棒；宝贝，你辛苦了。林林总总，不一而足。我说 F，你可真会疼老婆啊。F 不假思索，啪地甩过来一行字：那时候，我不心疼你吗？我无言以对。是的，无论何时何地，面对何人，F 都会是一个真正的好兵。

不甘心打一辈子工的 F，再次投入考试，获得派出所干警一职。我寻思着，F，他为什么总是忘不了当兵呢？忽然想起他说过的一句话："能不能让我，为你站一辈子岗？"时光的力量如此强大，它总是于不经意间改变着人和事。可是 F 大致没有变，他依然初衷不改。

我说 F，你这个兵，现在的确可以为妻儿，还有更多人，站一辈子的岗了。F 丢过来一个龇牙的笑脸。阳光倾泻下来，此季春暖花开……

天青色的忧伤

让风吹

是黄昏，刚刚下过一场雨的天空，微微地泛出青来。他的歌声是怎样飘进我耳朵里的，现在已经全然记不得了。只记得一股缓缓升起的孤独感，像盘桓在麦菜岭的烟雨，就那样不由分说地住进了我的胸腔里。

"让风吹，吹动天边飘过的云……让风吹，吹动你飘啊飘的发……"夏季湿热的风裹挟着他低低的歌声，还有他的磁性，他的忧郁，于瞬间击中了一颗年少的心。

时光静止在那一刻。我的一头柔软温顺的长发随风飘动，轻轻地拂过布满红晕的面颊。忽然间就感到自己像一尾鱼，谁也不能阻止我用整个身心潜游进他的歌声里。

一个十二三岁的乡村女孩，对于红尘、未来、漂泊这样的词汇，还是那样懵懂无知。可是分明有什么东西在心底里生发、萌动，我无法准确地描述那样的一种情绪，又无法像甩去伞面上的水珠那样迅速地摆脱。

前方，还有一个尚未开启的巨大的天幕，对着我泛出天青色的若隐若现的光。我多么想伸出手去，将它一把撩开。而他的歌声，以及由此滋长起来的莫名的愁绪，似乎让我找到了某种方向和依凭。

他叫郑智化。也就是从那时候起，我知道了港台歌曲，知道了在遥远的台湾，有这样一个两岁就开始残疾，长大以后撑着双拐站在舞台上大声歌唱的人。他做着年少轻狂的梦，像一个迷途的孩子那样无可奈何地呐喊。有时堕落，有时伤感，有时嘲讽，有时又充满振奋。

而我在麦菜岭，在一个去一趟县城都要颠簸一个多小时的小山村里。我的家里没有电视机，唯一引领我通向外面的世界的，是一台破旧的收音机。我常常于寂静的夜晚，守着那台老得不成样子的收音机，在沙沙的杂音中捕捉着他的歌声。那时候，他的歌在大陆风靡，无论哪个电台，都少不得会播放一二首。

在夜最深的时候，我拧小了音量，他的歌声梦呓般自枕边传来："别哭，我最爱的人。今夜我如昙花绽放，在最美的一刹那凋落……"我忽然被一种无以名状的绝望和哀伤浸浸，仿佛他从此就要从世界上彻底消失，而我将眼睁睁地看着他凋落、枯萎，直至毁灭。爱是什么样子，我与爱隔了多远的距离，于我通通是一个不可知的谜。可是为什么哭泣，我的心中又埋藏着怎样的渴望，谁能够告诉我？

哥哥的一个好朋友能自己鼓捣组装音响，那套外观粗陋的深棕色音响，被哥哥以一百元购得。现在想来，那音响真是够蹩脚的了。可是有什么关系呢，它可以播放磁带，甚至能发出高低音混响。更何况，那个男孩子长得那样英俊帅气，他沉默地抿紧嘴唇拧螺丝的样子是如此令我着迷。然而彼时家贫，一百元无异于一笔巨款。父母气急败坏，将"败家"的哥哥骂得狗血淋头。我不敢开腔，可内心却毫无悬念地站在了哥哥这一边。

我猜想，哥哥应该和我一样，有某种情绪在悄悄滋长。我们一起听郑智化，各自写密不示人的日记。我们还自制厚厚的笔记本抄歌，并在上面贴满最喜欢的歌星贴纸。每当翻开借来的《流行金曲》书，我第一个便要找郑智化。没错，那些年他永远不会缺席。而且，他是唯一一个永远自己作词、作曲、演唱的歌手。他的才气，他的沧桑，他蓬乱的头发，颓废的眼神，无一不激起我母性的本能。我常常将长发编织成麻花辫子，幻想着用自己的温柔去抚慰一个远方的浪子。但是更多的时候，我只能无力地跌进一个人的悲伤里。

校园里的男孩子们喜欢哼唱他的《星星点灯》，他们甩着三七分的明显偏长的头发，仰着头，模仿着郑智化略带哭腔的声音："星星点灯，照亮我的家门。星星点灯，照亮我的前程……"反复地，一遍一遍地。似乎那样的歌词让他们有了前行的勇气，以及成熟的模样。可是在我的眼里，他们为什么全都稚嫩得像春天里刚刚冒出头的新芽？

是在许多年以后，我在一个电视综艺节目里又一次看到郑智化。他依然撑着拐杖，从后台吃力地走到舞台中间。灯光打在他的头顶上，身形与面容已经有些微微地发胖了。唱的，是那首多么熟悉的《水手》："他说风雨中，这点痛算什么，擦干泪，不要问，为什么……"他使劲地腾出手来打着节拍，台下的老歌迷，异口同声和着，许多人泪流满面。我不知道，在我一个人长大，并远离他赠予的忧伤的这些年，他有过多少痛，又擦去了多少泪？只是一种久违的情愫，无可遏止地漫延上来。

灯光转暗，他的面容消隐下去，一股热流模糊了我的双眼。我拉开阳台的门，让风吹，让夜色掩盖我的泪水。从此，他在舞台上，在我的生活里销声匿迹。就像那一段新蕊般绽放过的青涩年华，终究要退场。

白月光

她坐在我对面，把玩着一个平素喝茶用的小瓷杯。杯是天青色的，像她的脸蛋，素淡、纯净。那天的办公室里不知为何只剩下我们二人，时间于是显得安静、缓慢。安静总是容易发酵伤感和怀念。没来由的，便谈起喜欢的歌来。

一个已年过四十的女教师，就这样在我面前轻轻地唱起了《白月光》："白月光，心里某个地方，那么亮，却那么冰凉。每个人，都有一段悲伤，想隐藏，却欲盖弥彰……"怎么会，竟是我曾经沉溺过的阿哲的歌？我望住她，一抹淡淡的忧伤从她的瞳孔中浮了上来，有晶莹的，发亮的东西含在里面。

情绪是一种传染病，轻易地，就让我患上了哀愁和惆怅。真的，每个人都有过一段或几段悲伤。即使坐在我面前的女人，已经年届不惑，一向保持着淡定从容。可那种伤感，终会在某个时候，被一根小小的杠杆，轻轻撬动。我在想，在阿哲的歌声里，她是否隐藏着一些人，一些事，和一段欲说还休的过往？有一天当我也走过四十，那一段尘封在阿哲歌声中的岁月，和一扇紧闭的门，是否还会像今天这样哗然打开？

十四岁，我从麦菜岭出发，来到临县的梅江河畔念书。那时候，我还没有初恋，没有经历过真正切肤的悲伤。而我未来的格局，却已早早地写就。只要不出意外，三年以后，我将是一个小学教师，在乡村与一群或聪明或愚钝的孩子厮混在一起，教着语文或者数学，甚至像一瓶万金油身兼数职，音乐美术体育科学品德，统统包揽。

我还需要憧憬些什么？音乐、文学？还是一场刻骨铭心的初恋？

我承认起初我不喜欢阿哲的歌，他那尖而高的嗓音，总让我感觉像娘娘腔。可是与我同寝室的好友云终日听着他的歌，不依不饶地放，狂轰滥炸地放。的确，她比我成熟，是个有故事的人，她的眼睛里已经装满了许多我远远不懂的东西。

我们的寝室只住着三个人，窗外是一丛终年油绿的黄竹。扒开竹叶，能望见十来米外的梅江河。夜色朦胧下来的时候，我们还时常会发现河畔的小路上，并排行走着一高一矮，一男一女两个人。在几千名将熟未熟的学子当中，永远不缺乏"吹河风""晒月亮"的组合。夏天的风从窗户吹送进来，我几乎能闻到河水的燥热。那样的情景使我感到恐慌、羞耻，却又有着莫名的羡慕和无法企及的失落。

我是自卑的，自卑的人只适合沉迷于自己擅长的领域以找到自我。我只是不停地读，不停地写，直到以一种完全被动的矜持，被请进了文学社和广播站。然后，遇见一个青春的劫。

从什么时候开始，我在阿哲的歌声里找到了相同的感觉："我对你有一点动心，却如此害怕看你的眼睛……"一种伤感的气息在小小的空间里反复回旋。我常常一个人坐着发呆，脑海中浮现出一个男孩的身影。我问自己，他有什么值得你惦念？似乎真的没有，可是为什么会情不自禁？

我不是一个善于捕获的猎手。那段时间，我更加沉默寡言，只是不停地写日记，写下一个人的绝望和孤独。可是我从来不对人说，只残忍地痛，让自己一个人痛。有人递纸条，我不屑一顾。失眠的时候，阿哲缠绵的歌声灌入耳中："我闭上眼睛，天空变得透明，阳光温柔蒸发所有泪滴……"泪水一滴一滴地从眼角滑落，湿透了枕巾。我开始懂得了阿哲，和他的温柔，并习惯了他的歌声的陪伴。那些来自内心的呼喊，让我找到了思念的出口；那些细腻的轻柔的呢喃，疗治我，抚慰我，平复我裂着口子的伤。

我们第一次漫步在城南大桥上，却已经是临近毕业的前一晚了。有月光，银白透亮，照在他的白衬衫上。我依旧不敢看他的眼睛，可是他一张口，我就恍然明白，其实这几年，他什么都知道。"明天，我就不送你了。"他低低地说，递过来一幅他亲写的书法作品。"这个，是送给你的。"

第二天，我们启程。一群低年级的相熟的人来送行。一种将永远失去某种东西的恐慌，来势凶猛地漫溢而出，我抱住一个人就哭，哭得撕心裂肺。她不停地安慰我，其实她不会知晓，我的哭，真的与她没有一点关系。

前些年的某个夜晚，我与一群同事去 K 歌，竟遇到一个喜欢唱阿哲的男生。我知道，阿哲的音高、音色和那种感觉，是没有几个男生能驾驭的。可是他殷勤地陪着我对唱了一首又一首。"错过你，错过爱……这说不出的遗憾，是我宿命的孤单……"多年前的感伤，又一次像打开了闸门的洪水。我想起十七岁的那一年，一切还没有开始，一切就已经结束。一段本该最明媚的青春，却在一个人的暗色忧伤中匆匆散场。

依然是个夏夜，我婉拒了那个男生护送的请求，一个人回家。深夜的街道如此安静、凄清，我的周身被白色的月光浸染。有些滋味，只适合一个人慢慢咀嚼。

一面湖水

天边的红霞退去，灰的、青的暮色笼罩上来。我坐在办公室兼卧室门前的阳台上，面朝校门外那条缓缓东去的河，一个人听歌，任寂寞蹑足朝我走近。

"有人说，高山上的湖水，是淌在地球表面上的一颗眼泪；那么说，我枕畔的眼泪，就是挂在你心间的一面湖水……"哦，是齐秦，他又来了，他总是用这样荒凉的邈远的歌声，将我带入神思恍惚的境地。

很多个傍晚，我都这样被《一面湖水》淹没，在绵长的回环往复的旋律中，什么也不想，什么也不做，只沉浸于一个人的无以言说的孤独之中。在热热闹闹的歌坛，以及各种狂热的追星运动中，这首歌一直像深巷里的陈酿，只为少数人熟知并珍爱。

我想起来，很早以前就知道他了。像一匹桀骜不驯的来自北方的狼，他戴着墨镜，背着一把吉他的酷酷的样子，曾经那么深刻地印在我的脑海里。可是为什么，直到好几年以后，我才真正被他的音乐俘虏？是机缘巧合、环境使然还是因为必须要成长到那个年纪，才能真正与他的苍凉发生契合？

其实，那个年纪，也只是十八九岁而已。用今天的眼光来看，和坐在讲台下的孩子相比，我不过是比他们大一些的孩子。彼时我终于有了一个属于自己的小房间，并以教学之名，借得了一台音质还算不错的复读机。

搜罗了齐秦的 N 张专辑。他的歌只适合一个人，在安静的时候听。在黄昏，在黑夜，我坐在小房间里，一边打着勾或叉，一边沉浸于他那种无以捉摸的忧伤之中："思念仿佛弥漫雾的丝路，而我身在何处？月升时星星探出夜幕，人能仰望，就是幸福……"某种期待和向往，抑或是无奈的情绪就这样漫延开来。打动我的，更多是他的嗓音，绵软，柔情，仿佛要用他的温柔将一个人整个儿地围困。

偶尔，会有一些未婚的男生闯进来，又带着失望离开。我只耽于自己的世界，头也不回。那些说着轻佻的戏谑话语的人，没有一个人懂我。他们的搭讪让我感到突兀，和本能的抗拒。只有音乐幽幽地环绕着我，他们进入不了我的内心，连安静地倾听一段旋律都还没有学会。

我幻想我的爱人，会唱温柔的情歌，可以和我陷入同一种氛围中难以自拔。可是各色各样的男孩子像走马灯似的来了又去，那样的人还没有到来。和我一同毕业的女孩，一个一个地被她们的男孩领走。三年了，只有我，还坐在那个小阳台上，沉溺于齐秦营造的梦幻世界里，看阳台边的芙蓉花开了又谢。

在像湖水般沉静的日子里，我渐渐陷入了某种忧虑和恐慌。我的归宿在哪里，前途又在哪里？我今后的漫长的一生，是不是永远要在这所乡村小学校里消耗？爱情的无从着陆，以及未来的一片渺茫，使我一日一日地忧郁起来。有同学写信劝我离开，到更广阔的天地里去。齐秦的歌声里似乎有着某种劝诫的意味："外面的世界很精彩，外面的世界很无奈……天空中虽然飘着雨，我依然等待你的归期……"

我该如何解释这样的一种荒谬呢，最后那个走进我心里的他，竟然五音不全。在夜风里，我们临河而行，听蛙声四伏。他摘下一枝野生的美人蕉花献给我，周围寂静，空旷，辽远。他面对着一条泛着粼粼白光的河水，婉转说爱。我多么希望他能唱一首齐秦的歌，温暖我，慰藉我，圆我一个缺失许久的梦。可是他没有，头顶上有星星，划过深青色的天幕。多年以后，我才知道，这已经成为我贯穿一生的遗憾和忧伤。

我安定下来，放弃了对外面那个世界的向往和探求。他来的时候，我们常常相对无言。他走后，我打开音乐，一个人静静地聆听："给我一个空间，没有人走过，感觉那心灵的伤口。给我一段时间，勇敢地面对寂寞……"

然后，泪水潸然。我知道，虽然我拥有了爱情，可是我仍将终生寂寞。

多少年过去，许多歌手从舞台上永远消失，而齐秦依然用音乐俘获着一群又一群懂得的人。那个永远穿着深色衣服的叛逆青年，历尽沧桑过后，如今已尘埃落定，变得成熟，平和。有谁知道，他那柔情苍凉的歌声里，深藏了多少告白，多少祈求，多少浓得化不开的过去？

而我，也早已离开了那所小学校，成为一个孩子的妈妈。我写下一段一段的文字，可是他不屑于去读它。甚至，他对我用书将整个家塞满表示了恼怒。我的世界时常下雨，被天青色的忧伤弥漫。只有在周末的时候，我常常一个人躲在办公室里，打开电脑，找到那个熟悉的名字，点开，一遍一遍地播放，甚至单曲循环。他的声音像一面湖水，一圈一圈地泛起涟漪，将我的心慢慢洇湿。

十多年了，我的泪水从来没有成为挂在他心间的一面湖水。那个懂我的人，永远不会来。

第

二

辑

过客

一

大功率的空调嘶嘶地吐着冷气，夏日的暑热被一间宽阔的审判庭阻隔在外。原告席上，律师和当事人已经安然端坐，神情自信笃定，只待一声象征着开始的法槌敲响。

相较而言，被告则显得狼狈多了。他们一行五人从西边那扇门鱼贯而入，慌张地寻找着座位，仿佛刚刚从热气包裹的疲态中醒过神来。走在最后的是一个业已中年，而身高发育仍保留在孩童状态的女人。她径直走向了审判台，在一张高背椅子上坐了下来（那是另一位人民陪审员的座位），直到被家人惊呼着招手，才仓促起身，迈着碎小的步子，走向属于被告的座椅。

这是一家人无疑了。他们没有请律师，却阵容庞大，个个面露忧愤之色，颇有些以多数压倒少数的气势在。

原被告一旦坐定，面面相觑间，很自然就形成了一种对峙的局面。

翻开民事起诉状第一页，看见原告玲的名字，心里突然咯噔一下。我想起了一个曾经的同事珍，与她的名字仅一字之差。而且，她们的姓氏在瑞金极为稀有。观察女人的长相，亦与珍有几分相似，我几乎可以断定她们之间的亲缘关系了。

没想到的是，后来案情竟果真牵扯到一件珍提及的往事，此处暂时按下不表。

玲的个人信息下方，细致地罗列着六个被告人的信息及其相互间的亲属关系。我抬起头扫了一眼，并排坐着五个人，没错，只有一个五岁的小女孩没有到庭。

如果以被告中最为重要的一个男人——四十五岁的军为核心，他的身边分别是七十三岁的父亲、六十六岁的母亲、四十三岁的妹妹、三十五岁的年轻妻子，还有妻子腹中即将临盆，尚不能分辨性别的胎儿。妻子身材高挑，皮肤白皙，长发高束，虽为孕妇，仍显示出与这一家人迥异的气质和美貌。那个未到庭的五岁女孩，是她和军生下的第一个孩子。

需要交代的是，原告玲和被告军，曾经是一对夫妻。他们亲手建造过一个爱巢，而后又各分东西，成为栖居于两个屋檐下的陌路人。现在，他们为着共同拥有过的一幢房屋发起了一场奋力地争夺。

依记录本上的日期显示，这一天是 7 月 6 日，我的生日。先生一大早为我煮好了长寿面，使我满心暗悦着婚姻的稳定和获得感，谁知一转头，就很快扎进了一场瓦解星散的官司。

我与主审的郭法官已多次共同审理案件。也许因为人到中年，她的审判经验相对丰富，又兼有女性的细腻，所以一直留在了民庭。民事案件，往往案情千丝万缕，涉及的问题琐碎繁杂，尤其需要耐心细致去体察多方面的情由，需要寻找线索以捋清事件的来龙去脉。她手上的案子，经常遇到当事人需要补充证据的情况，一次开庭不能裁决，又来个二次三次开庭，但她惯常是一副从容淡定又不厌其烦的样子。

手起槌落，查明当事人身份之后，原告律师开始宣读起诉状，其诉讼请求直白而清晰：

一、请求法院判决六被告将位于瑞金市象湖镇某处的房屋一栋返还给原告，并判决六被告立即搬离该房屋。

二、请求法院判决六被告向原告支付 2011 年 12 月 14 日至搬离之日起的租金，按每月六百元计算。

我简单地捋了一下诉状中的事实和理由。2011 年 12 月 14 日，正是原告玲和被告军的离婚之日。剥离这场维持了十六年之久的婚姻，看来并不轻松顺利。玲先是向瑞金市人民法院提起了离婚诉讼，经法院判决准予离婚并依法分割财产之后，军对判决结果不服，又上诉至赣州市中级人民法院。经历又一次开庭之后，赣州市中级人民法院宣告维持原判。就在这一天，他们方得以正式离婚。

从判决书中可见，这栋房屋已明确判决归玲所有，并且土地使用权证和不动产权证俱已登记在玲的名下，何以"六被告先后一直侵占该房屋并拒绝将房产交还给原告"，而且"原告多次要求被告搬离房屋均遭到被告方拒绝，且言辞激烈无法协调"？

从2011年至今，时日足够漫长，玲应该采用过很多种方式敦促被告搬离，却一直未果。

我几乎能想象那样的一种"言辞激烈"。一段婚姻以最极端的方式分崩离析，往往伴随着鸡飞狗跳的激烈闹剧，不仅爱情亲情丧失殆尽，彼此之间多半已反目成仇。多年冤家成敌人，再见自是分外眼红。与此同时，双方的家人亲眷也难免牵扯其中，搭建起同仇敌忾的统一阵营。

瑞金方言，应是我所熟悉的语言中音韵特别柔软美好的一种，然而它一旦成为吵架的利器，便全然失了韵致。那语调中固有的缠绵和软糯被怒火包裹，变成一枚杀伤力巨大的坚硬弹药。猛烈的火力射向眼前的这个人，射向他的过去、现在和将来，也射向与之相关的许多人和事，真恨不能将对方射杀至体无完肤。剥除了最后一层文明和底线，诸多陈芝麻烂谷子或者莫须有的事件被一件一件地倒腾出来，像石头一样掷向对方。最后，没有一方将成为胜者。除了泄愤并更加愤怒，问题从不因吵架而得到妥善解决。

在决绝地提起离婚诉讼之前，这栋房屋对于玲而言，必定早已冷如冰窖。选择了对簿公堂，这个家，这一大家子和她没有血缘关系的人，她是待不下去了。像许多遍体鳞伤，满心失落的女子一样，她捡拾了自己的衣物，一个人抽身离去。

而男人和他的亲人，还将和从前那样，在那栋房屋里进退自如，甚至可以做到，像从来没有一个女人到来过，存在过。男人将新娶嫁娘，重新生儿育女，将和玲有关的十六年光阴剔除得干干净净。

她只是一个连回忆都不会被用心保留的匆匆过客。是的，如果从传统意义上理解一场婚姻，其本质于一个当了逃兵的女人而言，近乎冷酷。

二

我注意到被告按捺着一股蓄势待发的躁动，是在律师宣读起诉状的时候。

这并排坐着的一家人，每听闻一个字句，都像脸上挨了重重的一记耳光，难以忍受。尤其是两位老人，羞辱、委屈、怨恨、愤怒，各种情绪交织在一起，使得他们的脸涨得通红。他们心中有千言万语，好似即将奔涌的潮水，想要一股脑地倾泻出来，又不得不死死地堵着那堤岸。军的父亲胡子抖动得厉害，几次欲起身辩驳，被身旁的老伴钳住了手臂。

"被告严重侵害了原告对房屋的所有权、使用权……被告的侵权行为应得到制止……"几分钟的起诉状宣读时间，于被告，仿佛度过了一个世纪那么漫长。

从表面上看，任何一次民事纠纷，都不会呈现太过分明的是非曲直。当事双方，总要固执地站在己方立场，为自己认定的应得利益竭力抗争。从被告一副理直气壮的架势看，他们应当准备充分，并胸有成竹。即使成为被告，他们也始终不服气，始终认定自己是占理的一方。

终于轮到被告发言了，军的妻子被推举出来做答辩人。想必她的镇定、胆识和表达能力，是这一家人都自叹弗如的了。的确，相对而言，她显得更为冷静，普通话也说得不错，更像一个能好好说理的知识分子。

她耐心地念着己方的答辩状，字字铿锵，处处显得有理有据。那白净的脸庞上，呈现出进入某种仪式的庄严感。她说，原告完全断章取义，关于这栋房屋的归属和相应价款问题，并未得到妥善解决。

理由有五：

一是依照离婚判决书，原告应向被告支付房屋折价款的另一半，但被告始终没有得到这笔款项。因为判决给被告的四十一万多元债权经申请法院强制执行，后被终止执行。

二是建造房屋时军在外地打工，大部分钱由其父母支出，他们理应成为房屋的权利人。而军的妹妹是残疾人，随法定监护人一起生活理所应当。

三是军的妻子有孕在身，女儿是未成年人，有权随其夫其父共同居住。

四是被告占有该房屋，是为了照顾玲的儿子伟。2018年3月伟病故后，原告背信弃义，逐人搬离。被告保留追索抚养费、医疗费、丧葬费的权利。

五是根据物权法，原告未在法定一年期限内主张房屋物权，该请求权已经消灭。

聆听答辩时,我忽然感觉到一层异样,关于平白出现的案外人伟。很显然,被告长期占用房屋与他不无关系。他由军一家人照顾着,但在答辩人口口声声地指涉中,他似乎又只是玲的儿子。她声称伟是由玲抱养回来的,应该由玲承担抚养等责任。那么他与军又是什么关系?军的父母为什么心甘情愿照顾他,一直到他生命的最后?

一个进入过他们的生活,又早早去世的男孩,不经意间掀开了一幕错综复杂、扑朔迷离的人间悲喜剧。

在被告出示的证据中,我看见了伟的身份证复印件、收养登记证、残疾人抚恤存折。颇具戏剧性的是,他的亲属关系被登记在军的父母名下,在法律意义上是他们的儿子,也即军的弟弟。照片上,这个瘦弱的男孩嘴角一边略微向上歪着,眼神里没有孩子惯常应有的那股清澈和机灵劲。

郭法官悄悄地对我耳语:"这应该就是军和玲亲生的儿子,你看他长得和他爷爷、姑姑,简直一模一样。"我戴上近视眼镜,又一番仔细端详,果然那瘦削的脸型、五官的样貌,无不酷肖被告席上的这一家人,尤其和那个同为残疾人的姑姑极相似。

诚如马克·吐温所言:"有时候真实比小说更加荒

诞。"一对夫妻将自己的亲生儿子送给爷爷奶奶当儿子，他们在一个户口本里，真正的父亲却成为法定意义上的哥哥。为着某种目的的达成，亲情和伦理被轻飘飘地抛在一边。这事情多么荒谬，又包含了多少不可告人的秘密？

在中途休息期间，我轻声问玲："那孩子是你的儿子吗？"她不愿作答，只是讳莫如深地对我笑笑，唇边荡起一圈神秘莫测的涟漪。是啊，她怎么能够回答呢？说不是吧，良心何安？说是吧，等于直接帮助被告提供了对自己不利的证词。

对于伟的来历，被告同样未置可否。他们一面指责玲未尽到母亲的义务，一面又对伟是否系军亲生的儿子不发表意见。

是的，那时候计划生育如此严厉，军和玲同为公职人员，只生一胎是一个任谁也撬动不了的紧箍咒。他们原已生育一个女儿，一旦暴露出超生的儿子，将面临罚款、开除公职等各种后果。

三

纵观军和玲最终走向分裂的十六年婚姻，似乎一直陷入一场又一场的战争中。其间所有的战争，都围绕着一个核心——传宗接代。

是时候讲述多年前从同事珍口中听来的那个故事了。2011 年，她是我所在学校的副校长，语文教学骨干。因为分管语文教学，她经常会到我们办公室来坐坐。有一天，极少谈及家事的她突然说出一件令大家无比惊愕的事情：她的姐姐，一个有工作的知识女性，被逼迫接受一个婚外的女人为其丈夫生儿子。此前，丈夫瞒着她悄悄勾搭上了一个乡下的女人，现在已经怀孕，就等着生下来了。她的姐姐当然不愿意，只能选择离婚。

在场的女教师们听了，都大张着嘴，倒吸一口冷气。这样的事件，在公职人员家庭也有发生，但毕竟发生概率较小。那时候离婚率并没有现在这样高，人们总是将离婚当成一件坏事来看。于是每个人都义愤填膺，深恨男人的无耻和无情。

不用说，故事中的姐姐，就是如今坐在原告席上的玲。从她和军的离婚判决书中，同事所讲述的事件得到了印证："2010 年开始，被告与一无业离异女人通奸，经常彻夜不归。2011 年 1 月被我发现后，被告公开说要跟其生男孩，其父母也做我的思想工作，让我接纳那个女人。我坚决不从，但遭到被告多次殴打……"

许多细节在字里行间摊摆开来，历数着从结婚、生育，到决绝分离期间最为不堪的过往："生下女儿后，被告父母逼迫我将女儿藏到别人家抚养，我不从，一直遭到被告父母虐待辱骂，被告也经常对我施以家庭暴力。"产下女儿被轻视，被要求变着法子继续生，还有多次出轨被发现之后的争吵、暴力，贯穿在他们整个的婚姻过程中。

任何一方的事实陈述都难免有一面之词的嫌疑，然而从玲的三次报警记录、公安机关的验伤证明，还有法院对男方的过错判定和三千元精神损害赔偿金的判决中，能看出玲的起诉词基本属实。

可以想见，在这个家庭里，正确的三观、法律的约束、道德的判断完全失效。他们在乎的只有一件事——生儿子。仿佛除了完成生育大业，一切都是浮云。其他所有的是非观念，都应该为这一个目标而让道。而一个女人存在于家庭的意义和价值，也唯有这么一桩。

在离婚判决书中，他们的儿子伟并未出现。也许因为那时是 2011 年，计划生育政策依然在严格执行，他们不约而同地选择了缄默。无论财产分配还是抚恤养育，都没有提及他的存在。

我在想，即便婚姻中有那么多的怨怼和痛切，玲应该还是想要维护它，与军继续走下去的。毕竟大多数已婚女性，仍然很难摆脱传统观念的束缚，决绝地选择离开。她妥协了，她希望自己的妥协能够换得往后的岁月静好，否则她何以甘冒风险生下伟呢？十月怀胎、生产哺育，一个正常在单位上班，每年要应对两次环孕检的女人，该要面临多少常人难以想象的艰难？至于伟出生之前，她有没有因为性别鉴定而堕胎，承受诸多肉体的痛苦，谁知道呢？为了躲避追查，孩子以收养的名义登记在老人名下。其中必也有许多关系需要疏通，每一个环节，都不允许出现纰漏。

她生下了全家人日夜期盼的儿子，她以为终于可以万事大吉了。他们给孩子起名伟，像无数个刚刚收获新生儿的家庭那样，对孩子寄托着太多的向往。他应该高大、伟岸、刚强、勇敢，成为延续宗支血脉的一棵大树，一代一代，开枝散叶。可是谁能预料呢？这个孩子，竟是一个和他姑姑一样无法成才的残疾人。

伟的病症被发现之前，他们一家应该有过一小段的和美与安稳。他们会齐心协力爱护这个小小的男婴，并怀揣满心的憧憬，盼望着他长大。然而千辛万苦之后，玲换得的却是希望的破灭。于是，这个家庭又一次陷入了从前的泥淖：出轨、争吵、暴力。

一个现代知识女性，如何能甘于一次次被男人背叛羞辱？可以想见他们之间的战争有多么激烈，截获通话记录、短信记录，叫骂、撕扯，男人当着女儿的面击打女人头部，女人被公安机关验伤为轻微伤甲级……

从生物学角度来说，任何生物个体来到这个世界最重要的任务就是繁衍。雄性的生殖冲动和繁衍本能是相辅相成的，于是，强化自身竞争力，圈定势力范围成为一种常态。欲望作为一种本能的驱动力，在人类身上则表现为不停地寻找新的伴侣，以大量散播下自己的种子，达到传承个体基因的目的。

当然，这无疑又是与人类文明进程相悖的。人类一直在人性和动物性的相互交织中前行，道德乃至法律的约束即是对动物性的有效遏制。

在军身上，人的动物性表现得尤为突出。十六年的婚姻过程，仅被玲发现的出轨事件就有三四件之多。与陌生女子，与初中同学，与乡下女人，联络、网聊、同居，甚至一度对年幼的女儿说："你有新妈妈了。"每当遭到妻子的阻止，他都以暴力殴打试图强行制服对方。种种肆无忌惮的行为，俱已脱离了现代文明对人的基本要求。

然而这些行为中，爱情的因素能占多少比重呢？家族遗传疾病隐藏在血液之中，他比任何人都更执着于生育。为了生育一个健康的男孩，他需要不停地清除一切障碍，寻找并锁定一块可以耕耘并播下种子的田地，他迫切地要看到秧苗从田地里长出来，必须是他的秧苗，可以在秋天收获种子，进入新一轮繁衍的秧苗。

然而失败又总是如影随形。至少从目前的状况来看，他努力了十多年，仍然没有一个真正的健康的儿子。时代进入二十一世纪，有多少女人愿意沦为他人的生育工具呢？关于乡下那个为他怀过孕的女人，没有人再提及她，也没有人知道她的下落。也许条件终究没能达成，也许她终究没有生下儿子。说白了，她不过是军在生子过程中的一个道具而已。军可以辜负结发妻子，辜负一个婚外的女人又有何难？目标一旦落空，他们分道扬镳，不过是迟早的事。

现在，军的妻子正挺着尖尖的大肚子，她年轻、健康，像一个骄傲的大功臣。如果不出意外，她将为这个家庭带来最后的胜利。反正，没有得到一个足以延续香火的男丁，他们是不会罢休的。

她明白自己的处境吗？或许她太过自信，认为必优于军此前任何一个女人。但愿她是幸福的。

四

四周安静、肃穆，几乎觉察不到时间的流动，只有庭审仍在有条不紊地进行着。

尽管涉及家庭纠纷，但原被告之间并没有常见的冲动对骂、人身攻击。也许是离婚多年，一切恩怨早已变淡。也许是经历多次开庭，玲知道冲突并不是解决问题的有效途径，冷静才是。她将一切都交由律师去说，自己几乎全程一言不发。

事实上，她的沉默和冷静，何尝不是在长期的战争中渐至成熟的结果。若非万不得已，哪个女人愿意领受这样一份成熟与坚强？

"被告是否应该返还原告房屋，是否应该支付占用期间的租金，租金标准多少？"围绕着郭法官归纳的争议焦点，原被告之间进行了举证和质证。

为了证明玲和伟的亲子关系，被告不惜搬出了伟和其姐姐的微信聊天记录："妈妈要把我们赶出这栋房子吗？妈妈不管我了吗？"在与姐姐的对话中，伟不无对玲的不解与怨言。年长一些的姐姐百般安慰着弟弟，并陈述着妈妈对弟弟的爱，以及妈妈多年的辛苦和不易。

父母的离散，给孩子带来的孤独感、被弃感，像阴晴不定的气候，始终浸透在孩子的生命里。姐姐跟了妈妈，残疾的伟被留在爷爷奶奶身边。他的爸爸，一直在不断地求偶之中，哪里还能给予他正常的父爱。一个残疾的孩子，会比常人更加敏感，更加渴望完整的爱与关怀。也许，爷爷奶奶传递给他的，更多是对那个决然离去的女人的怨恨，而不是包容与爱。加上他们之间，一直为着未尽的财产事宜而纷争不断，伟能够获得多少关于妈妈的正面信息呢？

可是，妈妈果真不爱惜，不顾念自己的儿子吗？

从玲与军现任妻子的微信聊天记录中，我们读到了这样的句子："沾伟的光让你们白住了七年，租金都浪费了几十万。"同样的意思，在她与军父母的聊天记录中亦有表达："为了方便你们照顾儿子，让你们暂住了七年。"

从法律意义上，玲原本可以剥除抚养伟的义务。但是一个母亲，如何能够狠下心来对自己的孩子不闻不问、不管不顾？她没有能力带着一个残疾的儿子共同生活，于是她默许了伟的父母一家人继续住在那栋房屋内，以便照顾儿子。她想让儿子在熟悉的环境中安稳地生活下去，而不是经历搬迁、颠沛和动荡。的确，一栋带院子，有平层的房屋，将给一个残疾人带来更多便利。我相信，如果伟还活着，玲应该会继续默认这个事实。为了加大伟的活动范围，让他尽量多一些幸福和快乐，她还会允许被告一家继续占用房屋。

这是为母的慈悲，像一束携带暖意的阳光，竭尽所能地照耀在儿子的头顶之上。只是，年少的伟未必能懂。情感终究要在日复一日的相处和关怀中建立并加深，毫无疑问，伟对爷爷奶奶的亲近与信任，远远高过了妈妈。

在短暂的生命旅程中，伟充当的角色，无非是为了传宗接代而制造出来的不合格产品。只不过，充当了牺牲品的，远不止他一个人。

五

军的父亲被允许在庭上发言的时候，整个人都在微微颤抖，包括已经花白的胡子。进入法庭辩论阶段了，许多的辩驳仍纠缠在各执一词的坚持中。他站起身来，并非不满意儿媳妇的现场表现，而是觉得，有必要以一个老人的愤懑、哀怨和冤屈，打动法官和陪审员。

他从口袋里掏出折叠得整整齐齐的几页信纸，上面密密麻麻写满了他要说的话。显然，这是酝酿已久，有备而来的。

我听到吭吭的几声咳嗽，老人煞有介事地清了清嗓子，像一个经常站在台上做报告的资深干部。他一定想着，在大庭广众之下发言，是一件多么隆重而正式的事，必须要表现出最好的一面。可是他太激动了，语声虽然高亢，却字字传达着身体的战栗："想不到我七十多岁了，还被人告，还要在这里接受审判。"他那使劲吊着腔调的瑞金普通话，显得那么蹩脚，那么不自然。我一时被一个老人的勇气镇住，又觉头皮发麻，全身泛起鸡皮疙瘩。

我以为他要说出多么有理有据的事实，然而没有，更多是情绪的发泄。他直接将矛头指向了玲："简直是欺诈法官，欺诈法院。"他觉得这铿锵有力的指责，足以提醒法官注意，以免上当受骗。

这一举动，与玲和军离婚诉讼时如出一辙。彼时老人并非诉讼当事人，却向法庭提交了一份诉状作为证据，欲证明军曾经想起诉玲，因为玲婚前与他人有不正当关系，又有驱赶军的父母等举动。然而从判决书可知，这份诉状因为证据不足，未被法院采纳。显然，老人只是怀着满腔热情做了一份无用功而已。

一个人的固执往往像细绳里的死结，无解。老人是如此自以为是，对己方占据真理深信不疑。他甚至当庭大声朗诵起社会主义核心价值观来，以证明自己多么遵纪守法，维护社会和谐稳定，没有理由被推上被告席。

他所掌握得不多的那点文化，以及对价值观的单一片面理解，无形中加深了他的固执。他以为自己手握着正义，殊不知，法律是讲证据、讲理性的，越是激烈的情绪，越容易失去效用。

接着，老人又打出了以情动人的看家牌。他一五一十地诉说起当年建房的艰辛，儿子不在家，他和妻子，如何没日没夜、千辛万苦地下基脚、起高楼、精装修，脱了一层皮，瘦了一身肉。是的，中国所有的传统家庭不都这样吗？全家人齐心协力地建设新居，无不倾其所有。年轻人外出打工，将钱源源不断地汇至家中，尚有余力的老人则忙前忙后地张罗着：请师傅、购材料、做后勤、办伙食、搞卫生、庆乔迁……他们会斤斤计较每一个细节，细细盘算每一笔开支，像建造家庭的万年基业那般全情投入，直到一家人顺顺利利地搬进去。那时候，谁会想到有一天要面临财产的分割呢？

当老人将房屋钥匙交付到儿子手中时，心中一定暗暗充盈着得意和满足。他们天然地将儿子的财产视为共同所有，一同生活，一同照顾孙辈，一同为家庭倾心付出，自然也有权享用劳动的成果。他们不会要求在产权证上写自己的名字，毕竟年纪大了，这所有的一切，将来迟早都是归属于儿孙的。同是一家人，他们犯不着费这番折腾，更不想因此而伤了感情。至于谁出资，谁是夫妻财产的共有人，在问题的盖子被揭开之前，他们是不会去深究的。

我的父母亦如此。从抚养子女、供学业、操持家务，到含饴弄孙，将孙儿送上大学，他们心甘情愿为后辈耗尽全部心血。哥嫂长年在广东生活，瑞金也置有房产，其中一处因为他们不便回来办手续，登记了父母的名字，也一直由父母居住管理。后来，哥哥提出将这套房子出售，父母到广东或乡下老家生活。虽然房子最终没有卖成，父母也未与之怄气，但仍旧感到了一丝寒心。他们经常喃喃自语："我们辛苦了一辈子，就像一条蚕把丝给吐尽了，难道我们创造的价值连这么一套房都不值？"

当传统道德、乡风民俗与现代文明和法律约束相互碰撞、产生矛盾，仍有许多人思想上难以接受，转不过弯来。譬如女儿对父母财产的继承权，千百年来一直不被民间看好，总以为是"嫁出去的女儿，泼出去的水"。在有儿子的前提下，一旦女儿产生了主张权利的念头，或诉诸法律，必将在亲属之间掀起轩然大波。法律自然要支持女儿的平等权利，然而在现实中那件亲情的外衣是必然要被撕破了。

时至今日，现代文明、法治理念潮涌而来，一遍一遍地冲刷着人们的传统思维。军的父母亲，却仍站在两相交汇的浪头之上，不肯向前，也不愿退后。他们死死地抱着过往，企图抓住一根救命稻草，将自己渡往无虞之境。

发言结束的时候，老人又一次引用了社会主义核心价值观，以证明自己有文化、讲政策、懂形势，并非无理取闹之人，同时也表明被告上法庭的万分委屈之情。在他长达六七分钟的慷慨陈词中，郭法官一直静静地听着，没有打断，也没有不耐烦之色。事实上，老人的全篇发言没有一句话可以作为本案的证据，为被告一家提供有利的辩护。就像一场偏离了主题的大戏，演员虽然全情投入，却丝毫不能打动观众。我暗想，郭法官的耐心与倾听，已是一种超越于职业操守的仁慈了。

由离婚事件引发的万千戏码中，财产争夺总是其中最为激烈的部分。然而，无论谁将占据更多的附属物，往往都不会有真正的胜者，包括，牵涉其中的每一个人。

循着房屋归还诉讼和离婚诉讼的线索，我一一捋过这一家人在其间的行为与作用。在军和玲一步一步走向碎裂的婚姻中，军的父母充当了怎样的角色呢？

当玲产下女儿，他们千方百计地劝其隐藏，以便于再次怀胎；当玲不愿听从建议，他们又将得不到孙子的怨气全都撒到玲身上，辱骂她，不给她好脸色看（也许，这样的态度还牵涉新生的无辜女婴）；当军与一个离异女人同居，并致其怀孕，他们劝玲接受；然而当玲下定决心准备离婚时，他们又力劝其不要离婚（有玲提供的与军母亲的电话录音可证）。

是的，他们一直在家庭中充当着劝慰者或曰怂恿者的角色，看似苦口婆心，一切为了家庭和谐着想，实则完全无视女方的权利和利益、人格与尊严。一个女人的个性与情感在他们所看重的利益面前，一文不值。

他们，和中国大地上众多终身保守着传统观念的老人何其相似。一切的是与非，都围绕着生育繁衍、家庭稳定和面子荣耀。他们必定无比在乎他人的注目，人丁是否兴旺，家庭是否和睦，不仅在于自己的感受，还在于亲朋好友、街坊四邻的议论。离婚当然是一件令老人蒙羞的事情，他们无论如何也不希望儿子儿媳走到这一步。因此，不管怎么明里暗里争吵打闹，他们仍旧要劝，要拢住人心。但要一个孙子，又是必须实现的家族大业。对于他们，这并不矛盾。他们认为玲作为一个妇道人家，既然自己无法完成繁衍大业，就应该作出牺牲。不能生，让别人生又有何不可呢？在夫家，女人只是一个外来者，利益提供者。把她娶进门，不就是为了生儿育女、侍奉夫君吗？他们怎么会意识到，女人也是一个完整的生命个体，也可以有自己的主张、自己的权利呢？

譬如军在离婚时出示的玲婚前与一名军人的通信，以证明她与别人存在不正当关系。事实上，书信的内容毫无暧昧之词，完全停留在一般交往范畴中。但是这个男人，自己在婚姻关系中一直不停地更换女友，寻找一个可以装下儿子的子宫，却不能容忍妻子婚前与他人通信。

在这一幕一幕的剧情中，我看到几千年加诸女性身上的男权，酿造出无数血泪的男权，依然盘根错节地缠绕在人们头脑之中。

六

庭审仍在一次次你来我往的拉锯中缓慢进行。一场疾雨说来就来，在天地间制造出巨大的声响，仿佛铁了心要打破这沉闷的气氛。

所有人都分出心来，舒了舒身子，转头望向窗外。在那目力所不能及的高处，仿佛有一条天河失去了依托，发疯似的倾倒下来。人们通常将难以承受的事实形容为"天塌下来了"，我在想，眼前的原告和被告，想必都经历过这样的心路历程。一家人费尽周折得来的男丁是个残疾人，军的父母建造过的一栋三层半房屋突然被宣布不属于自己，玲曾经投注过感情的丈夫毫无底线地背叛她……正所谓"人有悲欢离合，月有阴晴圆缺"。这桩桩件件，无不与大自然翻手为云、覆手为雨的无常规律相互印证。

玲在妥协亦未能换得幸福之后，毅然选择了逃离。从她温润的气色看，如今应该已过上了独立的，有尊严的生活。其实在现实里，并不是每个女人在面对屈辱的境况时，都有勇气抗争，并决然走出。

2019年中国大陆有七百六十万对夫妻离婚。2020年以来平均每天有两万对夫妻离婚，离婚率连续七年持续攀升。并且，在起诉的离婚案件中，有七成是由女方提出的，其中经法院判决结案的比例远超调解结案。这当中，80后女性占了一半以上。可见现代青年女性对于个体尊严的追求，早已超越了对一份稳定关系的需求。她们在经济地位上越来越独立，不再一味地委屈和将就，而是更加注重婚姻质量，尊重内心感受，关注自己的精神世界。

女性不再甘于充当婚姻的附庸，一味隐忍退让，无疑也是人类文明走向进步的一种体现。

正如当下，当军一家以债权未能执行到位为由，主张玲应该支付另一半房款，否则拒绝搬出房屋时，玲早已失去了和他们理论的兴趣，直接拿起了法律的武器。

律师始终有理有据，无关的话半句也不多言。针对被告方的抗辩理由，他进行了重点驳斥：

一是关于玲是否还须支付另一半房款问题。瑞金市人民法院《民事判决书》中已经明确："原告玲因判决得到土地使用权及地上房屋的使用权，并且同意将四十一万多元债权及利息和小轿车归被告所有，因此，对双方共有的四十一万多元债权及利息和小轿车可判归被告所有。同时，原告向被告支付的二十万元房产折价款从中予以抵消。"因此，被告陈述的其没有得到原告支付的半价房款不是事实，而债权至今未执行到位并不影响原告玲对已经分配取得的房屋所有权的享有。

二是关于军的父母是否应为房屋权利人的问题。首先地皮是以军和玲的名义买入，其次玲的收入已正常使用于家用及建房，军在外务工时亦月入万元以上，并寄回家中用于建房。其父母没有有力证据可以证明自己出资，并且这一意见在离婚诉讼时就不被法院采纳，没有再议的必要。

三是关于玲的房屋物权主张请求权是否已经消灭的问题。2012 年 3 月，因被告未按法院判决履行缴纳精神损害赔偿金和搬出房屋的义务，原告玲向瑞金市人民法院申请强制执行，2012年4月1日，瑞金市人民法院向被告送达了《执行通知书》，责令被告军"自送达本通知之日起三日内履行如下义务：1. 缴纳精神抚慰金三千元；2. 腾出已判决给原告玲的房屋；3. 承担案件受理费两千元，申请费三百元"。可见，原告在一年期内便向法院申请了强制执行，不存在未在期限内主张房屋物权的问题。

有意思的是，这次庭审，原被告双方均提交了瑞金市人民法院《民事判决书》作为证据，力证自己的主张合理。当我们拿起案头上的判决书复印件，重温"原告向被告支付的二十万元房产折价款从中予以抵消"这句话时，到底谁的理解发生了偏差，谁才是真正的断章取义者，答案已不言自明。

趋利避害，是为人的本能。被告还刻意回避了瑞金市人民法院《执行通知书》，仿佛这件事从来没有发生过。他们居然提出玲的房屋物权主张请求权超过一年，已经消灭，仿佛两个孩子吵架，谁的哭声更大就将获得大人的同情似的。

有时候，人的某种坚信或曰偏执是极难动摇的。当一种本身充满了谬见的观念被不断地重复、强化、阐释时，基本的常识自然会被抛诸脑后。这也正是我们无论倾听任何一方陈述的事实，都会觉得他有理的缘故了。这时候，己方的一切错误都被粉饰、被美化，对方的任何缺漏都被一再地放大甚至扭曲。"清官难断家务事"，说的正是旁观者的这种一叶障目之视域狭窄。

最后，只有法律可以站在公正的高处，从证据中还原事实，从蛛丝马迹中提取出一条完整的脉络。

七

再次阅读军和玲的离婚判决书，可知原被告双方当初对于财产的分配均没有异议。房屋和土地作价四十万元，债权四十一万余元，以一半债权抵消一半房屋价款，双方很容易就达成了共识。男方多得了一万余债权，拿回了自己常用的小轿车，只需再承担两万元债务，何乐而不为？

自然，当初手握债权的军，并不知道自己所判决得到的债权最终会难以执行到位，变成一纸空债权。他手上握有一份瑞金市人民法院出具的《执行裁定书》，而且，这份债权指向的是赣州市某大型投资发展有限公司，如果没有意外，拿回债权和利息几乎是水到渠成之事。然而被告方称，2012 年，瑞金市人民法院对该债权终止执行，也即是说，军最终没有实现债权。于是，他们一家人感觉吃了亏，再次将这一笔账算到了玲的头上，并以此为据，坚决不愿交出房屋。

债权被终止执行，其中包含着怎样的内情，我们不得而知。但在当下社会经济越发繁荣，民间资金往来越发频繁，金额越发巨大的环境下，这种情形并不罕见。利益驱动之下，各种非法集资、民间借贷鱼龙混杂，充斥其中，执行难的问题也便越发凸显。我见识过太多这样的事件，有时是欠款方资金断链，无力偿还，有时是欠款方本身就铁了心要诈骗他人钱财。于是，猫捉老鼠的游戏便开始了：这边厢是一次一次地打电话、发微信、上门，围追堵截，坚决讨债；那边厢是千方百计地应付、拖延，终至于换号码、删微信、人间蒸发。

最后，只有起诉乃至申请法院强制执行一条路可走了。可是，一旦欠款人或公司债务黑洞巨大，没有资产可供执行，或有限的资产早已转移，《执行裁定书》往往也就成了一纸空文。即便把这些人送进监狱，欠款照样永无归还之期。

如果被告陈述的空债权一事属实，则本案中的军，既是执行难的受害者，也是执行难的始作俑者。

资料显示，《执行通知书》送达之后，军履行了相关义务，瑞金市人民法院也于 2015 年 10 月 15 日对该执行案件作了结案处理。但是，被告一家为何直到现在仍然住在原告的房屋内？

更多的波折在双方的举证和辩论中呈现出来。在执行过程中，军搬到位于市区的另一套房内居住，军的父母和妹妹留在玲的房屋内生活，并得到了玲的同意。他们另外签订了一份协议，约定由他们每月支付一千五百元租金，和案外人伟一起继续在房屋内居住。达成协议的原因，自然是为了那个残疾的男孩伟。

在这期间，军在另一套房里再婚，生女。但是，从 2015 年上半年开始，被告人军又带着妻子和女儿搬了回来，与父母、妹妹等共同生活在一起。按照军的妻子的陈述，是因为父母年老，需要照顾才搬回来的。但观察两位老人的健康状况，显然并非如此。

这意味着，经法院强制执行之后，他们之间的现实状况又一次回到了原点。

值得玩味的是，虽然双方有过约定，但被告一家至今未向玲支付过租金。自然，也是为了伟——一个从法律意义上，玲无须承担任何义务的男孩。她用行动默认了被告一家对房屋的占用，只求他们能够善待伟。她的损失不言而喻，唯独为母的良心得到了最大的宽慰。

写作中，一个仍在教学一线的同学发来一个小视频：刚刚入学的一年级新生，眼巴巴地举起手来，哭丧着脸，询问什么时候放学。当老师问她怎么了，泪珠立刻在她大大的眼睛里打起滚来，她说就是想妈妈了。对母亲的依赖和思念，是每一个孩子天生的本能。而母亲对孩子的牵挂和顾念，又何尝不是如此呢？

当伟病故，唯一的牵挂不在了，玲自然没有理由继续将房屋让给他们住。伟是2018年3月10日病故的，玲于2018年5月23日和29日才用微信通知被告搬离涉案房屋。两个多月，操办完丧事，悲痛渐渐平息，足以转身面对现实问题了。也许她未必知道被告一家的心情，对于伟的故去是充满悲伤还是终于卸下负担，但她至少留足了平复的时间和空间。这份慈悲，让这个女人在我眼中有了不一样的光亮。

是时候认真捋顺租金的事情了。我注意到，原告请求的租金金额是每个月六百元，而不是曾经与被告协议过的一千五百元。如果租金依照她的诉求，从2011年开始起算，那么她降低的这部分标准，也许正是为了弥补伟在其中居住的那一部分。

然而法院是不会以这样的思维进行操作的，在他们的微信聊天记录中，已经表明了玲让被告白住的意愿，那么她所主张的房租，只能是从伟过世后，她通知对方搬离之日起计算。而金额，也只能按照她提出的诉求计算。并且，如果被告认为租金要求太高，还可以申请房屋出租价格评估。当然，被告是不会去申请评估的，因为玲所要求的，已经远远低于市场价了。一栋三层半，建筑面积近五百平方米的房子，月租金何止区区六百元。

无论原被告双方仍有多少不能达成共识的观点，闭庭的法槌终是敲响了。玲从原告席上站起身来，仿佛刚刚经过一场大役，整个人疲软松懈下来。她匆匆走向旁听席的一个男子，我这才确认，那个一言不发，始终安静旁听的人是她的亲属。男人迎上前去，二人都没有开口说话，只是默契地并肩朝外走去。

我望向窗外，此时已是雨歇风住。被告一行五人逶迤而出，军的妻子双手托捧着硕大的腹部，没有人搀扶她，也没有人询问她经历了一上午的煎熬累不累，包括她的丈夫。不出意外的话，往后她仍将是一个为了家庭利益而拼杀的斗士。当然，其最大的价值还在于她的肚子。

不到一周时间，判决书就出来了。长达九页的A4纸，详尽地记载了原被告双方的身份信息、纠葛因由、事实证据，以及根据法律一一进行的是非认定。而判决内容，则简洁明了，直指事件的归宿：

一、被告六人应于本判决生效之日起停止侵害、妨碍原告玲对不动产权证书上房屋的占有、使用、收益等所有权益，并在判决生效后的十五日内将该房屋腾空交还给原告。

二、被告六人应于本判决生效之日起十五日内向原告支付从2018年6月1日起至腾空房屋时止的按每月六百元计算的房屋租金。

如果未按本判决书指定的期间履行给付金钱义务，应当依照《中华人民共和国民事诉讼法》第二百五十三条之规定，加倍支付迟延履行期间的债务利息。

案件受理费九百六十六元，原告已预交，由被告承担。被告承担的受理费应于本判决生效之日起十五日内支付给原告。

结局没有什么意外。如判决书中所言，公民的财产受法律保护，任何个人和组织不得侵犯。

大红的印章盖在我的姓名上。作为人民陪审员，我仍然忍不住担忧判决执行过程中的诸多不确定因素。这一次，玲能否很快取回自己的房屋？被告还会以从前的方式拖延应对吗？他们会陷入如出一辙的轮回之中吗？

我目送着一行人的背影远去。阔大时空中，人人皆为过客。玲是前夫家庭的过客，伟是生育链条上的过客，军和他的家人则是一栋房屋的过客。往深的说，何人不是世间的过客呢？可是，利益纠葛、爱恨情仇、血缘传承……纷纷扰扰中，谁又深谙了其中的奥义？

玲的境遇不是个案，而是透视万千世界的镜像。但愿，闹剧尘埃落定，世人各得其所。

飘萍

但有一封信，你永远等不到，

就是说，有一些话语没有人能听见，

就是说，信件存在。但它们并没有写出来。

幸福也存在。只是你无法找到。

——伊·萨波罗娃《邮递员忘掉了回家

的道路》

一

不知道为什么，时隔一年了，我竟然还记得她的样子。在此之前，我没有对她拍下任何照片，也没有保存关于她的任何资料。只是那柔弱、哀戚、无着的女性情态如飘忽不定的云朵一般，时常在我脑海中低徊。

从我的单位去往市人民法院，需要经过老城区深窄的小巷子，经过整座城市的主干道，然后穿过一条已经因改道而废弃的乡村公路。一路上，高音喇叭的叫卖声此起彼伏，熟悉的方言灌入耳际。白的粉的蔷薇、蓝的紫的雏菊在春天里依序开放。这座城市的万事万物都以我谙熟的样子一一亮相，并在时序更替中尽情地释放自然的美好。正如一位作家半开玩笑半认真说到的一句话："我无比热爱这俗世的生活。"

自从法院搬迁至新城区后，前往的路途虽然变得有一些远，但每次骑着车子，听风声在耳边"嗖嗖"掠过，总感觉身体轻盈而舒展。因为，每一次的前行都有奔赴的目的地。我知道有一些事情正在等着我，需要我去做。还因为，我行走在我的家乡，我感觉自己是有根的人，生活安稳有序，内心笃定而有力量。

这时候，我会想到萍，那个总无法拂去的面容和影子。我知道，这个世界上，总有一些人游离在光明和热爱之外。一年过去，她是否已经离开了这块伤心之地？如此，她又去了哪里？

起初吸引我注意的，是她一口绵软的外地口音。哦，这个离婚案件的主角，这个向丈夫提起诉讼的年轻女人，她也许来自于遥远的外省。几年的人民陪审员经验，加上写作者的职业习惯，让我在每次面对一个新的案件时，总是习惯于敏锐地捕捉到一些信息。这些信息，无关乎案件的胜诉败诉，也无关乎原被告双方的争议焦点，只关乎个体的人。当一个人极度无奈地走进法院，试图以此解决一些依靠自身力量无法解决的困惑时，所呈现出来的活着的百种姿态。

果然，她是个来自广西钦州的姑娘，千里迢迢远嫁瑞金。现在，她坐在我右手边的原告席上，想要借助法律的手段，离开瑞金，离开那个曾让她心甘情愿为之奔赴的人。而被告席上，连一个象征性的代理人都没有出现。如果把官司比喻为打仗，那么，她的对手抑或敌人，连出来和她交手都懒得。

萍，我从起诉状里记下了她的名字，也记下了她的生辰，1987 年。从她的脸部望过去，鼻梁微塌，不规则生长的红色痘痘像赶不走的烦恼一样黏附在白皙的皮肤上。与其说那是她还属于青春年纪的缘故，倒不如猜测为长期的焦虑导致了内分泌失调的表征。一头又厚又密的直发染成暗黄色，显出几分时尚的气息。深绿色的风衣外套，恰到好处地包裹着她略为肥胖的身体。

这个名字，这种身世，以及这身绿色的衣裳，很容易让人联想到浮萍、飘萍这样的词汇。小时候，村边的老池塘里常年生长着这样的植物。它们几乎是没有根的，在水面上漂着，风一吹便随着波浪相互推挤。如果没有岸或者隔栏，它们便永远没有固定的居所。幸亏有一口池塘圈定了它们漂浮的范围，于是在一小块地方一朵一朵迅速繁殖蔓延开来。因其繁衍得快，也便成了人们眼中极为烂贱的物种。在农村，它唯一的用处是喂猪喂鸡喂鸭喂鹅，生的扔在地上供鸡鸭鹅们乱啄，或者煮熟了拌糠抬到猪圈去做猪的主食。它们甚至连打捞都不怎么费力气，拿一个网兜随手捞几把，便是一篮。捞出的那个缺口，隔几天又被新的浮萍填满了。

那些年，村里的小伙子外出打工，每逢农历新年，接二连三地领回一个又一个外地女子。广西的，贵州的，云南的，四川的……只是极少有北京上海深圳广州的。那些女子，无论胖瘦美丑，所有的到来无一例外都为着她们信奉的爱情和归宿。有一些，留了下来，生儿育女，多年的水乳交融，竟掌握了满口的瑞金方言。有一些，只在某年某月闪过一个年轻的模糊的影子，再也不知所终。

因着求学或者打工，全国各地的农村人口往城市大量涌去，人的未来、前途，人与人的交集产生了更多的不确定。每一年的春运高峰期，我们在电视上看见一张张挨挨挤挤的面孔，或坚定，或茫然；或欣喜，或忧愁。他们从城市的各处汇集于车站、码头，大包小包，肩扛手提，奔向命里的故乡。自然，其中还有一些女子，正在背向自己的出生地，跟随她的男人奔赴另一个叫作家的地方。就像，文艺青年们时常矫情地挂在嘴边的"诗和远方"。

飘浮的属性，不知不觉中渐渐植入于几代人的身上。

正如此刻，这个叫萍的女子坐在他乡，坐在空旷而清冷的审判庭里。她听不懂也说不好这里的方言，她的身旁没有可以依靠的亲人，没有能够助力于她的律师，也没有可以托付心事的闺蜜。说到底，瑞金之于她，终究是一个陌生的隔阂的孤独的世界。

二

由于被告缺席，案件的审理便节省了很多既定的程序，只留下审判员和原告之间的问答与对话。

更多时候，是萍一个人一脸平静地叙述着与丈夫从交往到走进婚姻的种种琐细，书记员则飞快地做着记录。我在安静谛听的时间里，渐次窥见一桩濒临死亡的婚姻中无处不在的冰冷和绝望。

她说："已经三个多月了，联系不上他，电话号码早就换了，发微信给他也从不回复，有时候甚至不知道这个微信的主人还是不是他。"

一个被法律、道德、亲情、爱情命名为丈夫的人，如何能够做到如此决绝无情？何况，他们已经有了一个五岁的儿子，花朵般可爱娇嫩的儿子。我们不禁要猜测，双方是不是有过极其猛烈的分歧和争吵，伤害与怨毒？

可是没有，这些都没有。他只是在四月的某一天从共同的家门里走出去，就再也没有回来。其间，他对自己的出走没有过任何的说法，甚至，没有说声对不起，也没有表现出一句抱怨或厌恶。就这样丢下一个背影，轻飘飘地把自己从千里之外领回来的妻子，悬在了空中，扔进了冰窖，晾在了无遮无挡的烈日之下。

这个1985年出生的男人，他已经三十多岁了。按照约定俗成的说法，三十而立，他应该像一匹骡马那样担负起家庭的重任，挣钱养家、庇护妻儿，做一个成熟男人应该做的事。然而，他似乎远远没有和年龄相匹配的成熟与责任感。或者，他从来就没有学会照顾他人的生活和感受，他还是一个心智尚未成长的巨婴。

思绪跳跃到十年前，在人民医院的儿科住院部，我也曾见识过类似的一个男人。那时候，我抱着发烧的女儿打点滴，隔壁的一个女人也和我一样，经受着因孩子高烧产生的焦虑和痛苦。不同的是，我的家人都在近旁，不时和我替换着抱孩子，或帮忙递东西。那个女人从头至尾只有她一个人，抱着时而昏昏沉沉时而哭泣挣扎的孩子，泪水涟涟。有时候她尿急，想要上厕所，却放不下手中正在打点滴的孩子。时近中午，才见她旁边出现了一个满脸稚气的男子，他什么也不会做，什么也做不了。期间，他没有接过孩子来抱一会，也没有任何心疼孩子哄孩子的表情与言语，垂着手默默地待了一会儿，又趿着拖鞋若无其事地走了。过后我问女人："那个男的是你什么人？"她恨恨地骂出一句："死人！"我想，那必是她的丈夫无疑了。一对夫妻，男人还像个大孩子，唯独女人却面目苍老，完全可以认为是稚气男人的姐姐或阿姨。这中间，若非年龄差距太大，则更多应是女人独自担负责任和日夜操劳所致。

我心中不禁暗生感慨，也许，这样的男人连自己制造了孩子这件事都还懵里懵懂，谈何责任与担当？只是苦了那个女人，余生漫长，她该如何耐心地等着他长大？等着他学会承担起生活的风风雨雨？耗尽了青春和心力之后，是否还会有更多的难堪等待她去承受？

我不知道眼前的女子萍在这三个多月里经历了怎样的心理挣扎。等待？焦灼？挫败？沮丧？绝望？当所有的期盼被煎熬殆尽，她终于想到了离婚，想到了解脱。或者，她早已经想到这些，只是又存留着种种难以割舍的心结。

在这期间，她不能够寻求来自娘家的庇佑，身边也没有足以宽慰她开解她的人，更没有替她出头抱打不平的人。所有的一切，都需要她独自默默承受。作为一个从外地嫁过来的孤立无援的女子，她所吞咽下的苦涩，恐怕又比寻常人多了数倍。

还记得十多年前刚刚用上电脑的时候，我请一个镇上的朋友过来修复电脑问题。在短短的一个小时里，他经历了妻子无数次的夺命连环CALL。那时候我还未婚，完全不能理解一个女人如何会失态至此。而且，那个女人是他的大学同学，据说素质不错，长得也漂亮，刚刚分配在镇中学教书。许多年以后我才醒悟过来，因为她是个外地人。她嫁来这里，就意味着失去了自己的亲人、自己的朋友、自己的同学，失去了整个的交际圈。如果她孤单了，寂寞了，唯一能抓住的救命稻草，只有她的丈夫。

在乡下驻村的两年，我得以接触到更多形形色色的人，也听到关于异地婚恋的更多故事。某次与一个村支书闲聊，他掷地有声地说："如果是我的女儿，死也不会让她嫁到外地去。"我不禁愕然，做父母的，不是应该尊重孩子的选择吗？毕竟，每个人都有追求自己的爱情和幸福的权利。但是且慢，村支书和我讲起了发生在山区某户人家的真实故事：

一个男子外出打工，领回一个外省女子，结了婚生了子，按说，女方在家庭里也有了一定的地位。可是，男人经常家庭暴力，把女人当牲畜一样往死里打。如果换作本地女子，她可以回娘家，可以向亲人求援。若是娘家有一定的势力，男方更是不敢轻易造次。否则一大家子亲眷杀将过来，掀他个底朝天。这样，嫁出去的女子就不那么受欺负了。乡间的风气便是如此野蛮，人性里欺善怕恶的根子从来没有因为时代的进程而消失。那是属于他们的丛林法则，毒蛇一样牢牢盘踞在山村的劣根性。故而那个外省来的女子，每每被丈夫打了，都只有打落牙往肚里吞，默默哭泣默默流泪的份。没有人会帮助她，甚至连拉架劝说的人都没有。

　　故事最后讲到了毛骨悚然的结局，那个女子，终于在丈夫一次下重手时被打死。他们草草地掩埋了她，和处理一头牲畜无异。如果别人问起，至多解释为她喝药自尽了。娘家的人，自从把女儿远嫁，多半也只当作白养了她一回，不会也无力太过关注她的生活。等到偶尔想起联系，得知死亡的消息，即使他们对女婿的说法有所怀疑，也已无能为力。过来讨说法吗？千里之遥，成本如此之高。即使过来，也势单力薄，何况真相到底如何，也不能确定，只好不了了之。

村支书最后总结一般咬着牙狠狠地吐出一句："嫁太远了，死了都无人知晓。"

我一时汗毛竖起。村支书讲述的故事也许只是个例，但却为女孩们提示了一个无比残酷的真实：异地婚恋的风险之大，远远凌驾于幻想的美妙之上。

三

因为工作的缘故，我的写作暂时停顿了一段时间。如何将之接续下去，像一道深深的鸿沟，成为一个横亘在面前的大问题。我的主人公萍，时不时在回忆里拿幽怨的眼睛看着我。其实，不只是她，那些在婚姻中怀抱无限幽怨的男人和女人，像秋风吹过的叶子，落满一地。

文学院的夜晚是无比寂静的，与街市的灯红酒绿、热闹喧嚣隔着一层理想与现实的距离。我办公室的前方有一口大池塘，生长着不息的蛙鸣、虫吟，它们的规律和节奏常常使我感到羞惭。然而人生会一步步滑向怎样的轨道，又岂是自身所能完全把控节奏的呢？

青蛙还在咕呱咕呱不知疲倦地叫，持久、执着，是在展示宽广的音域用以求偶吗？还是在歌唱深陷其中的美好爱情？就在我枯坐发呆、胡思乱想的时候，手机铃声适时响起。拿起一看，是远在深圳的好友梅。她告诉我，已经坚持不下去了，离婚的了断，迟早要下。我心下一惊，一时不知道该说些什么。他们，虽各自出生在地域殊异的省份，但同在一座城市里工作生活。他们原本有着很好的爱情，在婚姻的十余年里，他们像神仙眷侣一样过着二人世界，工作、旅游，齐心协力买房买车，在那座寸土寸金的城市里，过上了堪称圆满的生活。直到，这两年有了孩子。梅尽心尽力地养育孩子，将之视为生命里的天使。而男人，却在此时开始了可耻的退缩。这个时候，当她一一检视二人的过往，才发现彼此之间无论文化还是生活观念，都存在着巨大的差异。

梅渴望有自己的孩子，并愿意为此历尽千辛万苦。男人却一心想过自由浪漫的丁克生活。

男人说，他不想要这样的生活，他怕承担不起孩子的未来。在深圳这个高消费的城市，培养一个孩子长大成人，让他感到了莫大的压力。孩子那么可爱，他却只想放弃、逃避，不辩解，也不回头，只是越来越礼貌地冷漠。起初她打来电话向我倾诉困惑的时候，我曾耐心地劝她等待。我总是想，男人，尤其是没有经历过生离死别的男人，或许也该有个成长期，慢慢地学会扛起责任。因为那个男人我接触过，内心善良、温柔敦厚。最重要的，他们有着非常好的感情基础。

然而世间有多少事是经不起等待和推敲的，梅在承受着工作与带娃的双重压力之时，男人并没有任何心疼与悔悟的表现。她感觉到，男人的心已经逃避到新的港湾里了。她的长期煎熬和焦虑，等不来一个年纪已经不轻的父亲应有的担当，反而是拟好的离婚协议。她说，再这样下去，她也会抑郁崩溃的。于是，只好下决心了断。这时候，我知道我不能再本着劝和不劝离的善良意愿再坚持原来的想法了。

　　她总是一遍一遍地问自己，那时候他多么爱她，为什么就变成这样了呢？我只好硬着心肠一次一次地告诉她，除了血缘亲情，没有什么是可以永远的。沉湎于过去只会让自己更加痛苦，不如清空了轻轻松松地往前走。其实，每一场婚姻都像下一次赌注，最后的结局并不取决于你自身是否完美。离婚的理由五花八门，其真相只有一个，我不想再与你搭伙过日子了。

　　我想象着梅此后的日子，一个人顶着高额的房贷，在竞争无比激烈的城市里，为着孩子的衣食住行教育未来劳碌奔波。我几乎不敢再细想下去，如果风雨交加，困厄覆顶，一个人要如何抵挡。又一次想到了水中的飘萍，被风推挤着前进后退，似乎永远无法稳坐于世。幸而，梅不是飘萍，她对未来有着种种切实的设想与计划。

如此，她终会坚强地立住脚跟，成为自己的天和地。

缘于爱情而结合的婚姻尚且如此，那些根本没有爱情的草率结合呢？

五年前，我还没有成为一名陪审员，但因着机缘巧合，旁听过一起乡村离婚案。在简易的乡镇法庭里，原告和被告在两边相互对坐着，没有律师，也没有激烈的争辩。他们那么平静、淡然，就像面对的是一个完全不相关的陌路人。在审判员依照程序的询问之下，一段婚姻的存在模式得以大概浮现出来。他们都是十几岁就出门打工，到了该谈婚论嫁的年纪时，父母一着急，就由媒人介绍一个对象，春节时双双回来相亲，见个面，反正看着还顺眼，就趁着春节大家都在，把婚事给办了。春节一过，各自回到老地方打工。

让我惊异的是，他们各自在外打工这么多年，居然可以不联系，不说话。对方在什么厂子里打工，能挣多少钱，一概不知，反正冷热饥饱，各管各的。甚至，彼此没有对方的手机号码，也不知道对方兴趣爱好，喜怒哀乐。房子是父母建的，孩子也扔给父母带，他们没有共同财产，一分都没有，更没有共同的理想和目标。除了每年春节回到家乡，一个接一个地制造出孩子，他们几乎没有什么能够共同完成的事件了。有意思的是，就这样，他们竟然接二连三生下了二男二女四个孩子。女方生孩子前后会在家多待一段时间，男方却不会因此而回来陪护。这场官司安静平和，了结之容易，几乎到了令人不可思议的地步。因为他们对于离婚都没有什么异议，他们早就看到这个结局了。起诉，只不过是一种形式上的解脱，反正彼此从未进入过对方的世界。无非是男孩归男方养，女孩归女方养，连抚养费也不用判了。然后，孩子扔给各自的父母，他们再一次奔赴打工之地，继续原来的生活轨迹。而为什么起诉，原因简单直白，联系不上对方，只好通过法院的传票，让其回来了结这段死水般的婚姻。再或者，也是为了一段新的关系的开始，一纸离婚证足以扫清道路。不管是不是有了新人，他们都不想就此深究，连问都懒得问一声。

这样的婚姻，让坐在旁听席上的我心寒彻骨。但是，如果放眼广袤的乡村大地，会看到这样的例子几乎比比皆是。春节相亲，闪婚，生下孩子，扔给老人，几乎成了广大农村青年的普遍婚姻范式。多少人，像交换一个玩具那样交换自己的一生。他们中，当然也不乏结局美好的，但更多的临时速配组合，无疑将当下中国的离婚率越拉越高。

他们凭着肉体的新鲜和吸引度过了一小段热切期，

尔后是长久的互相无感，甚至是厌倦和厌烦，对日常琐碎与责任的逃避。在他们眼中，与一个人领下结婚证仅仅意味着肉体的结合，父母心愿的满足。自然，女性在这个过程中经历着更多的牺牲与付出，也要承受更多无法以经济价值来衡量的损失：生育的艰难、孕期哺乳期生活来源的缺失、青春和容貌资本的消逝，母性情感的本能，又使之对于骨肉分离有着更多的不舍与挂念。

而问题并不仅仅止步于此，当离婚率越来越高，80后90后责任感集体缺失，当他们全都匆匆地汇入城市打工大军，疏于关爱教育自己的孩子，他们的下一代该怎么办，会不会造成新一轮的社会问题？

四

我仍然无比怀念20世纪90年代以前的乡村生活。那时候，所有的奔赴和归宿都以家庭为圆心。天色向晚，牛羊进栏，鸡鸭鹅按时归圈，乖顺的家犬总是伏在主人家门前。男人不会轻易离开他的妻儿，孩子总是扑向母亲的怀抱。一家人围坐一桌，灯火虽然昏黄，却有着无与伦比的温馨。

庭审还在进行，萍五岁的儿子忽然打来电话。我听见萍压低了声音，语气里包裹着无限的温柔，她说："乖哦，妈妈等下就回来。"想必孩子正在电话里娇嗔，追问妈妈的去向。孩子也许并不知道，等待他的将是怎样的命运。那个当爸爸的，想必从未给过他应有的疼爱，妈妈要出去打工，也不能一直陪伴在他左右。好不容易盼到妈妈回来，给予他难得的疼爱，他是多么害怕再次失去这些啊。

在萍的叙述里，孩子一直都是由爷爷奶奶带着的，抚养费由她按时汇回。男方逃避所有的责任，永远是一副事不关己的态度。他可以出走三个月，音信全无。彻底的冷漠，其实比吵架和打架来得更令人绝望。我惊讶的是，他可以对毫无血缘的妻子无情，但何以对父母儿子也如此冷血？"他是公公婆婆小时候抱养的，与父母关系也不好，全家人都对他非常失望。"萍解释道。我问萍："他的父母对你们离婚这事有什么想法呢？""他们无所谓，反正这么多年了，已经没有人对他再抱希望。"萍的回答冷静却又直指要害。事实上，在这个家庭里，他早就习惯了扮演一个逃兵的角色。

谜底揭开，原来，这又是一个从小断裂了亲情的人。一个人生命的乖戾，无不能从其幼年找到根源。

美国学者哈洛曾经做过一个跟猴子有关的社会学实验。他把一群刚刚出生的小猴从父母身边带离，强行独立关进一个冰冷的笼子。哈洛在笼子的一边放了一个坚硬的、猴子形状的铁丝架子，架子上有牛奶瓶；另一边，放了一个毛茸茸的很像猴子妈妈的玩具。试验的结果是，所有的小猴饿得快死的时候，才会到铁丝架子上去拿牛奶瓶喝奶，一旦喝饱了，又迅速回到那个它以为是妈妈的毛茸茸的玩具身边。虽然这个模拟的妈妈不能为它做任何事情，可是那些小猴儿却紧紧地蜷缩"猴子妈妈"身上。

更残忍的事情还在后面，这些猴子长大后，全都无法融入正常的猴子族群，它们就像是得了精神病一样，尖叫、哭泣、害怕、抗拒……它们只能被单独关押，即便是后来通过技术手段怀孕生下了小猴，这些猴子对自己亲生的骨血毫无爱的感受，当新生的小猴哭泣着向妈妈身上爬过去的时候，它们只是愤怒地推开，或者咬掉它们的手掌和头颅。

从小被剥夺了亲情的个体，当他面对下一轮的亲情和责任时，结果何其相似。

在挂点扶贫的元田村里，我认识了一个名叫亮亮的小男孩，机灵、胆大，会在我入户走访时抢过我的笔学着写字。他经常搬一张小板凳坐在大门口，仿佛在等待着什么。事实上，他已经好几年没有见到妈妈了，而且，今后也不会再见到。因为，他只是爸爸与一个外省女子仓促结合的结果。

两个打工的青年谈了恋爱，生活在一起，便被世俗和伦理默认为夫妻关系了。那些年，像亮亮父母这样的结合有很多很多。也有人坚持了下来，与最初的选择终老一生，但半路甩手的更不在少数。比如我的小学同学山，领回一个外省的女人，生下三个子女，他们没有办过结婚证，这段模糊的关系存在了十年之久。突然有一天，女人的父母以死相胁，要她立即扔下一切，回去生活。从此，曾经的一家人成为陌路。就像亮亮的妈妈，把孩子生下来，扔在男方的老家后，便被父母拉回了旧日的轨道。老人需要儿女陪伴身边、养老送终，似乎也没有理由谴责和反抗。无非是两头牵扯的力量哪一边大一些，或者说在女子心中，会把什么摆在最重要的位置。没有契约，没有大红的结婚证。这样的离开，不过是一个人头也不回地抽个身而已，像解开一个钥匙扣那么简单。她回到自己的老家，过往被全部清零，一切都干净得很。她将重新嫁人生育，仿佛这个世界上从来没有过亮亮，没有过发生在元田村的短暂生活。可是真能做到如此干净吗？在余生里，她是否也会为记忆中那一个小小的生命流下泪来？

像一朵浮萍被扔进了不断奔涌的水流中，亮亮的人生走向又该如何，无人能够预测。

我有过十多年的教书经历，常常会在一群活泼可爱的孩子当中，发现一些性情孤僻、乖戾的孩子。他们在学习能力、人际交往等方面无不存在障碍。当我顺藤摸瓜了解到他们的原生家庭状况时，又总能从其中找到问题的源头。我曾无数次呼吁过家长们，如果你爱自己的孩子，请一定要陪伴孩子长大。然而，理想终究敌不过复杂的世情。

世界强加于孩子身上的不公，总有一天，他们会用不同的方式还给世界。如果这一亿多被不幸婚姻牺牲过的人，长大以后全都重蹈了父母的覆辙，周而复始，恶性循环，将是一件多么可怕的事情。

坐在人民陪审员席位上，目睹他人的故事，我从来没有高高在上的感觉。相反，我又一次清楚地意识到作为女人，作为婚姻的附生品——孩子存在于世的种种风险和隐痛。我总是难免对弱者施以同情，并产生诸多在旁人看来属于杞人忧天的忧思。

这似乎不是一个人民陪审员应该持有的冷静立场。

五

没有旁听者，没有被告，也没有律师的审判庭，如此空旷、安静，只有萍断断续续的声音在雪白的墙体上撞来撞去。时间悄无声息地从书记员的指尖流过，她能记录下诉讼的关键情节，只是不能诊断出潜藏在一段婚姻肌理中的病灶。

萍说，男人问她要钱去投资生意，总是有去无回。如果追问，他会有各种借口，比如花掉了，或者生意亏本了。至于他做的什么生意，全家人无一人能说出个所以然。即便是没有出走前，他也是想多晚回家就多晚回家。他扔下她，就像是扔下一件物品，没有丝毫的犹疑。她也曾听亲戚说过，他在外面可能带有一个女人，可是她从没见过，也没调查过，更准确地说，她也没有能力去调查。

那绵软的声音里没有愤怒，没有强悍，只有怎么也收不拢的委屈，那些不堪回顾的生活琐细，像一个密不透风的牢笼，令她羞惭又毫无办法。她的言语间似乎没有留恋，也没有咬牙切齿地恨，但说着说着，眼泪便慢慢溢了出来。委屈总能使一个女人无可控制地流下泪来。那些伤疤，不揭便罢，一揭开，便有疼痛放肆蔓延。她从包里掏出了纸巾，按住了翕动的鼻翼，以控制自己的情绪。

无独有偶，在我参与的另一起离婚案里，女主角也名叫萍。她们都是提起上诉的原告，也都一样面临被告缺席的尴尬。唯一不同的是，这起事件的男方电话可以打通。审判员拨通了他的电话，并开启了免提。我们在庭审现场听到一个男人无比冷漠和决绝的答复："我同意离婚，也愿意独自承担孩子的抚养费，但是离婚后，我不允许她再看到孩子。"

我于庭审中知晓了前因后果，发现这又是一场春节相亲闪婚的失败婚姻。没有心灵的相知相融，只为完成传宗接代的义务和对于世俗观念的一种交代。女方有过一次起诉，在审判员的斡旋下进行了调解。然而，调解之后他们的关系非但没有得到好转，反而进一步恶化。男人，干脆完全不理睬她，也不再回家了。

依据法律程序和办案惯例，这一次，他们应该是能被判离了。但是，永远失去再见孩子的权利，对一个母亲意味着什么呢？她十月怀胎，经历撕心裂肺的生产疼痛，又经历晨昏不分的哺乳艰辛，用血汗和泪水养育过的孩子，就要像割断脐带那样与她一刀两断么？当然，法院自不会把这一条写进判决书，因为探视子女是父母享有的基本权利。但是，她今后为了行使这份权利，又该经历多么艰难的煎熬与斗争呢？

更何况，与父母皆有血缘相连的孩子，他有什么过错，必须承担再也见不到母亲的惩罚？结束一场失败的婚姻，从来不会产生真正的胜利者。而女人和孩子，往往要背负更多的痛苦，甚至终身携带着失败的后遗症，无法痊愈。

再看眼前的这个女子萍，却连达成离婚的愿望亦遥遥无期。我能看出审判员和书记员的体恤，他们的语气尽量温和，尽量不打断萍近乎啰唆的琐碎讲述。这样的慈悲令我心生敬意，也让我为自己身为陪审员却总是掺杂同情不再内心愧疚。但同情不会让审判员失去基本的工作原则，也不能为萍带来更加振奋的好消息。最后，审判员不得不告诉她一个客观的现实：由于提交的证据少，离婚理由不够充分，分居时间也不足二年，考虑到孩子的利益，法院应尽量保证家庭的完整性。加之她是第一次起诉，最大的可能性是，暂时不判离。

在审判员合情合理地为她分析出这个结果后，有将近一分钟时间，空气里潜伏着使人发慌的安静。萍擦去眼角残余的泪水，抬起头来，一脸茫然地看着审判员。

虽然这样的结局早有预料，我还是一时怔住了。我的内心有无比的难过，在萍空洞而茫然的眼神里，我望见了一个外地女子的无助和疼痛。我遏制不住地想到一些问题，想一个女人的一生。想一个陷入爱情的女孩，怀揣幸福的梦想，从广西远嫁瑞金，她也许曾满心以为等待她的是白头偕老的圆满，然而却面临支离破碎的结果。不知道在踏足这块土地之前，她是不是曾经对瑞金有过很多的憧憬，就像我们年少时憧憬远方那样。

有爱的时候，任何一个地方都可以是天堂。当爱远离，同一个地方也可以成为炼狱。

我想起村里的一些姑娘，胸脯刚刚挺起，便出门打工。枯燥的工厂流水线，情窦初开的男孩女孩，爱情的火花往往一触即发。她们要远嫁外地，无论父母如何反对、逼迫、威胁都无济于事，只是义无反顾地跟着心上人走了。扎下根来的，十年八载再难觅其踪影。在乡村，女儿能够将父母移居身边的概率基本为零，老人只有在孤苦的思念中度过晚年。婚姻失败的，则灰头土脸地回到娘家。这时候，无论身心，都已伤痕累累了。

就像萍询问审判员如何是好一样，我也在内心里掂量着她的未来。她需要经过至少六个月的等待，才能再次提起诉讼。法院向来不会采信一面之词，她还需要提供更多的证据，才能确保被成功判离。如果她的丈夫一直不现身，法院文书还需要用公告的形式送达，这无疑又延长了等待的时间。即使能被判离，她仍然要面临艰难的抉择。那个抱养儿子以传宗接代的家庭，断不会允许她带走自己的儿子。那么，此后几千里之遥，这样的割舍几乎无异于生死两茫茫。退一步说，即便儿子被允许由她带走，作为一个普通的打工者，她也将在羁绊中备尝人世的艰辛。

庭审结束，我走过去，轻轻地问萍："以后，你有什么打算呢？"她又一次抬起头来，回答我的，依然是一副茫然不知所措的神情。

"三春看又尽，身世一飘萍。"说时间之易逝，也说命运之飘零，更说人在时势的洪流中把握之无力。我曾尝试过把一朵浮萍扔进小河，看着它一点点地漂远。其实我心里非常清楚，它终将是要萎死的。地基不稳的大厦会倾颓，根基不牢的植株易折腰。任何扎不稳根脚的事物，都难逃凋落之命运。

当男耕女织、长相厮守的时代一去不返，当结婚越来越不令人期待，当宽容、隐忍、磨合、适应越来越不被看作是一种美德，当物欲和利益的权衡在一段关系中所占的比重越来越大，当生存理念和方式迅速刷新的时代汹涌来临，曾经在中国传统观念中无比重要的婚姻，会走向何方？

灯光转暗，萍孤单的背影在走廊尽头渐渐消失……

剥离的生活

疯狂已用一侧翅膀
把心灵的一半遮住，
灌我以灼热的酒浆
招引我走向黑色的深谷。

——阿赫玛托娃

一

我和审监庭的两名审判员、一名书记员共同走进江西省女子监狱的时候，正是清明时节。穿过一大片的绿地和花圃，我看见春天的每一株花草都在尽情地享用空气、阳光、轻风和它的自由。只是我们要提审的这名女子，却有十年零六个月的光阴，要与自由分道扬镳。

在我三十多年的人生经历里，走进监狱，这是头一次。从瑞金驱车近四百公里赶往南昌参加陪审，对我而言，也是头一次。一路上，我都在想象着监狱的样子：

铜墙铁壁？气氛紧张？荷枪实弹？事实是，偌大的监狱显得与平常的机关大院并无太大区别，高楼、操场、过道，里里外外秩序井然，前往办事的人穿梭不停。后来我才知道，这只是办公区，而真正关押犯人的监区，我们是不能进去的。

办好提审手续后，我们坐在一个小会见室里，等待犯人的出现。一同前来的，还有犯人的前夫以及他的律师。一堵冰冷的白墙将这个会见室分隔成两部分，唯一连通内外的，只有一扇面积不大的窗户，中间还竖着密密的铁栅栏。一切，都是戒备森严的样子。

"哐"的一声，内室的一扇门打开了，一个戴着手铐的中年女子走进来，后面跟着一名女狱警。又是"哐"的一声，内室的门又从里面锁上了。我看见那把巨大的铁锁摇晃了几下，安静下来，摆出了一副冷酷的黑面孔。钥匙，牢牢地捏在女狱警的手中。

被提审的女子在铁栅栏下方的凳子上坐下来，一脸不耐烦的神情。她瞥见前夫站在外室的角落里，直接就冲他开火了："你还有脸来，自从我被抓起来以后，你只寄过一千二百元钱来，不帮我交社保，也不帮我交医保。人在做，天在看。你会有报应的。"男人没有接茬，也许他早已习惯用沉默来对抗她的诅咒。

在女狱警的提醒下，女犯停止了诉说和咒骂，开庭得以进入正常程序。

一套宽大的蓝色囚服穿在这位名叫青的女犯身上，使她的脸色显出异样的苍白。这种苍白，是长久不接触天日的白，也许还有身心长久得不到滋养的白。囚服的后肩上，缀着十几道平行的白条竖杠，让人联想到冰冷的铁栅栏。她剪着齐耳的短发，也许这是监狱统一管理的结果。一副大框的黑边眼镜，遮不住她眼睛里的怨毒。

算起来，自从她被判刑入狱，也有两年多的时间了。我惊异的是，两年多的囹圄时光，为何并不足以使她心生忏悔，反而让内心的怨毒愈积愈深？

审判长按程序宣读诉状的时候，遭到了青毫不客气地打断："不要说这么多没用的，我没时间听你念，你就直接讲事情。"审判长是个脾性温和之人，没与她辩驳，只是继续陈述此次提审的事由。

这应该不是青第一次面对庭审了，她因挪用公款，接受过刑事法庭的审判，又因前夫起诉离婚，接受过民一庭的庭审。如今是由于离婚调解书中对财产的处置失当，由审监庭重新进行审理。

青的三次受审，和赌博有关。在 360 搜索引擎中随意键入"赌博"二字，"因赌博离婚""因赌博倾家荡产""犯罪"等词条便会一条条地自动弹出。可见，青的案例多么具有典型性，因为赌博，犯罪、离婚、倾家荡产，所有的后果她一样都没有少。

青原本拥有大多数人所不拥有的优越，从小在城市里出生长大，父母家资丰盈，供她上学，又在市区的一家大型医院里顺利谋得了收费员的职务。她的丈夫退伍转业，也有正式工作。夫妻双职工，收入足够维持体面的生活。在计划生育管理严格，独生子女居多的年代，多数夫妻都希望能生个儿子传宗接代，很幸运的，他们的第一胎便是个儿子。如果日子一直顺风顺水地过下去，这也算是一个接近圆满的家庭了。

然而生活似乎从来不按套路出牌。在原审判决书里，我看到这样的一段话：

"原、被告于1990年夏经人介绍相识谈婚，1991年7月结婚，1993年9月18日生儿子。因双方性格不合，经常吵口，原告认为被告性格粗暴，不顾家庭和小孩，还赌博成性，欠下巨额赌债，挪用单位公款，被判处有期徒刑十年六个月。要求判决准予离婚，依法分割夫妻共同财产归儿子所有。"

稍加推理即可知道，无论争吵也好，性格不合也好，都不是男方起诉离婚的最重要原因。在十多年的婚姻里，尽管发生这样那样的问题，他们的家庭都保持了完整，也像所有的夫妻那样齐心协力地购房置业。真正推动他们走向分崩离析的，是赌博，是让人望而生畏的有期徒刑。

二

忘了从哪一年开始，赌博的风气突然在民间泛滥开来。先是扎金花、斗牛，后来是麻将。在20世纪90年代，如果谁的家里没有一张麻将桌，一副麻将牌，在朋友间是相当落伍的。亲朋好友无论何时，因何事聚在一起，吃过饭后唯一的娱乐就是打麻将。若逢节假日，邀上一桌，打完吃，吃完又打，甚至通宵达旦。

再后来，麻将馆遍地开花，藏身小区、街道、茶楼等地。就在我家楼下的车库里，即开有两家麻将馆，美其名曰社区服务中心。租几间车库，摆几张麻将桌，放几副麻将牌，根本不用做广告，打麻将的人就呼啦啦地围过来了。深夜里，时常从麻将馆传来吵架斗殴声，哭泣咒骂声。也有人报过警，但民警来了消停一会，过后又依然如故。

有很多年，我都在诧异这些人员的组成，那么多的青壮年男男女女，他们不用上班吗？他们不用管理自己的家庭吗？事实是，我的操心永远都是多余的，比如住我家正对门的那个留守女人，除了给上学的孩子弄几餐饭，其余时间只要有一点空闲就泡在麻将馆里。据坊间传闻，她还结识了关系非常亲密的"麻友"。有时候，你几乎无法理解这样的一种沉迷状态。是因为心灵的空虚吗？是因为时间多到无处打发吗？还是利益的驱动使人无法自拔？

就在所有人都沉浸其中的时候，我发现自己成了一个没有朋友的人。庆幸的是，那些因为我不打麻将而与我疏离的人，依然在正常的轨道上工作和生活着。自然，这些亲朋好友间的小打小闹大多仅是怡情而已，赌注金额也就一两块钱，够不上犯罪。真正指向深渊的，往往是那些金额巨大，可以一夜暴富或一夜倾家荡产的赌博，在常人所不知晓的暗处悄然进行着。

进入法庭辩论阶段，青的泼辣再一次显露无遗，她抬起头来，目光朝向前夫冒着火舌："我为什么去赌博，我心里有多苦有谁知道？这么多年了，你这个奸夫，和那个淫妇共同来折磨我。"

男人回避着她的锋芒，依然不作任何辩解。现在，他在栅栏外，而她在栅栏里，终究，她是个可怜的人。况且，他们已经是不相关的两个人了。青一再指责前夫在婚姻存续期间嫖娼、酗酒。她说他天天醉酒，而她天天诅咒他醉死。我能想象她的疯狂，那些极尽恶毒的诅咒和撕扯，阴冷和怨怼，逃避和麻醉，曾怎样如险峰般横亘在两个人的世界里。

然而，这些就是一个女人通往赌博不归路的全部理由吗？

"物以类聚""近朱者赤，近墨者黑"，很多时候，这些俗语有着惊人的预见性和指向性。青起初也只是和朋友玩玩麻将，所谓小赌怡情，多半是为消磨时光。或许与丈夫的不和，加速了她滑向大赌的步伐。那时候，她开始听说在瑞金至长汀的交界处，隐蔽着赌博的乐园，有勇气、敢下注的，一夜之间成为富翁。当然，说给她听的，自然是那些所谓的朋友。有意，或无意。

接下来发生的事情也差不多是水到渠成了。朋友说可以带她去见识见识，赌不赌没关系，反正钱在自己口袋里，又没人来抢。于是青就去了。亲自目睹了别人大把赢钱之后，她的眼睛里泛出了绿光。那就试一试吧，没想到一试，居然赢了。

赌博者的心态，永远是如此的一致。赢了，还想再赢，输了，又想着扳回。就这样，青在赌博的歧途上越走越远，以至于再也收不住脚步了。欲望在暗夜里潜伏着，虎视眈眈地觑觊着她。每天一下班，她都迫切地想要到那个隐伏于山间的屋子里去，梦想赢回她一次一次输在里面的钱。据说，有专门的人组织赌博者前往，提供车子、食物，天快亮时又拉回来。那时候，她的生活完全被疯狂的博弈占据着，自己的钱早已输光，偶尔的小赢，根本不足以支撑她继续豪放地玩下去。

向深渊下坠的路有时候就是几步而已，伸出去往低处滑动的脚，想再收回来，已经很难了。或者说，迅速下坠滑动着的人，会把眩晕当成飞翔，根本没想过要刹车收住身体。再后来，缺口无可避免地越来越大，她需要更多的钱，她伸手问更多的人借钱。她的母亲，她的妹妹，她的姨妈，还有她的所有亲朋好友，全都卷进来了。

在庭审中，青又提到向妈妈要的六万块，交给表妹夫放高利贷的事。一场疯狂的金钱游戏，围绕着赌博这一个圆点高速转动，一次一次地拆东墙补西墙，牵扯出更多荒唐的人和事。就像那些个从瑞金通往长汀的夜晚，博弈和等待，希望和失望被无限拉长，黎明被人为地消隐在生活之外。

终于，青想到了向单位的公款伸手。每一天上班，她都要经手数以万计的钱款，稍微动点心思，做点手脚，钱就进了她个人的口袋。这样的事情，有了第一次，便会有第二次，第三次。其实她也知道，隐瞒永远不是个办法，她想的是，等她赢了钱，就把那些亏空的漏洞全都堵上。

然而，一切都能如她所愿的那样好起来吗？扯断了线的风筝，破碎成粉末的玻璃，都能在意念里回到从前，完好如初吗？

三

现在，面对着漫长的牢狱生活，面对着审判员和她的前夫，青仍然一再声明，那些欠下的债，她会还。

说话的时候，青语速极快，仿佛在争分夺秒："你们有什么要说就快点，我得赶紧回去做工，完成今天的任务。现在讲什么都没有用，我只想每天多做工，表现好，争取减刑。叫那些讨债的人不要催命一样，房子留给我儿子住，等我出来，就是卖苦力做到老也会还掉他们的债。"

一个已经被自由剥离的人，她的梦想何其直白而明了。不过是从监狱里出去，重获一个普通人的自由；不过是站在母亲的立场，想要为儿子保全一个栖身之所；不过是承诺支付自己的余生，清偿因赌博而欠下的荒唐。

我瞥见青短发里泛出藏不住的白，暗暗地计算了一下青的年龄，十年以后，青五十五岁，而她欠下的债，还有几十万没有偿还。镜中月和水中花固然美好，但那些拍着胸脯的承诺，有多少可以成为现实？我稍微数了一下，发现在青入狱之前，经法院民二庭向青提起诉讼的债权人一共有五位，金额从三万到五万不等。这当中，没有一位是她的至亲，而她向至亲的借款，也有几十万之多。这就意味着，没有起诉的债权人，还有不少。

　　欠债还钱，天经地义。法院判决青偿还借款，而她并未履行还款义务。事实上，那时候她欠债的窟窿已经越来越大，怎么也堵不住了。更何况，那时候她已经因为挪用公款进了看守所。拿什么来还债呢？只有房子和店面，可是她根本不甘心将房产卖出。是的，那是青和她的丈夫曾经齐心协力置办家业的见证，也是他们一家尤其是刚刚成年的儿子的栖身之所。而店面的租金，更是保证他们维持基本生活的经济来源。她考虑了所有的亲人和自己的退路，唯独没有考虑债权人的利益。

　　而青的丈夫呢，他更是满肚子的委屈。于他而言，妻子欠下多少赌债，他原本并不知晓，现在，却要由他来共同承担。

　　五位债权人凭借法院的判决书也要不回借款，于是向法院申请执行，法院在执行过程中，做出执行裁定书，裁定查封他们的房产用以抵债。房屋两套，店面一间，作为婚姻存续期间的共同财产，即将被法院拍卖。青的丈夫拒签裁定书，法院又用特快专递再次送达二人手中。

一件本来事实清楚的经济案，按说走到这一步应该毫无悬念了。但是青和她的丈夫硬是为了转移财产，上演了一出金蝉脱壳的大戏。

10月31日，民二庭裁定书送达青的丈夫手中，时隔两天，即11月2日，青的丈夫即向民一庭起诉离婚，并刻意隐瞒了此前的经济案判决和裁定。民一庭在并不知晓民二庭判决的情况下，于11月29日前往江西省女子监狱对双方进行了调解，双方达成如下协议：

一、被告青同意与原告离婚；

二、原、被告婚姻关系存续期间的共同财产：套房两套归儿子所有，被告青出狱后对上述房屋享有居住权，原告此后不得在上述房屋居住；位于一楼的店面一间也归儿子所有，每年的店面租金收入当年开始，其中六千元用于原告给被告青交纳社保和医保，每年剩余的租金由被告的嫂嫂代收后交给被告母亲，用于偿还向被告母亲所借的六万元借款，向被告姨妈所借的两千元、向被告妹妹所借四千元也在租金中抵扣，被告青出狱后，店面租金收取归儿子所有；

三、原、被告婚姻关系存续期间，各自经手的其他债务由各自承担。

离婚，何尝不是一种解脱。或者，他们早已酝酿了多年，并吼叫了多年。在签下离婚协议的时候，青和她的丈夫想法如此一致，他们像一对真正的恩爱夫妻那样，齐心协力地保卫着家庭的财产和儿子的利益，以及至亲的利益。青从此被剥离于婚姻之外，但她却为之感到欣慰。

调解生效了，法律文书，白纸黑字红章，一拿到法院的调解书，青和她的丈夫暗自欣喜。接下来，青的前夫以其夫妻共同所有的房产已在离婚时赠予儿子，不属于夫妻共同财产为由向民二庭提出执行异议。两个法庭，两份对房产处置结果迥然不同的法律文书构成了矛盾和冲突。已被法院查封的财产，在后期生效的离婚调解协议书上进行了处分，五件已立执行案件于是被迫中止执行，法院对他们的房产拍卖也无法如期进行。五位债权人又一次向法院起诉，要求撤销他们离婚调解协议中对财产的处分，经院长提交审判委员会讨论，于是有了这一次对离婚调解书中财产处分部分进行的再审。

精心谋划的财产处置意义落空，青和她的前夫都感到了沮丧。青又一次指责前夫的不守信用，像一个真正的陌路人那样，她拒绝和家乡的人说一句方言，像机关枪一样啪啪啪地快速吐出普通话："我妈妈写信寄到法院来，说房子的租金本来是讲好要用于给妈妈还款的，但你一直自己收起来，不给妈妈，你这条白眼狼！"

前夫终于张嘴回话了："你就知道赌，欠了那么多债，和我有什么关系呢？"回话的结果是引来更激烈的争吵，使审判现场弥漫着更浓烈的火药味。青的诉说和质问已经有些悲愤了："我们做了二十一年夫妻，我为你生下儿子，我几十年的青春呢？那个女人给你生过孩子吗？你的良心都哪里去了？"她也曾爱过吗？我想是的。一个女人，有多么无怨无悔地投入便有多么咬牙切齿地痛恨。

坐在旁边的狱警再次提醒她冷静。她又像讨好又像自言自语地说："好的好的，我相信好人自有好报。现在，我只想每天开心地过日子。在这里人都长胖了，一百二十多斤了。"

看着她自足的样子，我忽然想，如果她真的愿意对一个女人的生命意义进行质询，何以对于赌博的罪恶毫无悔恨之意。

四

其实，青的前夫一直没有放弃保全他的那份财产和儿子的利益，为了应对这次再审，他再一次请了律师，提交了七份证据：

1. 瑞金市人民检察院四次讯问青时所作笔录复印件四份；2. 瑞金市人民检察院询问债权人曾某时所的询问笔录复印件一份；3. 瑞金市人民检察院询问债权人杨某时所的询问笔录复印件一份；4. 瑞金市人民检察院询问债权人赖某时所的询问笔录复印件一份；5. 瑞金市人民检察院询问原审原告（青的前夫）时所的询问笔录复印件一份；6. 瑞金市人民检察院债权人雷某时所的询问笔录复印件一份；7. 瑞金市人民法院民二庭针对五位债权人起诉青所做的民事判决书复印件各一份。

以上七份证据，用以证明青向五位债权人所借的款项，均是在执行局通知拍卖店面时，青的前夫才知道青向他们借了款，这些钱她没有用于家庭需要，而是用于赌博。

关于赌博所欠的债，在配偶并不知情的情况下，是否属于家庭共同债务呢？这一直是引发大众热议的话题。

在我国《合同法》第七条中有明确规定："当事人订

立、履行合同，应当遵守法律、行政法规，尊重社会公德，不得扰乱社会经济秩序，损害社会公共利益。"显然，赌博是一种违反法律和社会公共利益的行为。《中华人民共和国刑法》《中华人民共和国治安管理处罚条例》及其他相关法律都明文规定禁止赌博。因赌博所产生的债务，是无效的民事行为。因此，从法律关系上说，赌债不成其为债权。赢家无权向输家追债，输家也没有义务偿付赌债。

问题又出来了，五位债权人并不是与青赌博时产生的赢家，他们给青借钱时，也并不知道青将这些钱用于赌博。确实，如果直言赌博所需，所有人都知道那是一个无底洞，谁会借钱出来呢？青总是以生活或生意为由向他人开口，当然，其中也包括以高额利息为诱饵。其中一笔，则是用于归还单位挪用的公款。但，她亲手写下的借条，无论以何种理由借款，都是真实有效的。

我国《婚姻法》第四十一条规定："离婚时，原为夫妻共同生活所负的债务，应当共同偿还。共同财产不足清偿的，或财产归各自所有的，由双方协议清偿；协议不成时，由人民法院判决。"

显然，在民二庭的判决中，青的前夫提出的主张没有被采纳。那些笔录证据并不足以支撑他对青的指证，即这些钱并未用于共同生活，而是全部用于赌博。据青的陈述，他们共有的财产多半由她赚得。在她眼里，前夫只有部队转业时发到一万八千元，还借给别人一直没还。除了工资，他再无其他收入。之后，他们所有的钱都用于购买房产，家中再没有存款。

我想起一张曾经红扑扑地透着幸福的脸。十年之前，我的一位女同事，多年的爱情修成正果，又双双从山区考进城区工作，本以为好日子从此开了头，却不料丈夫染上赌瘾，日夜不归，欠下巨额赌债，房产被强制拍卖，以至全家人被迫从居所中搬出。那段时间，日日见她神情寥落，脸色苍白。后来，她终于狠下心来离婚，又不时仍对他抱有希望，万般劝说。两人复合过一阵子，她也有过一两天神采奕奕的状貌。然而好景不长，男人本性难移，又奔赴赌场，而且由于长期不正常上班，单位已经决定开除他了。她只得凄然斩断情丝，带着儿子彻底脱离了与丈夫的关联。只是那时候，她早已元气大伤，并且经济归零。为了挣一个安身之处，她拼了命地办兴趣班，累得形销骨立。那张脸，就是生活幸与不幸的晴雨表。

赌博给一个人带来的短暂快感，却要用他人一生的痛苦来抵消。

无独有偶，十年之后，又一位女同事卷进了同一条生活的暗流。我还记得在乡镇驻村时，她的丈夫是那个镇工商所的所长，过着看似很规律很正常的生活。他们的爱情，也堪称世间的典范。女方还在十几岁时，两人一见钟情，男方一直等到她毕业工作，然后结婚生女。十多年无风无浪，安稳幸福。谁知道从什么时候开始，男人涉入赌博的深渊无法自拔了呢？等她知道真相的时候，男人已经为了逃避赌债仓皇跑路，再无音信。债权人找到了她的头上，房子没有了，工资也被按月扣除，用于归还债务。整个诉讼过程中，她完全拿不出任何证据用以免除责任。最后，她的名字和照片登上了法院失信名单，出现在公告里，成为世人热议的话题。她变得一无所有，连吃饭都成了问题，只得重新回到娘家，寻求短暂的庇佑。然而，嫂子又不高兴，经历各种为难。孩子也没有幸免，在学校长期受到债权人骚扰。万般无奈，只得转到外省上学，小小年纪，背井离乡。

　　看着这样的故事在身边发生，每个人都唏嘘感慨。我们总是想，那些毁掉自己生活也毁掉他人生活的人，是否应该有所忏悔；那些看到他人不幸发生的人，是否应该引以为戒。可是为什么这个世界上，陷入赌博泥潭的人越来越多，因为赌博而家破人亡的事件每天都在发生。

有一年我去了澳门，参观了大型的赌场。熙熙攘攘的人群，堆成小山的筹码，冷静淡定或急功近利的人，构成了与我们的日常迥然不同的小社会。同行的几位朋友说，我们是不是也去碰碰运气？来了澳门不赌一把，等于白来。我笑着拒绝了，或许是因为身边太多不幸的故事，法院太多悲剧的案例，使我具备了天然的免疫。但是我知道，像我这样的人，总不是多数。人在下赌注时，不都是想着赢的吗？没有人会相信自己一赌必输，欲望是多么难解的谜题。

我的家里，有一套旧房子，长期用于出租。因为地段好，楼层也好，又居于闹中取静的小区，被好几家从事赌博生意的人看中。他们找上门来，愿意花比别人高的价钱租下，并愿意签下长期的合同。但我无一例外地拒绝了，人间的罪恶已经够多，我没有能力阻止它们的发生，但至少可以做到不为其提供温床，助长蔓延。

五

终于要结束庭审了。这一次，青没有提交任何证据。她只是嘟嘟囔囔地反复要求把房子留给儿子，但她大概知道这基本是不可能的事情了。那张与她的年龄完全不相称的苍老的脸上，现出了悲戚。

审判长要求她写一份陈述，她梗着脖子说："我很忙，在这里每天要走队列，还要干活，只剩下吃饭和睡觉的时间，没时间写什么陈述。"弄得审判长一脸尴尬地苦笑。

我们看到内室的铁门又一次"咣"的一声打开，青依旧戴着手铐，拖着沉重的脚步从那扇门走出。我们目送着她离去，看着她那囚服上的白色竖纹渐渐从视线里消失。铁门关上，自由的人与犯人将分隔在两个世界里，遵循着各自的秩序继续生活。

青，一个被剥离了婚姻、爱和自由，以及正常的前行轨道的人，尽管她对监狱的管教似乎已经习以为常，但谁知道夜深人静的时候，她有没有流下过眼泪呢？

从审判室出来，时值正午，阳光热烈地照耀着监狱的每一个角落，仿佛光明从未离开过每一个人。在大门边，我们撞见一个女人出狱。她换下囚服，扑向前来迎接她的亲人，欢天喜地的样子。我们不知道她在这里面待了多久，但能够看见一个曾经失去自由的人对于自由诚实而热切的向往。

一个月后，判决书出来。认定民一庭所发调解书对原审原、被告双方转移查封财产的行为予以确认，属内容违法，对财产处分应予撤销。对离婚及债务的处理部分因未违反自愿原则，也未违反法律规定，可予维持。

依据有二：

最高人民法院《关于人民法院民事执行中查封、扣押、冻结财产的规定》第二十六条规定："被执行人就已经查封、扣押、冻结的财产所作的转移、设定权利负担或者其他有碍执行的行为，不能对抗申请执行人。"

最高人民法院《关于人民法院执行工作若干问题的规定（试行）》第四十四条："被执行人或其他人擅自处分已被查封、扣押、冻结财产的，人民法院有权责令责任人限期追回财产或承担相应的赔偿责任。"

本案中原审原告在明知其夫妻共有的房产已被法院查封，原审被告青又欠有债务尚未偿还的情况下，通过起诉离婚的方式，将夫妻共同共有的房产赠予其儿子，其离婚协议中对财产的处分部分违反了法律规定，损害了债权人的利益，被判决撤销。原审原告要求依法分割与原审被告夫妻共同财产的诉讼请求也被依法驳回，五件执行案件又恢复了执行。

关于青的案件再审审结后，原本已经尘埃落定，但我却又一次陷入了思索。事实上，本案原审调解中出现的错误本可避免。如果法院内各部门之间多一些沟通协作，如果工作信息可以共享，这个案子还需要反复前往女子监狱一审再审吗？作为人民陪审员，想到这些的时候，我忽然觉得喉咙发紧，觉得自己也许可以将问题提出来。

在法院召开的陪审员半年工作总结会上，我说出了酝酿已久的想法，向院长提出在法院内部建立工作信息共享平台的建议。我知道在此之前，没有一个人民陪审员在会上发过言，相对于法院森严的管理和严谨的工作，人民陪审员一直都处于配角的地位。让我无比意外的是，院长当即采纳了我的建议，并决定在法院局域网上建立全院各部门工作信息交流平台，以杜绝此类情况再发生。

生活的智慧大概就在于将事件交给思考，当我意识到自己已经跳出了被动的，作为陪衬的角色，真正进入案件，忽然感觉到的却不是负担之沉重，而是一种无与伦比的轻松和愉悦。

那天开完会，我站在法院绿地的棕榈树下，大口地呼吸着天地的清气，又一次想起监狱里的青和她那身背着"栅栏"的囚服。抬头望天，一朵白云悠悠地从东边飘过来，那自在闲适的姿态，在人间投下寓言般的影子。

悬空

我在黑暗中前行，我跌绊、摔倒，

又站起，我茫然前行，我的脚，

踩上寂寞的石块，还有枯干的枝叶

在我身后，另一个人也踩上石块、树叶。

——帕斯《大街》

一

长裙摇曳生姿，脚腕纤细白皙，套上高跟鞋的女人，似乎有一道春风经由脚踝穿透全身，不由分说地挺拔起来，俏丽起来，袅娜起来。发明高跟鞋的人，前世一定是个魔术师，长夜，睡梦中，他闭上眼睛，看见了一种被抬升，被雕琢的美。

那个渴望变得高大伟岸的男人路易十四只是要享受被世人仰望的高贵，他不会想到，几百年后，这项专利早已被女人全盘占领。尖、钝、宽、窄，方、圆、高、低，黑、白、红、蓝，设计师们绞尽脑汁，不断翻新着花样，女人们则乖乖地掏出钱包。她们愿意承受肉体的折磨，将重量集中于一小块脚掌，后脚跟悬空，身体被架起，以换取不真实的飘荡感，取悦自己，并取悦这个世界。

现在，一个女人正穿着高跟鞋走进颇有庄重肃穆感的审判庭，鞋跟敲击地面，发出有节奏的"笃笃"声。所有人都注意到了她的美，从声音的发源处望过去，一头染成棕色的长直发，一件设计简洁而有质感的白上衣，一条黑色的包臀裙，勾勒出一个成熟女人荡漾的风情。无疑，那双尖头细跟的黑色高跟鞋又为她增添了几分韵致。

她在原告席上坐下来，我翻了翻案卷，娇，这个名字明显携带着20世纪七八十年代及以前的气味。就在我的故乡麦菜岭，从祖母辈到母亲辈，再到姐妹辈，随便扳着指头数一数，就能数出十几个"娇"来：春娇、冬娇、发娇、莲娇、玉娇、贵娇、水娇……然而她们无一例外活得粗糙，活得像土地上低头爬行的虫蚁，她们承受着生活交给她们的苦难，她们中大多数人一辈子没有穿过高跟鞋。唯独眼前的娇，可以让我联想起娇这个字眼本身所包含的意义：柔嫩、美丽、可爱。

可是，她一出声，我就后悔了自己先入为主的判断。"这里，还会痛，医生说还得做手术。"她伸出手肘，比画着，时而嘟起嘴巴，像一个因争吃糖果而不得的受了委屈的孩子。从资料看，她已虚岁四十，随话语带出的，却是和年龄极不相称的天真、幼稚，或者说愚痴。每说一句话，她都夸张地提动脸部五官和肌肉，显露出丰富的表情，但那丰富里又包含了可笑了成分，像一个竭尽全力表演却没能换得掌声的小丑。她结巴的，委屈的，无逻辑的，赌天发誓的辩解，不仅没有为她赢来同情，反而增添了嫌恶。"真的，骗你会死掉。"娇的发言和一个极力想证明自己又全无方法的稚童并无二致，以至于法官一忍再忍还是不禁哑然失笑。律师侧过头去，毫不客气地制止了她再说下去。我见她又一次嘟起了嘴巴，先前给予人的成熟女性的美好荡然无存。

外表的观感与灵魂的真实原来可以如此天差地别。我突然想起一句广为流传的话："好看的皮囊千篇一律，有趣的灵魂万里挑一。"我甚至不愿意相信，这个将高跟鞋穿得风姿绰约的女人，精神怎能如此单薄而空洞？

当法官问及她读书读到过几年级时，旁听席上娇的妹妹替她补白道："我姐姐以前完全不是这个样子的，自从那次在洗头店摔伤之后，她整个人发生了很大的变化，有时候脑子都稀里糊涂的。"

"是啊，是啊，我以前在店里都是做店长的，做了好多年。"娇又一次抢着回答。我注视着这一对姐妹，不用说，她们都长得堪称漂亮，体形匀称，穿着时尚而得体。然而，妹妹玲珑聪颖，说话流畅，意思表达准确。姐姐，却成为一个时时处处需要由妹妹来兜着护着的人。

无论娇的痴愚是来自于童年深刻而永不能去除的烙印，还是真如她们所指证的一次意外，让我们回到那一次摔伤事件，也即回到这一场诉讼最初的起因。

大年初四，娇衣着簇新，挎着她的小坤包，足蹬一双除了居家、睡觉，几乎从不离脚的高跟鞋，踏进了位于市中心的一家美发店。同时进店的，还有她的姐姐和嫂嫂。在此之前，她们持有了这家店印制的一张优惠感恩卡，这张按实际消费逐次划去服务数量的感恩卡，还有多半尚未使用。

这些年，我无比熟悉这样的卡券，从美容院、美发店以及健身房大量地涌入人群，通过熟人的互相推荐，业务人员的上门推销来拓展客户。他们以新店活动、节庆优惠等各种缘由，用低于市值的价格吸引消费者购买卡券，从而进店消费。如果顺利，其中一部分人将在新一轮的推销攻势下，成为店里的长期客户。办公室里，小区的步梯上，散步的途中，时常有打扮入时的女性前来推销卡券，充斥于微信群、聊天窗口、朋友圈的各种推销更是无处不在，无孔不入，由不得你立场坚定，永不动心。

是的，我也根据自身的需求购买和使用过这类卡券，见识过店主和员工们热情得有些夸张的笑脸，也经历过低质量服务与轰炸式鼓动继续消费的懊悔，还有商家一夜之间关门闭户人间蒸发的挫败。当然，其中必有一些成为相互信任的朋友，建立了长期固定的合作关系。但更多的是失望，是进入一个相对私密的空间之后没有安定和归属感的失落和空茫，是遭遇现实与描述的巨大落差之后的溃逃。

厅堂宽阔，暖气开得很足，服务生彬彬有礼，室内弥漫着浓郁的香精气味。因为是春节，人们的寒暄多了几分客套和热情，大堂的茶几上摆着糖果，一切都洋溢着和谐、喜悦的气氛，没有人能预料到接下来将会发生一起惊魂的事故。

娇踩着高跟鞋登上二楼，折转的楼梯上，每一个阶梯都镶着瓷砖，光鲜锃亮，照见女人婀娜摇摆的身姿。娇在靠近楼梯口的房间里停驻下来，脱下高跟鞋，躺在一张特制的洗头床上，惬意地接受服务生细致的洗头服务。这是属于现代物质文明带来的舒适生活之一种，人像云朵飘在天空一样，有了被伺候的幸福和尊贵之感。

然后，娇的湿头发被服务生熟练地包好，穿上她的高跟鞋，提上她的小坤包，走出了那间洗头房。她需要从二楼步行至一楼，坐进柔软的大皮椅，面对一面巨大的镜子，等待发型师将头发吹干，并吹出漂亮的发型。春节，是女人们争妍斗艳的大好时光。

可是，她没有等到这一个指向美丽的步骤，刚刚下行至楼梯的上半部，就翻滚了下来。那一刻，她的身体真正的悬空了，无所依托，然后，头皮破裂、流血，手臂骨折，晕倒，被迅速送进医院。那双为她带来旖旎风光的高跟鞋，瞬间从脚上脱落，扭曲变形，最后不知被谁捡起送还给她，又被她丢到了哪里。

二

公正的判决来自于在一次一次的推论中接近并还原真相，来自于对原被告双方责任和义务的公平合理划分。这个过程漫长而曲折，经历了两次伤情鉴定和三次公开审理。

民庭的案子多半是这样，事件的前因后果迷雾重重，太多的细节被各执一词的浓荫掩盖，牵扯着千丝万缕的情感、欲望、利益、博弈，远非简单的黑白相对，正误两端。证据的呈现、钱款的计算无不复杂多样，有时候，一场庭审，书记员能记下双面打印的几十页笔录。庭里的法官总是不急不躁，不温不火，即便面对一次又一次的鉴定申请，反复的诉讼请求变更，一而再再而三的开庭。想来，他们早被琐细的工作日常磨出了极好的耐性。

这是第二次开庭了，整个上午的庭审过程中，当事双方都在想方设法地还原原告娇跌落当时的场景。当然，每一种还原和设想都在尽量朝着己方的利益靠近。

原告律师端出了己方的陈述："2017年1月31日下午，原告在被告处接受美容美发服务时，因被告处地上积水，原告从被告的楼梯滑倒，当即感到左侧额头、左肘关节疼痛剧烈，左侧额头流血不止。"

积水，滑倒，受伤，简单而不带任何修辞的描述，形成了一条严密的因果关系链，直指美发店在事件中所负有的安全责任。我常常想，司法语言也许是离文学最远的一种，客观、冷静，省却各种枝枝蔓蔓，拒绝感情用事、拖泥带水，正如将一枚水果刨去了有滋有味的果肉，只呈现出那颗坚硬的核。一个法律工作者，当他面对案卷时，需要摒弃像一只鸟那样腔调繁复的鸣唱，色彩斑斓的羽衣，以及天马行空的飞翔。

律师的身体和思维都是不能悬空的，他需要用双足落在地上，结结实实地往前走，一步，一步，又一步。

然而，每走一步，都有可能被对手截住去路。正如这份陈述，很快遭到了被告律师的反驳："原告诉被告美发店地上积水造成原告从楼梯上滑倒，不符合本案事实。事发当天原告从美发店的二楼洗头出来的时候，是从二楼跑下楼梯的时候自身踏空摔倒，原告的损害主要由原告自身造成。"

跑下楼梯，踏空摔倒。如果推论成立，那么事故的责任将又一次回到原告自身。它像一只脏兮兮的破皮球，被双方踢来踢去，谁也无意将它收留。

"不是这样的，房间地面上积了好多水，水都满到我的鞋底了，不然我怎么会摔倒？"作为原告以及摔伤当事人的娇有些急切。法官循循善诱："你认为地面上的水是怎么积起来的呢？""有可能是地漏堵了，也有可能是洗头的花洒喷溅出来的。"原告律师解释道。

设想一下，在整天需要用到水的洗头房，如果不及时拖地，鞋底沾水是一件自然而然的事。鞋底湿滑，楼梯瓷砖光滑，失足滑倒，似乎顺理成章。

被告律师面对新的攻势，只反复强调店方已经尽到提醒义务，原告作为成年人，不注意安全跑下楼梯，才导致了踏空摔伤。有时候，律师就是那个蹲在战壕里持续保持火力的战士，如果这是一场战争，无论遇到怎样的进攻，他们都必须始终坚守自己的阵地。

想起孩子吵架之后面对大人裁判时的又一次纷争，"他先打我。""不，是他先动手的。"你无法分辨双方冲上前去扭打在一起时到底发生了什么。娇从楼梯上摔落，孩子互相揪住衣领，都发生在如此短暂的一个瞬间。瞬间即逝的片段，人的动作可以千姿百态，一个结果的形成原因可以千差万别，也许，就连当事人自己，都无法准确地记得当时的情形。她只记得一声尖叫，仿佛世界末日的来临。真正的还原，除非当时有目击证人或者视频录像。

然而，没有人提供当时的视频。也许，美发店本身是安装有监控设备的，但他们并未出示。

出来作证的只有被告申请出庭的两个证人，他们是事故现场的目击者，美发店的两名员工。他们在众目睽睽之下，款步走进法庭，镇定地出示了自己的身份证，在权利义务告知书上签下了自己的名字，并在法官提醒法律责任之后，保证不作伪证。

他们都那么年轻，剪着清爽干净的时尚发型，白衬衣上套着裁剪得体的黑马夹，紧身裤勾勒出结实的腿部轮廓。他们站在一侧，肩背削直，有着训练有素的挺拔和精神。可以想象，当他们像白杨树一样立在美发厅里，礼貌而娴熟地迎来送往，在穿梭出入的女人眼里，不啻为一道悦目的风景。

在双方律师的提问下，他们一前一后，不疾不徐地描述了当时的情景。虽然两个证人并未同时出庭，但内容却惊人的一致："事发当时，我就站在楼梯下方。和原告一起来的两个朋友先洗完头，坐在一楼大厅吹头。原告下来时一手拿包，一手拿手机，正在打电话，好像是下面的朋友在催她。她的高跟鞋很高，走得很急，没有看路，一下没踩到楼梯，就摔下来了。"

原告律师为了挽回局面，提问证人与被告的关系，得到雇佣关系的答复，他表示，证人与被告之间存在利害关系，证词不足以采信。娇也坐不住了，举起手来说："我也想提问证人。"作为基本的权利，她得到法官的许可，但接下来发生的一幕，则堪称滑稽了。

娇的提问没有一句切入正题，只是意气用事般地质问着："你在撒谎你知道吗？你知道骗人是什么后果吗？明明不是那样的，你怎么可以乱说？"本来是愤怒的质询，经她丰富的表情和幼稚的口吻演绎出来，却像一个小女生在向人撒娇。证人却神情淡定，每每给出一句简短的肯定答复，让她更加气急败坏。不多时，娇被法官提醒："你应该就事情提问，而不是质问和反问。"娇不服气，嘟嘟囔囔着："要是我说一句谎会死掉，他们说了也会死掉。"又引起在场者遏制不住地偷笑。连律师都觉得和她坐在一起有点丢人，他黑着脸，口气里甚至有点训斥的味道："你不知道怎么问就不要问了。"

焦点终于集中到了高跟鞋上。但原告娇矢口否认："我的鞋跟一点也不高，穿起来很好走路的，像穿平跟鞋一样。明明是沾了水才滑到，我根本没有踩空。"

法官问："你的鞋跟是多高呢？""没有很高，就这么一点点。"娇伸出拇指和食指比画着。"那双鞋还在吗？能不能拿出来量一量？""早就扔了，鬼才要它了。"娇翻了翻白眼，表达着对那双晦气的鞋的愤恨。"那你怎么证明鞋跟到底是多高呢？""就和我脚上的这双差不多，你看，一点也不高。"娇站起来，离开了座位，撇出一只脚，展示着她的高跟鞋。一身素淡的中年女法官笑了："这还不高啊。""真的，走起来一点都不会累的，很好走。"

争论纠结在鞋跟高与不高上，自然不是办法，法官请人拿来了一把尺子，竖直量了过去，得出了准确的数值——六厘米。

三

第三次为这个案子走进庭审现场，已是六月中旬。夏天的风热辣辣地横扫大地，一切在春天里萌芽的事物都在此时达到了旺盛生长的顶点。而在这几个月里，娇手臂上的骨刺也在潜滋暗长。她被鉴定为伤残十级，还被医生告知，骨刺必须做手术挖掉，否则将导致骨头萎缩。她坐卧不安，她不想失去应有的灵活和自如。

然而，所有的后续治疗除了肉体和精神上的折磨，还指向一个很俗气但又再现实不过的字眼——钱。

现在，她已经被供职的美体内衣店辞退。因为摔伤，因为半个多月的住院，因为三个多月的后续治疗，也许还因为，她已经不具备一个优秀销售员所应有的敏锐的思维能力和语言能力了。那个店长的位置不会一直空缺着等待她的回归，商家讲究的是效益，而不是人情。在她的家里，还有两个需要抚养的小孩。从事故发生到今天，有一年半的光阴，她都在寻医问药、寻求赔偿、准备诉讼中度过，在这个人人全力争食的社会中，她成了一个生活没有着落的，晃荡的悬空的人。

她被职场抛弃，也许有一天，还会被家人嫌弃。关于思维能力的改变，她无法提交相关的证据，也没有在起诉书里提出任何赔偿要求。只有长期接触她的人才知道，她真的变了，从一个精明干练、自食其力的职业女性，变成了一个丢三落四，说话东拉西扯的人。

更麻烦的是，在准备上诉之前，她自行前往鉴定机构进行了伤残鉴定，所得的鉴定结果在庭审中并不为被告所认可。被告要求由法院委托鉴定机构重新进行鉴定，得到了法院的许可。也正因为这个原因，她又经历了两个月的等待与煎熬。

这一次，由法院委托的鉴定结果终于被双方认可，结局与前次却并无太大差异。但被告律师仍提出，鉴定结果的出示则意味着医疗的终结，后续的治疗费用便不应被认可了。是的，作为美发店委托代理人，他要做的，是站在被告方立场，尽可能地降低赔偿金额。他还提出，原告在出院之后前往某祖传骨伤诊所和其他两处康复治疗馆进行的治疗，都不是遵医嘱的结果，且这些机构不具有正规治疗资质，所花销的费用没有正式票据，也不合理。

而在此之前，她大概有半年多的时间在与美发店进行周旋。如果协商顺利，获得相应的赔偿，她是不会也不需要选择上诉这一途径的。她清楚地记得，店老板曾爽快地答应过她："需要什么治疗，你尽管去治，拿发票来店里给你报。"也正因为这一句承诺，她的内心放下了很多担忧。从医院出院后，她听人说某祖传骨伤诊所医术很好，便去做了后续治疗，花费五千多元。她还到市区某康复治疗馆进行康复治疗，花去两千多元。受伤后，她的额头被缝了七针，她是一个爱美的女人，最怕伤口留下疤痕，恰好她供职过的美体内衣店出售一种可以去除疤痕的药物（也许是保健品），她购买使用这些产品，又花了一千多元。

她是相信他们的，"我会负责"这句话像画在她眼前的美好愿景图，给了她莫大的安慰。从住院到治疗，她都内心笃定，毕竟，那是老板亲口对她说的。她满心以为，这些花费最终都会落实到美发店的头上，他们会按照当初的承诺一一交付给她。可是她显然太天真了，当她一趟一趟地前往美发店交涉时，才发现老板根本不记得或完全不承认当初说过的话了。除了当初把她送进医院时垫付的四千元医药费，店家再没有拿出一分钱给她。

这时，她才发现事情远非她想象的那般简单美好。事实是，谁愿意乖乖地掏出自己的钱包为他人买单呢？老板真的说过那句话吗？她没有证据可以证明。即使真的有录音，那又如何呢？他们只要提出按法律程序办，她就对他们毫无办法了。她开始对未来产生了恐惧，以她对世界的有限认知，她不知道还应该相信什么。她这才发现，口头的协定是悬空的，人与人之间的信任是悬空的，没有什么是可以通过简单的途径落到实处的。

协商、争吵、怨怼、指责、乞求、哭泣？无法想象，当她一次又一次心怀忐忑地踏进那家美发店，经过了多少内心的撕扯和折磨。有厌倦，有愤恨，一定也抱有微茫的希望。起初双方应该都是客客气气的，商家还要做生意，不希望事情闹大影响到客户的感受，而她并不是一个可以随时随地撕破了脸吵架耍泼的女人，她那么顾惜自己的形象，自然也不会使用任何下三烂的胁迫闹事等手段。

当她最终无奈选择上诉时，时间已经过去了整整一年。聘请律师、准备材料、归集证据，一个从未经历过官司的女人，在前后三次庭审中，几乎耗尽了她的脑力。第三次开庭时，她显得镇定多了。在听到不利于自己的观点时，她不再急于解释，不再赌天发誓，不再像从前那样因为某样东西没带到打开手提包四处翻找，不再显得惊慌失措。

娇所提供的证据在对方质证下，几乎体无完肤，比如感恩卡并未盖章，已超过了使用时限；比如她的后续治疗费用没有一张是正式发票；比如对按城镇户口标准赔偿的质疑；比如对被抚养人生活费用的不予支持……最致命的一点是，被告方始终认定原告的摔伤与接受服务没有直接因果关系，原告没有证据可以证明被告的场所设施以及服务行为有任何缺陷瑕疵，也即原告的摔伤属于自己的过错，损失也应该由自己承担。

她安静地坐在自己的位置上，大睁着眼睛，脸色越来越苍白，几次嗫嚅着嘴唇想要说点什么，又强行吞咽下去。她一定被反复提醒和告诫过，所以知道自己再也不能像前两次那么任性说话了。她只能安静地等待，像一个被惩罚过后学乖了的小孩。

事实上，律师将替她表述一切，并且逻辑周密而不失风度。他清了清嗓子，郑重地提到了美发店应负的安全保障责任，比如瓷砖光滑未能铺上地毯；比如全场没有任何安全提示；比如拒绝提供事发当天的视频；比如洗头房容易湿滑，鞋子容易沾水应该有危险预见；比如明知女宾多穿着高跟鞋却不提供平底鞋换穿……

然后，原告方播放了事发后，娇的哥哥及时前往美发店拍摄的一小段视频：在通往二楼的楼梯上，两侧分别摆放着栽种绿植的花盆。那是四季常绿的万年青，它们抖擞着碧色的宽大叶片，像一群没心没肺的看客。律师总结道："楼梯台阶摆放的花盆，导致原告摔倒时无法抓住扶手，而侧身倒地，并一直滚落到一楼。"而在视频播放之前，被告方一直声称楼梯上无任何多余的设施，虽然娇一直提到有花盆和她一起滚落下去。

再后来，那些花盆消失了。

四

繁华的闹市街区，商店鳞次栉比。这些年，以提供服务为主的消费场所如雨后春笋，不断生发。洗头、洗脸、洗脚，美容、美甲、美体……有些经济头脑的人纷纷看准这行巨大的市场潜力，争相投入抢食服务大蛋糕的行列。其中不乏诸多盲目跟风，匆匆上阵者。我们小区边上，一个连最基本的面部护理手法都不懂的女人，开了一家美容院，并到处游说客户，自称专家。据说，在开店之前，她还在摆夜宵摊。

与服务行业如火如荼的扩张速度相比，其准入门槛和管理规范的制定实施，却极不相称。其间产生问题可谓层出不穷，收了预付费关门跑路的，服务产品和服务质量以次充好的，遇到消费纠纷扯皮耍赖的……每年消费纠纷发生以千万计，每个涉足过服务消费的人，几乎至少都要遇到一两件窝心事。

几年前，我在一家美容院拔火罐，一向信赖的美容师突然失手，一粒点着火的酒精棉掉落在我的左肩，灼伤在所难免。美容师买来药膏，百般道歉，而我亦接下了那支烧伤药，默默地选择了谅解。那个烧伤的部位许久才得以痊愈，正是穿裙子的夏天，我却严严实实地捂着连袖的Ｔ恤度过了那个暗色的季节。最后，那个伤口赠我一道浅浅的疤痕。我反复地问自己，为什么没有选择维权？心里的那个声音在回答："你耗不起。"是的，不仅仅是因为内心的善良让我在面对他人羞赧的眼神时，无法腾起火花。此外，我的时间被分割成许多块，工作、写作、读书、育儿、旅游、休闲、会友……在伤害没有达到无法承受的范畴时，我都没有准备好打破生活的平衡。况且，在我国目前的法律和工商管理框架内，每个维权的人，都面临取证难、成本高、难度大等等障碍。事实上，维权结果远低于预期是一种普遍的现象。付出的时间、人力等成本，加之其间经受的心理焦虑，只会让人感到得不偿失。

一次在与一位法官闲聊中，他提起了大学时接触到的几个典型的外国消费服务维权案例。一个因自己将饮料洒下地面导致摔伤的人，起诉超市负有安全责任，获得巨额赔偿；一个停下房车喝咖啡导致后车追尾的人，起诉房车生产企业未尽告知责任，亦获得大笔赔偿金。

而1994年发生在美国的著名"麦当劳咖啡烫伤老太太"案，则更令人叫绝。一位老太太在自己的车上不慎将滚烫的咖啡洒在腿上，造成严重烫伤，最终法院判决麦当劳公司赔偿四十八万美元。

如果将这些案例放在我们身边，普罗大众都会觉得不可思议。确实，站在商家的立场上看，咖啡是你自己不小心洒的，凭什么让我来承担责任？买热咖啡的人那么多，别人都不会烫伤，难道问题不是出在你自己身上吗？如果大家都像老太太这样跑来打官司，都给巨额赔偿，生意还怎么做下去，商家岂不是都该倒闭了？

有意思的是，麦当劳公司没有因此而倒闭。自发生这个官司后，麦当劳悄悄地将咖啡温度降低，并且在咖啡杯醒目之处，标明了"高温热饮，小心烫伤"等法律术语警示。正如在烟盒上标明"吸烟有害健康"，也是起因于一场诉讼。不可否认，人类文明的很多进步是在一次又一次近乎荒诞的责任追究中发生的。经过提醒之后是否注意安全，是消费者的问题，但压根不设提醒，甚至诱导消费，就是商家的问题。"急弯减速""前方陡坡"，生活中，我们需要太多及时的提醒，那些看似小小的警示，也许遏制了太多大事故的发生。

回到著名的"咖啡烫伤案"，由于老太太是在汽车上烫伤的，为了防止类似的意外伤害事件再次出现，全球汽车厂商皆从顾客安全着想，在车座旁边精心设计了安全放置饮料杯的特别位置，极大地减少了不慎泼洒热饮的可能性。这种对消费者人身安全高度重视的人性化设计，亡羊补牢，防患未然，无疑造福了顾客，你能说这不是法治带来的一种进步吗？

当然，国情的差别，企业的大小，其安全防范级别和所负的责任相应总会有所区别。但只要形成了服务关系，经营者便对消费者负有安全保障义务，造成事故即负有赔偿责任。这在我国《消费者权益保护法》第四十九条中有明确规定："经营者提供商品或者服务，造成消费者或者其他受害人人身伤害的，应当赔偿医疗费、护理费、交通费等为治疗和康复支出的合理费用，以及因误工减少的收入。造成残疾的，还应当赔偿残疾生活辅助具费和残疾赔偿金。造成死亡的，还应当赔偿丧葬费和死亡赔偿金。"

问题在于，有多少人会熟知它，并熟练地运用它。规则就像一条横在逾矩行为前面的一条线，有些人根本没有看见这条线，有些人看见了，会试探着跨过它。如果有人跨过之后发现并没有遇到高压电击，也没有遭受捆绑束缚，跨越显得如此轻而易举，那么他当然会继续一次又一次地跨越它。视普通消费者为上帝的时代远未到来，和谐从来都来自于规则以及众人对规则的遵守。只是，太多问题没有准确的对错划分，或者说，我们无法证明到底谁对谁错。我们不能像下围棋那样将黑子和白子辨别得那么清楚，那么决断。我们每落一枚子，前方都充满了不可预知的变数。

这些年，我对那些新开业的服务场所和价格低廉的消费诱惑保持了足够的警惕和疏离，这表面看起来是聪明和机巧，其实何尝不是陷入过泥淖之后才获得的清醒认知？更多时候，我们很难放心地将自己以及金钱交付出去，我们得小心地抱紧自己，看好走稳脚下的每一步路，辨别眼前的笑脸是否真实，我们不能让自己的安全悬在空中，我们必须告诫自己，无论法律法规多么健全，无论最终将由谁替你承担责任，精神和肉体的伤痛最终只能是自己的。说白了，安全也是自己的。

五

此后，我仍然于每个周末如约走进美容院，定期护理我酸痛的肩颈。长期的伏案写作，令我朝着亚健康的谷底一路滑去。我得承认，我没有对正规服务场所的鉴别技术和能力，但我又无比需要它的存在。我只能凭着感觉在几家美容院之间对比，然后确认。场所设施、经营规模、时间长短、服务态度、老板人品、技师手法，都是我考量的重要因素。

我会小心地保管好商家开具给我的每一张票据，以及发送给我的活动宣传内容，尽管我未必会真正用到它，但是我得保证一旦需要时不至于无处可寻。我还会要求商家将口头承诺的事项写进服务手册，因为多年的经验，使我见识了太多口说无凭、出尔反尔的现实。如果服务的内容与承诺太不相符，我会友好地提醒他们改进。我知道多数人不会如此，但事实证明，因着我的细致，我收获了相对优质的服务。

而本案的原告娇呢？在经历这次官司之前，她显然没有太多的防范。她像相信清晨天空会亮，下雨地面会湿那样，毫无保留地相信了那张感恩卡真的是用来感恩的，相信了多少人噌噌上下的楼梯没有危险，相信了脚下的那双高跟鞋会一如既往地忠实于她。即使在摔伤之后，她仍然相信了美发店的老板对她说的话："治疗的费用我们会给你出。"康复治疗、美容保健，但凡与那次伤情相关的费用，她都相信迟早会得到偿还。

在庭审间隙，我与法官私下聊天，她提到了自己经历过的一次粉碎性骨折。她活动着自己的左手肘说："你看，我现在活动自如，基本没有什么后遗症。但刚开始受伤时，有好长时间都只能弯着，伸不直。"我不禁好奇，她是怎样治疗的。"其实根本没有那么复杂，"她说，"在医院只做了常规的处理，打石膏固定骨位，后续治疗就找了个有名的民间医生，贴了十几贴祖传的膏药，慢慢就恢复了正常。"而整个的治疗，前前后后，只花了一千多元。

"真的没有那么复杂。"她又一次强调。虽然她在庭审中对于娇的康复治疗以及去除疤痕的产品使用未发表过任何意见，她只是基于公平公正，总结和提示着双方的事实和证据。但我相信她心里应该有了自己的一杆秤。

我在想，如果娇不是在美发店摔伤的，她找不到任何可以承担责任的乙方，那么她会选择进入那些康复治疗中心吗？她会毫不犹豫地买下一千多元几小瓶的去疤精华液吗？那时候，她会不会掂量一下钱包，权衡一下性价比，思考一下这些措施是否真正能达到想要的效果？当一个受了委屈的孩子看见能够给以安慰的大人向他走来，难免放开了喉咙号啕大哭。而大人渐行渐远时，无所依凭的孩子却悄悄止住了悲声。如果有一面镜子，能供每一个人照见内心，许多人性的真相纤毫毕现时，我们也许会被自己吓一大跳。

端坐于审判桌正中的中年女法官衣着素朴，多次的相见与合作，我从未见她施过粉黛，穿过高跟鞋。她清瘦的脸上，眼中总是透出睿智而洞悉世事的光亮。也许经见了太多世事纷争，浮华早就从她生命里清除殆尽，也许不偏不倚，公事公办的洗练，会让一个人从表象到灵魂都逐渐趋向中性。关于结果，关于责任的划分，我们没有交流太多，但是心里似乎已经有了一定的预估。

十天以后，我读到了正式下发的判决书。其中对于过程的叙述可谓细致入微，每一项证据对于真实性、合法性、关联性的是否认定，认定的成因，都分析得丝丝入扣，无懈可击。判决书很长，足够十页之多。在那些详尽的文字叙述里，事发当时的场景被放大，责任和义务也被郑重地厘清：

"诉讼中，原告娇对其认为的被告洗头的房间水很多，可能是地漏堵了，水都满到鞋底部，所以沾到水的鞋子在下楼梯时滑倒而摔伤的陈述并没有提交证据予以证明，所以，本院对原告的该陈述意见不予采纳。原告作为成年人，应是其自身安全保障的最大义务人，其在从二楼下到一楼时，应当知道脚穿六厘米高的高跟鞋在楼梯行走时需要注意脚下安全，但是，原告却未尽到一般人的注意义务，从而踏空楼梯造成其自身伤害，存在较大的过错。综上，本院根据原、被告的过错程度，确定原告对其自身损害的各项损失承担百分之七十的责任，被告对原告的损害的各项损失承担百分之三十的责任……"

我又一次想起在庭审为娇测量高跟鞋高度的情景，涉事的鞋子已经不知所终，在没有具体证据可以证明她穿着高跟鞋的情况下，娇主动承认了鞋跟与脚上的这双一样高。然后，六厘米的高跟鞋在本案中充当了至关重要的角色，成为安全事故的罪魁祸首。一对小小的尖细的鞋跟，多么像一束带刺的玫瑰，为主人带来如许旖旎的风光，也为她带来如此尖利的麻烦和伤害。我心里暗暗地想，如果她当时不是穿着高跟鞋会怎样呢？如果没有穿高跟鞋仍然导致了摔伤的后果，双方责任的划分会不会不一样呢？当瞬间酿造了永恒，童话里的白雪公主怎么能回到最初，扔下手中那个带毒的苹果。

果然，娇在私人诊所康复治疗的费用没有得到认定。如此，娇在此次摔伤中所受损害的合理损失共计十一万多元，美发店按百分之三十的责任赔付金额为三万多元，剩下的七万多元费用，将全部由娇自行承担。通读判决书，所有的判断合情合理合法，几乎找不到任何瑕疵。但我心里仍旧感到了某种悲凉和难过。

第三次庭审结束后的画面再次浮现在我的眼前：娇在冷气的推动下走出那扇棕色的包门，她仍旧穿着一双尖细的高跟鞋，足后跟悬空，臀部左右摇摆，走得摇曳生姿。显然，摔伤并没有使她产生畏惧。嗜美如命的女人，不会放弃支撑她身体和灵魂的高跟鞋。

为奴的母亲

一个幸福晚年的秘诀不是别的，而是与孤寂
签订一份体面的协定。

——马尔克斯《百年孤独》

一

她坐在原告席上，像一棵被抽去了绿意的老树，干
瘦干瘦，脸部的肌肉被岁月无情砍削，整个人呈现出一
种薄而脆硬的质地。但那双眼睛里却透着精明强干，冷
静淡定，似乎盛装过非同寻常的大风大浪。她约莫六十
出头吧，完全没有居家老太太被推上场面时常见的那种
畏怯样。

我扫了一眼被告席，空空如也。"被告缺席，通知了
他不来，今天是缺席审理。"已经在嗒嗒嗒飞快打字的书
记员小杨抬起头对我说。

"他知道自己理亏，没脸来。"原告席上的老太太

抢着告诉我，似乎坚信她的陈述可以影响我作出关键的判断。

我拿起原告的民事起诉状，从头看了一遍。老太太名叫菊。不知道为什么，脑海里突然浮现出电影《秋菊打官司》来，那个执着的、非要讨个说法的形象又顽强地出来说话走动。我将自己跑马的思绪揪回现场，是的，眼前的菊和电影中的秋菊，无论诉求和形象都完全风马牛不相及。只是，我能感觉到，她们的好强和执拗似乎是一致的。

每次陪审，我都习惯先将案件的事由了解清楚。一个曲径通幽，背后隐藏着更多复杂故事的案子，会让我有莫名的兴奋。显然，我和一个历练多年的法律工作者差距太远，理性和客观远远不够，还容易将情感因素、个人好恶掺杂进主观判断里。我甚至暗暗怀着观察社会、探究各色人等的隐秘目的貌似冷静地坐在人民陪审员的位置上。十几前年，我还捧着法律教材痴痴地啃，梦想成为一名律师。现在，我却深怀了作家的病。幸好，大多数时候我都三缄其口，不露声色，从不发表影响法官判断力的意见。

六百多字的起诉书并不复杂，我很快就将事情捋出了头绪。

老太太要买一套房子，但是拿不出一次性付清的钱款，而银行是不会贷款给一个老人的。于是，她与被告签下协议，借被告之名买房和贷款，房屋产权登记在被告名下，由她付首付和按月还贷。并约定贷款还清之日，被告须将房产过户给原告或原告指定的人名下。

房子顺利买下了，银行按揭办妥了，老太太也装修入住了。如果一切按协议往下进行，也许就没有今天这起诉讼。但是，拔出萝卜带出泥，一条原本就不那么光明的道路，又指向了一丛一丛的荆棘：

"后来被告发现房屋价格大涨，就意图将房屋占为己有，在获得银行发放的房屋贷款之后，拒不将还款账户号码给原告，导致原告无法按时还款。原告向被告提出要求一次性还清贷款四十万元，将房屋过户给原告，被告也置之不理……被告见利忘义，违反基本诚信原则……"

原告聘请的律师安静地坐着，除了回答审判长一些必要的提问，他基本不急于表达什么。老太太则一再强调她没有文化，我猜测，这份诉状应该就是律师的代笔了。印象中，一般的诉状都是客观陈述事实，很少带有褒贬等感情色彩的词语，但他用上了"见利忘义"这个评价意义很鲜明的词。一个经年既可以为原告代理，又可以为被告辩护的律师，在他的立场里，是不是也很难撇除个人的爱憎？

在我们从小熟读的民间故事里，常常有月黑风高，有若干个同去盗墓的人，有一串串闪闪发光的珍宝，然后是杀戮、掠夺，最终没有几个能够善终的。虽则如此，但见利忘义的剧情，似乎古来便为人类一再上演。譬如一盘鲜美的果子摆在面前，有几人能做到不流口水？

这个"见利忘义"的人是谁？他没有出席。他长什么样子？会不会像我们小时候看见的多数反派人物那样，长了一副贪婪而猥琐的嘴脸？可是我又觉得不对，老太太是个精明的生意人，见识过多少形形色色的男女老少，怎么会把如此重要的信任交付给一个一眼就能望见贪婪的人？

重新阅读诉状，我忽然注意到一个重要的线索，被告竟然是老太太儿子的朋友。

儿子，是的，老太太有自己的儿子。"为什么不让自己的儿子出面贷款呢？"我问。

"别提了，我们已经决裂了，划清界限，把他当作阶级敌人了。"老太太的神情里一下子有了火苗蹿升一般的激动。仿佛那个"见利忘义"的人，就是她的儿子，甚至比"见利忘义"还要令她咬牙切齿、愤恨难平。

一场被告缺席的庭审，没有法官按部就班的引导流程，没有律师铿锵有声的宣读陈述，也没有原被告双方唇枪舌剑的辩论。这原本会令我感到索然无味，但是现在，我觉察出案件背后的波澜正以涨潮之势一波一波地向我涌来。

那个儿子浮出水面，而这个宣称与儿子恩断义绝的母亲，终于收起了最初的精干和冷静。她没有按捺住倾诉的欲望，开始喋喋不休讲述事件的缘由和生活的过往。或者由于激动，时而显得颠倒混乱："都是他，都是他们合伙来骗我的！""阴谋，全是阴谋！"

在老太太细碎的讲述中，一些过往像一块色彩芜杂的布匹那样被摊开，更多的枝蔓和细节在时空里伸展开来。

二

20世纪80年代初，彼时的她还那么年轻，真像一朵正值花期的菊，朝气蓬勃，干劲十足。也许她天生就是一块做生意的料，虽然没有多少文化，却有强烈的创业意识，能够敏锐地捕捉到改革开放的机遇。她卷起行李，拉着丈夫去了上海。用她自己的话说，叫"打拼"。

是的，打拼一定并不是发出两个字音那么轻巧。

至于她吃过多少苦，付出了多少常人所难以承受的艰辛，只能从她被苍老和疲惫双重裹挟的容貌去想象了。几十年，他们夫妻在上海开过洗衣店，开过超市，也开过宾馆。这些，都不像是小打小闹的小生意。我因此推知，她的决断和魄力，必非普通家庭妇女可望其项背。

我甚至猜测，她的丈夫一直都只是她生意场上的帮手和陪衬。正如现在，她坐在原告席上，所有的合同、协议、收据，都写着她的名字，似乎与那个男人并无多大关联。而她的丈夫，很规矩地坐在旁听席上，除了偶尔补充些可有可无的话语，似乎这场官司也与他没有多大关系。我对他张望了几眼，却仍然无法准确地描述他的相貌特征。直到现在，他已经成为一个面目模糊的人。而老太太那刚硬的面部轮廓，和薄得像两片树皮的嘴唇，却像刀一样刻在了我的记忆里。

老太太急切杂乱的话语在宽阔的审判庭里来回撞击，使这间屋子显得更加空旷。白炽灯光从屋顶上利索地打下来，照在老太太稍显凌乱的斑白头发上。此时她没有对手，没有人反驳她，或者打断她。她或许感到了一种胜券在握的自信，她认为她的所有陈述都是有利于打赢这场官司的。事实是，对那些过往，那些细枝末节真正感兴趣的人似乎只有我。法官和书记员忙于梳理开庭审判笔录，偶尔才根据需要进行问讯。另一个陪审员是一名孕妇，她抚摸着圆滚滚的大肚子，围绕着中间的那张桌子画圆，不停地走来走去，她一定希望可以尽快结束这场庭审，然后签字走人。

虽然还是春天，但气候已经明显热了起来。老太太也许察觉到了空气里弥漫着的一丝不耐烦的情绪，忙吩咐她的丈夫出去买矿泉水。并大声地叮嘱说："这里面的人每个买一瓶。"矿泉水很快拎进了审判庭，男人殷勤地给大家分发，但法官和书记员直接拒绝了，孕妇也没有接。而我正好带了水，我晃了晃手中的瓶子，告诉她已经带了。我想，这样她或许会好受些。

她没有像普通的老太太那样，殷勤地热切地硬将水往别人手上塞，而是自己拧开瓶盖喝起水来。我看着她的喉咙不住地抖动，像看着一块猝然迎来大雨的干旱和饥渴的土地。我希望清凉可以从她的喉腔、胸腔以及脏腑流过，可以让她平静下来，好好地说一说她的儿子。

那个唯一的儿子，何以成为她的阶级敌人？

她的儿子，被取名为辉。这样的名字，很容易让人联想到光辉、辉煌、辉耀、前途、未来等等充满光明和希望的人和事。被寄予了出人头地，光宗耀祖，干出一番不寻常的事业等意义。的确，每一个新生婴儿呱呱坠地，一定都承载了世间最美好的愿望。辉，自然也不例外。

像所有的父亲和母亲一样，历尽艰难四处奔波的菊和她的丈夫，想要为儿子创造最好的成长条件。在那个大多数家庭连牛奶零食都少有进门的年代，辉什么都有，他从来不需要为口腹之欲流尽口水。只要他想要，吃什么，穿什么，父母都尽情地满足，并且为辉超越于普通孩子的幸福而无比快乐。看着儿子的笑脸，他们觉得所有的忙碌都是值得的，应该的。爱他，就恨不能把天上的月亮都摘下来给他玩，中国的父母，不都是这样的么？

只是，用尽心力养育长大的儿子，已经赫然出现在法院公告的老赖榜里。钱，可以让人获得安逸的生活，也可以堆积起一个人更多的贪欲和自私。他们的儿子成年后，疯狂地向父母伸手要更多的钱，疯狂地借高利贷，疯狂地享受着物质生活的各种刺激，只是唯一没想过要用自己的双手去创造财富。即便想过，他也不会脚踏实地用劳动换取财富。几十年了，他已经习惯了张口，习惯了伸手，习惯了不劳而获。他没想过欠债还钱天经地义，也没想过出来混迟早都是要还的。

这，也从另一方面揭开了老太太必须借他人之名买房的原因。一个上榜的老赖，他是没有资格贷款和高消费的。他的诚信度，早已昭然若揭。

一棵原本经由肥沃土壤培育的苗子，却没有笔直地向着阳光，向着天空生长，而是歪扭下了脖子，向着地面一再堕落，直到为社会和世人所唾弃。在这当中，他的父母所扮演的角色又是那么完美的吗？

是的，他们多么努力地奋斗，他们甚至都来不及享受自己的人生。三十多年，他们在上海，日复一日，甚至没日没夜地守在店里，都没有出去好好地看看上海的景致，连回老家的日子也屈指可数。他们成了赚钱的机器，并有着最坚韧的节俭和自律，他们似乎手执着一条最有力的鞭子，随时抽打着自己，像陀螺那样不停地转动，他们只巴望着儿子有最好的物质条件。的确，这些，他们都实现了，可惜唯一没有考虑周全的是儿子的教育和成长环境。

"你儿子读过大学吗？"我问。

"死佬，就是不会读书，只知道吃喝玩乐，拿棍子打都打不到他去学校。"也许是被点中了要穴，一提起这茬，老太太神情又趋激动，开始爆出粗口，"这个短命鬼，他这辈子就是来算计我的。"

果然不出所料，这又是一对拼命赚钱，却没想过要花一些精力去教育自己的孩子，最后吞下失败苦酒的父母。有十几年，我在学校里当老师，遇到过太多这样的父母："每个孩子不都会大么，大了不都会懂事么？我们从小不都是这样过来的么？"他们握着这条金科玉律，打自己的工，赚自己的钱，他们有一个不可动摇的信念：最好的养育就是让孩子衣食住行不输给别人。短暂的相聚时光，他们看见孩子的身体一天天长高了，却很少知道孩子心里的想法也一天天长高了。

当然，他们也往往各怀苦衷。没有固定工作，种田又没收入，在本地打工，工钱太低，如果天天守着孩子，难道一家人喝西北风？

一个轮辙滚滚，高速前行的时代，物质和精神的矛盾，谁来调和？

现在，老太太又包揽下了第三代人的养育责任。辉的三女一子，四个正当抽穗扬花的孩子，都在老太太的羽翼之下。孩子的未来，仍要由一对花甲老人以衰朽之身去搏，去拼，去把那个不可企及的月亮，承诺下来。

三

"既然儿子都是老赖，已经不可信任，为什么还会相信儿子的朋友，让他出面来买房呢？"我小心翼翼地抛出了这个疑问。事实上，我有些担心这会触碰到老太太的禁区。这等于，她要彻底承认自己的失败，并且失败的因由并非对方的见利忘义，而是她连最基本的鉴别能力都没有。

老太太神色黯淡下来，有一些语无伦次了："我没有办法。阴谋，都是阴谋，他们要合伙吞谋我最后这点财产。"

"你们熟悉吗？了解被告吗？"我追问道。

"熟悉，怎么不熟悉，他经常在我家玩，吃饭，还说和我儿子合伙做生意。"

原来，这套房子是她的儿子辉和被告二人介绍购买的。得知老太太需要买房，恰好法院有一套房产正在拍卖，他们极力撺掇老太太买下来，并拍着胸脯愿意签订协议代为购买，代办手续。我不知道老太太是怀着怎样的想法下决心与被告合作的。也许她确实太需要一套房子了，事实上又没有其他的人可以帮她。也许她认为只要有协议在手，不愁会发生什么变故。在生意场上摸爬滚打，她精明了半生，也许根本不相信别人能诈到她。

但是就在起诉的前几天，她给被告打电话，请求他把银行的还款账号告诉她。她担心不及时还款，房产证最后就到不了她的手上。然而被告根本不理会她的请求，还放出一句狠话："我们那张协议是没有用的。"

老太太开始焦急了，她在那套房子里住得不再安生了。她突然觉得，自己随时都有可能被赶出这最后的庇护所。两个老人，拖着四个孩子，那场景，想想便觉凄凉。"我只能相信政府，相信法院，为我讨回公道。"说着，她面对四个参与审案的工作人员堆起了近似于谄媚的笑容。我看见她额上的青筋，因为干瘦而一条一条地突起，像被翻出泥土的蚯蚓一样前后扭动着。

"你这有点像空手套白狼呢。"法官说。空手套白狼，天知道这句话对她的打击有多大。难道协议真的没有用吗？难道这套房子真的与她无关吗？首付是她付的，过户手续费是她付的，房子是她装修的，水电费也是她交的，她急急地将一大把林林总总的发票收据交给法官："这些钱都是我付的，他说要多少我就给他多少，连烟钱都算上了。"

"那你究竟付了多少，要给个准数，我才好写判决书。""多少，我真没有算，反正全都在这里头。"老太太讷讷地说。看到那一堆大大小小零零散散的票据，我有一种头大的感觉。如果换了我去计算，指不定会算成一团乱麻。但是法官却必须将这些理得清清楚楚，包括精确到小数点后的 N 位数。在担任人民陪审员之前，我单知道法官可以依据法律条例公正判案，却不知道他们的工作有如此琐碎而繁杂。现实嘎嘣脆地给我的理想上了一课。

律师把票据收回来，一笔一笔地替她计算账目，并条分缕析地向法官一一呈明。这个时候，他似乎已经成了老太太唯一的依靠。在说到请求诉讼费由被告承担时，老太太甚至以为，律师费也可以由被告承担。法官很无情地给她当头浇了一瓢凉水："这个费用是要你自己付的哦，打官司也可以不请律师的。"

只是，如果不请律师，她又该如何应对这许多尴尬？天上不会掉馅饼的，谁也没有义务帮谁白干活，她是知道的。然而她对于和法律相关的种种事项，的确那么陌生。律师讪讪地笑着，什么也没有说。总感觉他和常见的话锋凌厉、引经据典的律师有很多的不同。显然，他从来没有单刀直入地向老太太谈起过费用。他这么做，是有怜悯的成分在内吗？当老太太把一肚子的苦水倒给他，他是否也想起了自己的母亲，或是天下的母亲？

在灯光的照射下，审判席上三张黑色的高背椅子闪着油亮的光泽，更显出厚重来。每次用力地搬动它，然后端坐在上面，内心都有一份庄重，似乎面对的不仅仅是一个案件，更是一段或几段人生。

世间有太多难解的恩怨，一对母子，一次又一次在人世沉浮中相爱相杀。从盼望，到失望，再到绝望，一个母亲尝遍了命运加之于她的所有苦楚，却还是愿意对儿子和他的朋友报以最后的信任，为什么？那个在本案中隐形的儿子，恰恰是整个事件里至关重要的人。

可以想象，老太太曾经怎样地极尽母爱之本能，她供养他的一切，任他满足，甚至饕餮。为他娶妻，买房，并无怨无悔地为他养育子女。她一定想，原本就是一家人，就这么一个儿子，将来所有的家产都是他的。现在给他和将来给他，又有什么区别呢？何况，让儿子满意，让儿子高兴，几乎已经成为她行动的唯一准则和动力。

是的，中国大多数父母都保守这个观念，为儿子省吃俭用，只要他们需要，就愿意一股脑地掏空自己，以至于失去最后的庇护所。我想起麦菜岭的那些爷爷辈们，年轻时苦吃苦做，攒下钱一间一间地建房子，儿子一个一个地娶妻生子，老人就一次一次地退让，直至退到家族众厅旁边的小厢房里，在天井边随便搭个简陋的土灶过活。看似儿孙满堂，实则晚景凄凉。前些年在新闻里，还看到过儿子上大学，榨干父亲一生积蓄，又逼迫父亲为他在城里买房，否则就翻脸无情，甚至大打出手的事件。

"蓼蓼者莪，匪莪伊蒿。哀哀父母，生我劬劳。

蓼蓼者莪，匪莪伊蔚。哀哀父母，生我劳瘁。"

每次看到这样的场景，听到这样的故事，我的心都有碎裂般的疼痛。我们都将成为父母，变成老人。父母生我，养我，疼我，爱我，我如何能够忍心，饕餮着父母的血肉，截断父母最后的退路而坦然安然？

然而那个名叫辉的儿子也许从来没有体恤和怜悯过母亲的辛劳，在他心目中，也许母亲本来就是一具生产金钱的机器，他从来没有怀疑过母亲的能力，他以为母亲可以一直那样强大地赚到他需要的一切。向母亲伸手，欠下的债由母亲来还，就是生活的一种常态。

在繁华的都市上海，至今仍有一套房产，写着辉的名字。那是老太太为他买下的，供他与妻子儿女共同生活的安乐窝。据说，那套房，如今已价值几百万了。只是，那套房子的女主人，早已离辉远去。一个饕餮的巨婴，他如何能够承担起家庭的责任和义务？除了让妻子接二连三生下四个孩子，他对妻子都做了些什么？那个绝望离婚，以至连孩子都不要的女人，一定也经历了许多悲怆而难言的隐痛。

这个世界从来都没有停止过生产巨婴。

不经意间，一个初中同学的面容浮现出来。圆而大的眼睛，肉乎乎的腮帮子，从右嘴角突出的一颗岔牙尤其醒目。那时候，他长得挺可爱的。从小，他过继给没有生育的伯父伯母为儿，伯父有一份不错的工作，对他百般宠爱。他度过了与普通孩子天壤之别的极为优裕的童年生活，他成绩很差，动辄与人打架、顶撞老师，但老伯父从来没有教训过他。在他刚刚成年时即为他娶妻，又为他买了一辆小车，让他跑出租，盼望他能够以此自食其力。他很快有了儿子，但是仍然没有像一个父亲那样负起责任，因为，一切都有伯父担着。除了花天酒地，吃喝嫖赌，他别无所长，钱没赚到，还欠了一屁股债。为了迅速捞钱，他横生歹念，绑架了一个学前班的孩子，以勒索巨款，又在难耐的等待中残忍地杀害了那个孩子。

20世纪90年代末，那个初中同学成了我们当地一个惊天大案的主人公，公安部门的追捕令贴得满街都是，一时为所有熟悉他的人震惊。我忽然想到，某一次我曾乘坐他的车去往圩镇，而他坚决不肯收我的钱。那时候，我无论如何也想不到，他会成为杀人犯。最后，他在不知名的远方被枪决。听说，没有一个人为他收尸。

四

事实上，老太太除了在上海购置房产，也一直没有停止在老家瑞金置业。她曾经买下了十几间店面，也有自己宽敞的住房。偌大的家业，应该为她赢得过无数羡慕的目光。她或许也曾经相信，自己将从此衣食无忧。即使今后做不动了，单靠那些店面的租金，也足够他们一家老小吃用的了。

她将一生规划得多么好，唯一没有规划好的是自己的儿子。她的儿子，那个终生的叛徒，终于将这一切都重新归零。一生的努力，一生的打拼，全部化为一场空。"败光了，什么都给他败光了。"她说。

是的，辉一直走在背离母亲期望的路上，他不愿意上学，也不愿意跟着她勤苦地经营生意。他说他自己去做生意，却又终日游手好闲，他以为别人手上的钱，也会像母亲那样不费吹灰之力源源不断地来到他手中。谁知道他怎么折腾的呢？竟欠下如此多的高利贷。债主一天天地逼上门来，甚至有人威胁要断了他的手脚或取了他的性命，老太太怎么能做到无动于衷。她只好一次一次将他捅下的娄子揽在身上，然后耐心修复。虽然也有愤怒，也会咒骂，但那是自己的儿子啊，难道看着他坐牢，看着他被人砍杀不成？

于是，那些店面一间一间地卖出，多少年积累的资产也一天一天地缩水。直到卖去名下安身立命的最后一套住房，她还是没有还清儿子欠下的巨额债务。这时候，她开始有点清醒了，这个儿子，已经没救了。她该为自己的晚年着想，该留下最后的一点血汗钱以供两位老人和儿子扔下的四个孩子吃食了。于是，她以债主的名义向儿子提起了上诉，对上海的那套房产申请了资产保全。一对母子对簿公堂，以敌人的身份。当她看着眼前这个付出了全部的爱养育长大的儿子，他依然是一堆扶不上墙的淤泥，依然对一切都持无所谓的态度，她心中该有多么的悲愤。

其实，她也别无选择。房子在儿子名下，那些债主一旦嗅到风声，一定会申请法院执行，到那时，她就真的什么都没有了。她必须抢先出手，像一个冷酷的债主，像一个陌生的路人。

老太太一口气讲述完这些，神情早已渐趋平静，仿佛在诉说一段别人的人生，别人的故事。自始至终，我没有看到她流下一滴眼泪。她似乎并不悲伤，也许悲伤于她，早已是太过奢侈的情绪。她只是想要回她的房子，对于躲在后面的叛徒，她已经无力清算。坐在审判庭里，她只是一个博弈者，用心用力地和有形的无形的对手博弈，和命运博弈。

在银行发放贷款之前，法院拍卖的房子是要一次性付清房款的。被告替她付了四十万元，却要她打了四十一万多元的欠条。这张欠条，至今还在被告手里，不肯拿出来。她连具体数目都忘记了，只知道是四十一万多元。如果他愿意，还可以拿着那张欠条去起诉她。而那多出来的一万多，是获得银行贷款之前的利息，仅仅十天时间，她付出了月息八分的高利。这些，她都心甘情愿。

房子是一楼带小院子的，适合她已老迈的腿脚进出。在某个花园式的小区里，她正像一只老母鸡一样，以毛发稀疏的羽翼护着四只小鸡雏长大。而真正羽翼丰满，力量强大的人，却在远处继续过着他逍遥的，自我免除为人父为人子的一切责任的生活。他只需要远远地观望，他相信他的母亲即使到生命的最后一口气也不会抛下孩子不管。按照老太太的说法，他甚至一心以为，母亲的钱袋子永远不会有真正掏空的那一天，他相信她一定还藏着私房，不肯全部交与他。他与朋友思谋着再向老太太弄点钱来花花，也许策划这次买房事件，正是一次绝佳的试探。

果然，老太太居然还能付首付，还有按月还贷的能力，"瞧啊，那头老母牛，她还能挤出奶来。"他怎么能不欣喜呢？也许他还想向她榨取更多，也许的确是他的朋友见利忘义了。确实，一个连父母和子女都丝毫不顾及的人，他怎么会交上正义的朋友？

　　更让老太太没想到的是，被告瞒着她，以房产为抵押，向银行贷款四十五万元，比双方约定的四十万元足足多了五万元。这笔贷款已经到了被告口袋，如果这个协议如期执行下去，而老太太又只知道乖乖地每月还贷，无法进行总数的精密计算，那就意味着被告用这种方式又诈得了老太太五万元。

　　多么令人寒心的算计。一条通往信任的路，何以人为地种下密密的荆棘和毒草？

　　终于，开庭审判笔录做好了。法官脱下身上的长袍制服，挂在椅子背上，长舒了一口气。我看见红色的徽章，在这个上午熠熠发光。一个再没有人可以托付的老太太，在此处获得了最后的庇护。

　　我有一些欣慰，又有一些惆怅。

　　还记得2016年的十一前后，我国多个城市出台了新的楼市调控政策，限购和限贷一时成为热词，史上最严调控大幕就此拉开。两年过去，我们看到国家统计局于

2018 年 3 月发布的大数据显示，我国住宅销售面积增长百分之二点五，而住宅销售额增长百分之十一点四，显然，房价依然在涨。在只涨不跌的楼市面前，亲人反目成仇的有之，朋友恩断义绝的有之，多少亲情友情在利益面前轰然崩塌。据统计，自 2016 年以来，仅瑞金市人民法院，即办理了房产纠纷案七十四件。这些案件，每一桩都有每一桩的因由，但无一例外都指向利益二字。

我和另一个人民陪审员签完字准备离开，老太太迎上来，脸上仍旧绽放着接近于谄媚的笑，多么像一朵俨然衰败但依然竭力强大的菊。她对我们极尽了祝福之能事。她祝那个孕妇生龙凤胎，又祝我"脚踏四方，方方得利"。我们，都需要等待最后的判决结果。只是，她的等待比任何人都要迫切。

从审判庭出来，我看见法院大厅的电子屏幕上，一条条地滚动播放着今日开庭的案件，工整的宋体字硕大而鲜红。我无法一下子数清楚究竟有几条，只知道案件纠纷每天都在一桩桩地发生。人与人之间的爱啊，信任啊，责任啊，在这里退到了最后的底线。

正如一个被母亲用襁褓裹了半生的儿子，却成了母亲的叛徒。

五

在判决结果出来之前，我与主审法官有过几次私下的交流。这个案件事实清楚，证据也充分，如果不出所料，菊获得胜诉的可能性极大。

然而当我在一个月后看到民事调解书时，其中的结果却完全颠覆了我之前的预想。经法院主持调解，当事人双方已经自愿达成如下协议：

一、原告菊同意房屋归被告所有；

二、被告同意用前述房屋抵销原告之子辉于2017年向其借款三十一万元及利息，并不再要求辉归还前述两笔借款及利息；

三、被告同意支付原告房屋补偿款七万元（已当庭支付）；

四、原告同意于2018年6月1日之前搬离前述房屋，被告同意原告将房屋内的一张床、一台电视、一台冰箱、一台洗衣机搬走；

五、原告应当缴纳清楚搬离前述房屋之前从2016年12月28日至搬离之日止所产生的物业费、水电费、天然气费；

六、原告同意放弃其他诉讼请求。

案件受理费三千七百二十五元由原告自行承担。

原来，在一场看似简单的购房纠纷里，还有着更为纷繁复杂的内情。我不知道老太太在起诉之前是否知晓儿子欠着被告的巨款，只知道她又一次毫无悬念地陷入了予取予求的循环里。那个饕餮的巨婴，终于成功地再次挥霍了母亲最后的积蓄。

回想菊在庭审中的咬牙切齿、痛恨决绝，我忽然意识到，她并非不是真恨，但所有的恨在儿子面前，最终都要化作柔肠。比之让儿子面临牢狱或其他的灾祸，她情愿耗尽所有，换得他的平安。只要她还睁着眼睛，尚有一口气在，她都愿意将儿子守护在羽翼之下。清醒的时候，她也许会觉悟那一再的付出根本不值，但是当儿子捅下娄子的时候，那强大的本能会再一次驱使着她，左右着她，朝着一个没有终点的圆圈转啊，转啊，像一头被蒙上了眼睛不停拉磨的驴。相对于儿子，她就是一个不折不扣的奴隶。

在现实里和新闻中，我不断地看到和菊一样耗尽毕生心血的父母。有砸锅卖铁供儿女上学的，有割下自身器官移植到儿女身上的，有背负巨债为儿女买房买车的……那一再牺牲隐忍，将个人欲望降至最低只为让儿女过得舒适的人，最后换来的又是什么呢？黄香温席、乌鸦反哺者自然也不乏人在，但诸多的反面故事却让人不忍卒读。

那些倾其所有，最后老弱、贫病、孤苦、无依的人，成为一种怎样的社会之痛？比如案件的主人公菊，她已六十多岁，当她失去了唯一的居所，她要把一张床、一台电视、一台冰箱和一台洗衣机搬去何处？她能把四个孙子女带往怎样的未来？当她操持生活的能力越来越弱，当她面临疾病和衰老，等待她的，会是什么样的晚年？

天气越来越热了，六一儿童节，是菊搬离房屋的最后期限。这一天，多少人兴高采烈地牵着孩子的小手，去游乐场，去肯德基，去购买玩具，人间充满了祥和与天伦之乐。而老太太，在这一天被儿子推出了最后的家门。当她看着自己苦心经营过的家，会有留恋和不舍吗？当她回顾儿子成长的轨迹，会有遗憾和悔恨吗？

也许，从来没有人可以挽救一个母亲关于爱的逻辑。一个为奴的母亲，她将终身为奴，直到流尽生命的最后一滴眼泪。